UNA CREACIÓN
MONSTRUOSA

UNA CREACIÓN MONSTRUOSA

MACKENZI LEE

Traducción de Eleonora González Capria

PUCK

Argentina – Chile – Colombia – España
Estados Unidos – México – Perú – Uruguay

Título original: *This Monstrous Thing*
Editor original: Katherine Tegen Books
Traductora: Eleonora González Capria

1.ª edición: noviembre 2019

© 2015 *by* Mackenzi Lee
Translation rights arranged by Taryn Fagerness Agency and Sandra Bruna
Agencia Literaria, SL.
All Rights Reserved
© de la traducción 2019 *by* Eleonora González Capria
© 2019 *by* Ediciones Urano, S.A.U.
    Plaza de los Reyes Magos, 8, piso 1.º C y D – 28007 Madrid
    www.mundopuck.com

ISBN: 978-84-92918-73-7
E-ISBN: 978-84-17780-50-0
Depósito legal: B-21.638-2019

Fotocomposición: Ediciones Urano, S.A.U.

Impreso por: Rodesa, S.A. – Polígono Industrial San Miguel
Parcelas E7-E8 – 31132 Villatuerta (Navarra)

Impreso en España – *Printed in Spain*

Para Molly y su corazón de autoclave

«¿Acaso te pedí, Creador mío,
que de la arcilla me moldearas hombre?
¿O te solicité
que me arrancaras de lo oscuro?».

—JOHN MILTON, *El paraíso perdido*, citado en *Frankenstein o el moderno Prometeo* de Mary Shelley

El corazón de mi hermano me pesaba entre las manos.

Los tornillos alineados en las soldaduras resplandecían a la luz vacilante de las velas, y decidí revisar el resorte principal por última vez para asegurarme de que estuviera bien ajustado. El corazón era más pequeño de lo que había imaginado: los mecanismos encastrados formaban un nudo que apenas tenía el tamaño de mi puño. Pero, cuando lo coloqué entre los engranajes expuestos del pecho de Oliver, encajó con precisión. Era la última pieza del rompecabezas, hecha de ruedas dentadas y pernos, en la que había estado trabajando toda la noche.

Él ya no estaba roto, pero seguía muerto.

Me puse de rodillas lentamente y dejé escapar un suspiro tan profundo que me hizo doler los pulmones. Bajo mis pies, el dispositivo interno de la torre del reloj seguía quieto y silencioso. Hacía años que los engranajes no se movían, aunque esa noche los péndulos se balancearan con el viento que pasaba por la grieta irregular en el cristal del reloj. Mirando por esa abertura, seguí el camino del río Ródano, que atravesaba Ginebra, cruzaba las murallas de la ciudad y llegaba hasta el lago, donde la luz de las estrellas se desvanecía en el horizonte para dar paso a un amanecer blanquecino.

Cuando desenterramos el cuerpo de Oliver, nos pareció una buena idea llevarlo allí, al taller secreto del Dr. Geisler, a la misma torre donde él había comenzado las tareas de resurrección, pero de pronto parecía una tontería. Y un riesgo. No podía dejar de pensar que de un momento a otro llegaría la policía, que había vigilado de cerca el lugar desde el arresto de Geisler, o que alguien nos descubriría, entraría y lo echaría todo a perder. No podía dejar de pensar que Oliver se sentaría y abriría los ojos como si nada hubiera pasado, como si desde aquí yo pudiera estirar la mano y recuperar su alma, que había caído al vacío con él cuando traspasó el cristal.

—Alasdair.

Levanté la vista. Mary estaba arrodillada al otro lado del cadáver de Oliver, con el rostro aún manchado por la tierra del cementerio. Dábamos una imagen penosa: Mary con el vestido manchado de lodo y el cabello despeinado, yo con el pantalón roto a la altura de las rodillas, los tirantes desprendidos y la camisa salpicada de sangre. Parecíamos dos locos, ella y yo, justo la clase de gente que desenterraría un cadáver para resucitarlo en la torre de un reloj. La verdad es que me sentí un poco loco en aquel momento.

Mary me alcanzó los guantes de reanimación y, cuando los sujeté, nuestros dedos se rozaron. Ella ya había cargado las placas, y después de ajustarme los cordones en las muñecas sentí que la corriente palpitante circulaba por mi cuerpo, suave y estática, como si un segundo corazón latiera en mis manos.

—Alasdair —dijo, repitiendo mi nombre, con tanta dulzura que pareció una plegaria—. ¿Vas a hacerlo?

Respiré profundamente y cerré los ojos.

Cada vez que recordara a mi hermano vería su radiante rostro y su mirada aguda. Recordaría los días en los que tan solo éramos dos niños con el pelo despeinado; los días en los que corría a su sombra; los días en los que me enseñó a ser valiente, leal y amable de cien maneras distintas. Cuando me quedaba dormido sobre su hombro y me aferraba a su manga cada vez que llegábamos a una ciudad desconocida. Cuando cazábamos en Laponia y patinábamos en los canales de Ámsterdam; cuando él se escabullía por las noches para visitar las zonas prohibidas de París y también cuando me dejaba acompañarlo.

No quería guardar el recuerdo de su último aliento, dos noches atrás, cuando yacía desplomado y sangrando en la oscuridad aterciopelada de las orillas del Ródano, ya más cadáver que hombre.

No quería recordar la noche en la que había muerto.

En cambio, recordaría aquella noche, y lo que estaba a punto de suceder. Aquel momento se abalanzaría sobre mí como un carruaje fuera de control: el instante en el que Oliver abrió los ojos y me miró. Vivo, vivo, vivo de nuevo.

Entonces, me arrodillé a su lado y apoyé las manos en sus sienes afeitadas, con los dedos sobre una hilera de suturas. Las placas de metal que tenía bajo la piel eran frías y duras. Cerré los ojos cuando la descarga de electricidad salió de mis guantes, dejé que volviera a cantar entre mis manos y me recorriera, antes de pasar a Oliver para encontrar su camino hasta el corazón y los pulmones mecánicos y cada pieza de relojería que lo devolvería a la vida.

Sentí un pulso, un destello, y los engranajes comenzaron a girar.

CAPÍTULO UNO

DOS AÑOS DESPUÉS

El brazo mecánico saltó sobre la mesa de trabajo cuando lo toqué con los guantes de reanimación.

Retrocedí hasta donde se encontraba mi padre, y los dos nos quedamos observando los engranajes, que cobraban vida poco a poco y se entrelazaban. La articulación de la muñeca se contrajo, y los ojos de mi padre se entrecerraron detrás de las gafas. Con los dedos, tamborileó un ritmo rápido sobre la mesa de trabajo, que estuvo a punto de hacerme rechinar los dientes.

Al cabo de un rato, sin apartar la mirada del brazo, dijo:

—Has usado la terraja de un centímetro para la rueda central. —No era una pregunta, pero asentí—. Te había dicho que utilizaras la de un cuarto.

Pensé en enseñarle las ruedas de un cuarto de centímetro que habían terminado con los dientes rotos cuando intenté obedecer sus instrucciones, antes de seguir mis propios instintos y usar la de medio. En cambio, solamente dije:

—No funcionó.

—Un centímetro es demasiado. Si se sale del mecanismo…

—No sucederá.

—Si se sale del mecanismo… —repitió, alzando más la voz, pero volví a interrumpirlo.

—La rueda central gira bien así. El problema es que el trinquete se atasca con…

—Si te niegas a seguir mis indicaciones, Alasdair, puedes ocuparte de atender el mostrador.

Cerré la boca y comencé a guardar mis herramientas en su funda.

Mi padre se cruzó de brazos y me fulminó con la mirada desde la mesa de trabajo. Era alto y delgado, y tenía la complexión de un niño, la misma que yo había heredado. Conservaba la esperanza de que algún día me volvería fuerte y musculoso como Oliver, pero seguía siendo delgado. Mi padre, con sus gafas diminutas y el pelo cada vez más escaso, parecía totalmente inofensivo. No parecía ser la clase de hombre que forja piezas ilegales para reparar la carne humana, en la parte de atrás de una tienda de juguetes. Algunos de los otros Aprendices de Sombras que habíamos conocido sí daban con la imagen, con sus cicatrices, sus tatuajes y ese cierto aire clandestino y sospechoso; pero mi padre, no. Realmente parecía un fabricante de juguetes.

—Morand vendrá a buscarlo mañana, antes de marcharse de Ginebra —dijo mientras golpeteaba el brazo del mecanismo con un dedo. La reanimación había sido tan débil que los engranajes ya comenzaban a girar más despacio—. No hay tiempo para que surjan problemas.

—No habrá problemas. —Dejé caer la funda con las herramientas en mi bolso, con cuidado de no golpear la pila de libros que había colocado debajo, y cuando volví a levantar la vista me encontré con su ceño fruncido—. ¿Puedo irme ya?

—¿A dónde vas con tanta prisa?

Tragué saliva para hacer retroceder el espanto que bullía en mi interior cada vez que lo recordaba, pero hacía tres días que lo venía postergando, más tiempo del debido.

—¿Qué importancia tiene?

—Tu madre y yo necesitamos que estés en casa esta noche.

—¿Por el mercado de Navidad?

—No, te necesitamos porque… —Se puso las gafas en la frente y se pellizcó el puente de la nariz—. Porque hoy es un día especial.

Me aferré a la correa del bolso.

—¿Creías que me había olvidado?

—No he dicho eso.

—¿Cómo podría olvidarme de que hoy…?

Me interrumpió con un suspiro, uno de aquellos suspiros de fastidio y cansancio que le había dedicado a Oliver infinidad de veces, pero que ahora solo iban dirigidos a mí. Me habría gustado decirle: *Ya sé que tu hijo mayor fue una decepción y el menor es aún peor*, pero decidí permanecer en silencio.

—Solo te pido que llegues pronto a casa esta noche, por favor, Alasdair. Y ponte el abrigo antes de salir de la tienda, tienes toda la ropa manchada de grasa.

—Gracias —respondí, después guardé el resto de las herramientas y los guantes de reanimación en el bolso y me abrí camino hasta la puerta del taller.

No había ventanas, y las sombras danzantes que proyectaban las lámparas de aceite hacían que la habitación pareciera más pequeña y más desordenada. Los platos del desayuno todavía estaban apilados en la silla donde solían sentarse los clientes. Mi taza se había volcado, y las hojas de té mojaban el almohadón desgastado. Había engranajes y pernos por todas partes, y una capa de virutas oxidadas cubría el suelo como salpicaduras de sangre en la nieve.

—Se habla francés en la tienda —gritó mi padre mientras yo me ponía el abrigo.

—Ya lo sé.

—Nada de inglés. Tu acento es más escocés de lo que piensas, en especial cuando tú y tu madre os ponéis a discutir. Cualquiera podría oírte.

—Lo siento, *désolé*.

Me detuve un momento en la puerta, a la espera del resto del regaño, pero al parecer ya había terminado. Mi padre seguía analizando esa maldita rueda central con las manos entrelazadas, y me pregunté si la apagaría cuando yo me fuera. Se pellizcaría un dedo al intentarlo, y le serviría de lección por dudar de mí. Me di la vuelta y recorrí el corto pasillo que conducía hasta la tienda.

La puerta del taller no se podía abrir desde dentro. Mi padre había tomado aquella precaución después de que en una ocasión, en Ámsterdam, Oliver abriera la puerta secreta mientras había clientes humanos delante. Di un golpe ligero y esperé. Se produjo una pausa y luego sentí una corriente de aire cuando la puerta se abrió de pronto.

Después de haber pasado toda la mañana en el taller, la luz invernal que entraba por las ventanas de la tienda estuvo a punto de cegarme, y tuve que parpadear varias veces antes de ver con nitidez los juguetes que cubrían las paredes.

—Rápido —dijo mi madre, y pasé junto a ella mientras cerraba la puerta velozmente con el hombro. Esta se cerró con el silbido del pistón, y la pared que estaba tras el mostrador volvió a tener el aspecto de un estante repleto de muebles para casas de muñecas.

Mi madre se limpió las manos en el delantal, manchadas por el polvo de yeso de la puerta, y después me miró de arriba abajo. Tenía el pelo oscuro, igual que yo, y era delgada como mi padre, pero yo todavía la recordaba como era antes. Los últimos años la habían consumido.

—Gafas —manifestó, señalando las gafas de aumento que colgaban alrededor de mi cuello. Mientras las escondía bajo la camisa, ella añadió—: Y tienes grasa en la cara.

—¿Dónde?

—Digamos que… en todas partes —respondió haciendo un gesto circular.

Me froté la manga por las mejillas.

—¿Mejor?

—Mejor, hasta que te laves como corresponde. ¿Has podido terminar el brazo de Morand?

—Sí. —Decidí no mencionar la pelea sobre la rueda central—. Que mi padre no te escuche hablar en inglés.

—¿Se ha vuelto a enfadar por eso?

—¿No se enfada siempre? —Hice la mejor imitación de mi padre—: «Nous sommes Genevois. Nous parlons français».

Mi madre sujetó el interior de una caja de música rota y las pinzas de joyero que tenía al lado.

—Bueno, él puede decir todo lo que quiera, pero no por eso seremos suizos, como tampoco éramos franceses cuando vivíamos en París.

—Ni neerlandeses en Ámsterdam —agregué, mientras ajustaba la correa de mi bolso y me daba la vuelta.

—Espera, ¿a dónde vas? Tengo algo para ti.

Me detuve a mitad de camino hacia la puerta.

—Tengo que hacer un recado.

—¿Tan tarde? Ya casi es la hora de la cena.

—Es para el mercado de Navidad —le mentí, y luego agregué rápidamente—: ¿Qué es lo que tienes para mí?

De entre todo el desorden que había en el mostrador, sacó un paquete envuelto y lo sostuvo en alto.

—Ha llegado esta mañana.

Nunca antes había recibido una carta, y mucho menos un paquete, así que lo agarré con mucha curiosidad. Tenía una estampilla de Londres en una esquina, y justo en el centro estaba mi nombre, escrito con una letra gruesa y ornamentada que me golpeó en la barbilla como si hubiera recibido una descarga de los guantes de reanimación.

—Pero ¿qué demonios...?

Mi madre frunció el ceño.

—No blasfemes.

—Lo siento.

Ella clavó la punta de las pinzas en el tambor de la caja de música.

—¿Cómo he terminado con dos hijos que maldicen como marineros? No te educamos para que hables así.

Levanté el paquete para que ella pudiera ver lo que decía.

—Es de Mary Godwin. ¿La recuerdas?

—Esa chica inglesa que andaba siempre contigo y con Oliver el verano antes de que... —Se calló de pronto y ambos bajamos la vista. Eché un vistazo al paquete, pero entonces mi corazón dio un vuelco, así que volví a mirar a mi madre. Ella observaba la caja de música y la recorría lentamente con los dedos. Después, con una sonrisa triste, dijo—: Todo sucedió ese año, ¿no?

Aquella frase no alcanzaba a describir la realidad, así que estuve a punto de echarme a reír. El 1816 fue el año en que mi vida quedó dividida en dos partes desiguales, el antes y el después: antes de que Mary viniera y se marchara, antes de que arrestaran a Geisler y se escapara de Ginebra, antes de que Oliver muriera. Mi madre señaló el paquete de Mary con las pinzas.

—¿Qué querrá?

Yo no tenía ni idea. Me parecía imposible que Mary fuera a escribir las cosas que dejamos sin decir en una carta y a mandarla por correo después de dos años sin intercambiar ni una palabra.

—Lo más probable es que me escriba para ponernos al día —respondí sin creerlo—. Cómo estás, te extraño, ese tipo de cosas.

Te extraño.

Detuve mi imaginación antes de que enloqueciera con aquella idea.

A algunas calles de distancia, las campanas de la catedral de Saint Pierre comenzaban a marcar las cuatro. Me sobresalté: ya debería haberme ido. Arrojé el paquete de Mary dentro del bolso y me dirigí de nuevo hacia la puerta.

—Tengo que irme, te veré más tarde.

—Vuelve para la cena —gritó mi madre.

—Sí.

—Sabes qué día es hoy.

La sombra invertida de nuestro apellido pintado en el cristal, FINCH E HIJOS, FABRICANTES DE JUGUETES, se recortó sobre mis pies cuando giré el pomo de la puerta.

—Volveré para la cena —dije, y empujé la puerta con el hombro.

El aire de diciembre me sacudió con tanta violencia que levanté el cuello de mi abrigo. El sol empezaba a hundirse detrás de las colinas, y la luz dorada brillaba tanto sobre la nieve sucia y los tejados de cobre que tuve que entrecerrar los ojos. Las ruedas de un carruaje traqueteaban sobre los adoquines, aunque el ruido de los cascos de caballo había sido reemplazado por el tintineo mecánico de los engranajes. Una bocanada de vapor me cubrió la cara mientras el carruaje pasaba delante de mí.

No tenía dinero para un billete de autobús, pero era tarde y los libros que llevaba en mi bolso hacían la carga más pesada de lo habitual. Era muy probable que nadie comprobara los billetes. Cuando la fuerza policial redobló sus esfuerzos en el otoño para atrapar a las personas mecánicas ilegales, otros delitos, como viajar sin billete, dejaron de ser prioridad.

Crucé la plaza y me uní a la multitud que iba en procesión hacia las calles principales, las que conducían al distrito financiero y al lago. En la entrada del Hôtel de Ville, un mendigo sentado con la cabeza gacha extendía una taza de hojalata. Una de las mangas colgaba vacía, pero el brazo que agitaba la taza estaba hecho de engranajes deslucidos y el guante de cuero que los protegía había comenzado a desgastarse por el uso. Tres jóvenes con uniformes escolares pasaron corriendo, y uno de ellos le escupió. Aparté la vista y, automáticamente, comencé a pensar en cómo arreglaría ese brazo oxidado si el hombre viniera a nuestra tienda. Necesitaba dedos más delgados con engranajes más pequeños y un pasador de bisagra en la muñeca: lo habría agregado al presupuesto de Morand si mi padre me hubiera dejado salirme con la mía.

El autobús ya estaba en la estación cuando llegué, y encontré un sitio junto a la puerta que me permitiría huir rápidamente si alguien subía a comprobar los billetes. Cuando el autobús se alejó de la acera con un gruñido neumático, saqué el paquete de Mary del bolso y me quedé contemplando de nuevo mi nombre, escrito en el centro con una caligrafía perfecta. Por alguna razón, todo parecía raro y familiar al mismo tiempo. Deslicé el dedo bajo el sello y rasgué el envoltorio.

Era un libro, verde y delgado, con el título impreso en letras de oro sobre el lomo: *Frankenstein o el moderno Prometeo*.

No sabía lo que era un Frankenstein ni un Prometeo. Durante un instante, creí que tenía que ver con esa poesía ridícula que había tenido obsesionados a Mary y a Oliver durante todo el verano, pero no figuraba el nombre del autor: ni Coleridge ni Milton ni ninguno de los otros que les fascinaban. Hojeé las primeras páginas, y luego volví a mirar el lomo para asegurarme de que no lo había pasado por alto, pero solo aparecía ese título extraño.

Con curiosidad, hojeé algunas páginas más y eché un vistazo a las primeras líneas:

Querida hermana:

Te alegrarás al saber que ninguna desgracia ha acompañado el comienzo de esta empresa que te inspiraba muy malos presentimientos. Llegué aquí ayer, y mi primera tarea es asegurarte, querida hermana, que estoy bien y que crece mi confianza en el éxito de este proyecto.

El autobús se detuvo de pronto cuando una motocicleta de vapor se le cruzó por delante. Alguien me empujó y perdí de vista el párrafo. Era un lector lento e indeciso en el mejor de los días, y el ruido y el vaivén del autobús sumados a esa enorme cantidad de palabras no ayudaban. Cerré el libro. Mary sabía que no me gustaba leer: el amor por la lectura era lo que compartían ella y Oliver. Habían pasado todo el verano intercambiando libros, aunque él no tenía muchos y cada vez que le llevaba alguno a Mary, ella se lo devolvía terminado en el siguiente encuentro. En una ocasión, Oliver le preguntó cómo conseguía leer tan rápido, y ella le dijo con una sonrisa pícara que se llevaba los libros a la cama como si fueran amantes. Tal vez ella no había elegido *Frankenstein* especialmente para mí, sino como un regalo para compartir. Pero me llamaba la atención que hubiera llegado ese día y no otro.

El autobús recorrió a toda velocidad Vieille Ville, la ciudad antigua construida alrededor de la catedral, y avanzó a lo largo del Ródano hasta el distrito financiero. Cuando la calle se abrió para dar lugar a la Place de l'Horloge, la torre del reloj apareció imponente sobre nosotros, con sus manecillas negras que marcaban la medianoche, inmóviles como centinelas. La habían construido para celebrar la incorporación de Ginebra a la Confederación Suiza y era la más alta de Europa. Estaba hecha de puntales industriales y vigas de hierro, y contaba con el reloj más grande del continente: en su interior había engranajes más anchos que un hombre, diseñados para funcionar con electricidad. Era todo un espectáculo, aunque el reloj aún no funcionara. Ya habían quitado los andamios, y el nuevo cristal translúcido reflejaba el lago helado que se extendía tras las murallas de la ciudad. Me envolví en el abrigo y aparté la mirada del reloj.

Un grupo de personas se subió al autobús en la estación de la torre y tuve que moverme hacia un rincón para hacer espacio. Estuve a punto de dejar caer el libro a causa de la confusión y, cuando las páginas se sacudieron, un sobre salió flotando de entre las hojas. Lo atrapé en el aire antes de que tocara el suelo.

Allí estaba de nuevo mi nombre, escrito con la rizada letra de Mary. Lo miré durante un buen rato mientras el autobús retomaba la marcha e intenté impedir que mis ilusiones se anticiparan a lo que podría decir. Por más enfadado que estuviera con ella por cómo había terminado todo, me entusiasmaba creer que tal vez, por fin, ella buscara reconciliarse. Bastaba con que dijera la palabra, y yo habría sido suyo al instante.

Comencé a romper el sello, pero luego una voz áspera gruñó desde el fondo del autobús:

—Levántate, máquina vieja.

Me quedé paralizado. Un oficial de policía estaba a unos pasos de mí, llevaba puesto un abrigo azul marino que llegaba hasta el suelo como si fuera un sudario. Me había entretenido con la carta de Mary como un idiota y no lo había visto subir. Lo reconocí de inmediato por la pesada cruz de oro que colgaba de una cadena en el ojal de su chaleco: era el inspector Jiroux, el jefe de policía de Ginebra. La cruz brilló cuando se cruzó de brazos y clavó la mirada en un anciano que tenía un mechón de pelo blanco y un broche de latón con forma de engranaje en la solapa del abrigo. Guardé la carta de Mary entre las páginas de *Frankenstein* y comencé a caminar hacia la puerta, con el corazón acelerado.

Jiroux le dio una patada en la pierna al anciano. Se oyó un ruido metálico y grave.

—Levántate —repitió de nuevo—. ¿No ves que todas estas personas, seres humanos de pies a cabeza, no tienen dónde sentarse? —Se volvió de pronto y me apuntó con su porra. El viejo y yo nos sobresaltamos—. Dale tu asiento a este joven.

—No es necesario —murmuré sin levantar la mirada de mis botas.

—Sí, lo es —respondió Jiroux—. Los hombres como usted no pueden ser menos importantes que los mecánicos.

—Está bien, en serio —insistí.

—No está bien, él es una máquina. —Jiroux levantó el pantalón del anciano de un tirón y dejó al descubierto el esqueleto de metal, el tumulto de engranajes que se escondían bajo la cicatriz—. Ya no es un hombre.

Con la punta de la bota, Jiroux tocó las barras de metal, que resonaron.

El anciano se encogió de hombros.

—Por favor, me cuesta estar de pie. Perdí la rodilla en la guerra.

—¿Y por eso has elegido escupirle a Dios a la cara y dejar que un hombre te convirtiera en una máquina?

—No es una falta de respeto hacia Dios, señor… —comenzó a decir el anciano, pero Jiroux lo interrumpió. Su voz se proyectó por todo el autobús como si fuera un sacerdote que hablaba desde el púlpito.

—El hombre, tal como fue diseñado por la mano de Dios, es perfecto. Si Dios hubiera querido hacer hombres de metal, así habríamos nacido. Cuando decidiste instalar una pieza mecánica en tu cuerpo, te transformaste en una ofensa a Dios y a Su creación divina, y renunciaste a los derechos que les dio a los humanos. —Sujetó al anciano por el cuello del abrigo y lo sacó a rastras del asiento. Luego me ladró—: Siéntate. —Yo no me moví. Todos los pasajeros nos observaban—. Siéntate —repitió Jiroux cuando el autobús comenzó a disminuir la velocidad.

—Me bajo aquí —respondí.

Jiroux me fulminó con la mirada y después empujó al anciano, que tropezó y alcanzó a detener la caída cerca del asiento de una mujer. Ella se apartó como si él tuviera una enfermedad contagiosa. Las puertas del autobús se abrieron de golpe, bajé las escaleras de prisa y salté al pavimento. Me había bajado dos paradas antes, pero igualmente me pasé el resto del camino hasta la frontera de la ciudad insistiéndole a mi corazón para que dejara de latir tan fuerte.

Después de la Revolución francesa y las Guerras Napoleónicas, muchos soldados terminaron con heridas graves y perdieron extremidades. Y, al mismo tiempo, cada vez más personas querían reemplazar los brazos o piernas que ya no tenían con partes mecánicas. Muchos de los expatriados políticos de Francia habían venido a Suiza, y Ginebra se había convertido en un hogar para ellos, una ciudad neutral que daba asilo a los refugiados de la guerra. Los veteranos se convirtieron en nuevos clientes de nuestra tienda, aunque seguíamos tratando otro tipo de lesiones, igual que antes de llegar a Ginebra: extremidades arrancadas o destruidas por la maquinaria de las fábricas, articulaciones artríticas y pies de palo que reemplazábamos por piezas metálicas móviles, columnas desviadas que reparábamos con vértebras metálicas. Incluso habíamos injertado un sistema de pistones de vapor en las caderas de un hombre con parálisis para que pudiera volver a caminar.

Mi padre solía decir que los prejuicios no tenían que ser lógicos, pero de todas formas yo nunca había entendido cómo podían pensar que lo que hacíamos estaba mal. Las personas como Jiroux creían que en cuanto el metal se fundía con los huesos y los músculos, algo de la esencia humana desaparecía, y por eso los hombres y las mujeres con piezas mecánicas eran máquinas, inferiores al resto.

Las personas mecánicas debían decidir si vivir con el cuerpo incompleto o con el odio de la sociedad. Era una elección de mierda.

Al cruzar el puesto de control fronterizo y las murallas de la ciudad, las colinas se extendían como palmas abiertas hacia el sol poniente. Me aparté de la carretera principal y comencé a ascender por los caminos de los viñedos, que se convirtieron en estrechos senderos de montaña. Mis botas se hundían en el lodo a medida que subía. Todo era silencio y solo el viento invernal que soplaba entre los pinos con un aullido sombrío y el lejano murmullo de la ciudad industrial, más débil con cada paso, interrumpían la quietud de los acantilados.

En la cima de la cresta final me detuve para recuperar el aliento y mirar el paisaje. En la distancia, la superficie del lago helado brillaba como si estuviera hecha de diamantes, y en su ribera, entre los árboles perennes, asomaban las villas de los magistrados y comerciantes. A sus orillas, Ginebra se recortaba de color negro contra la puesta de sol:

el Ródano dividía los techos con torrecillas y agujas de Vieille Ville de la zona industrial, y la silueta de la torre del reloj se alzaba solitaria sobre todas las construcciones.

Conté hasta cien mientras contemplaba el paisaje. Después, me di la vuelta. Al otro lado de la cima escarpada, en lo alto, había un pequeño castillo de piedra oscura, y una voluta de humo blanco salía de una de sus chimeneas. Era el Château de Sang, escuálido y oscuro como un agujero en el cielo invernal.

El frío comenzaba a colarse por mi abrigo, pero no me moví. Una parte de mí quería quedarse allí y dejar que el tiempo pasara hasta la hora de volver a casa. Una mezcla de miedo y obligación me revolvía el estómago, y sabía que no podría tragarme las náuseas. Solo tenía que dejar que el malestar pasara un poco para poder retomar la marcha, pero nunca se desvanecía por completo.

Respiré hondo, me armé de valor y comencé a bajar la pendiente que llevaba hasta la entrada.

Entré en el castillo por una puerta trasera de servicio, la única que no estaba tapiada. Yo había reemplazado la cerradura que las autoridades habían instalado por una igual a la que teníamos en nuestra tienda, que quedaba bloqueada por dentro y por fuera. Puse una piedra en el marco de la puerta para que no se cerrara por completo.

En el interior del castillo todo se cubría de sombras. Las partículas de polvo flotaban a la luz de los delgados rayos que se filtraban por los altos ventanales tapiados, y las telarañas decoraban las paredes como si fueran tapices tejidos. El aire estaba cargado con el olor del moho y el tiempo, y por el azufre intenso de la pólvora y los explosivos que las autoridades guardaban en el sótano.

Atravesé la cocina por un camino que conocía bien y solo me detuve un instante para cerciorarme de que la despensa estuviera abastecida. Después subí unas escaleras largas y sinuosas, prestando atención a cada sonido para descubrir dónde se encontraba él. Cuando llegué al pasillo del primer piso, pude ver el resplandor ambarino del fuego en la distancia y seguí la luz.

Parecía que una fuerte tormenta de viento había barrido la habitación justo antes de mi llegada. Había papeles arrugados por el suelo y plumines clavados en la pared como dardos. El almohadón de pluma de ganso que les había robado a mis padres estaba tirado en mitad de la habitación, desgarrado, y las plumas asomaban por la tela rota y flotaban con el viento que bajaba por la chimenea. Había platos apilados en lugares al azar, con restos de comida secos y en descomposición, y la mayoría de los muebles que habían dejado los viejos dueños del castillo, ya estropeados por el paso del tiempo, tenían marcas de golpes y roturas. Parecían los despojos de un campo de batalla, un botín que alguien había decidido dejar atrás.

Y en el centro, como un rey en su trono, estaba Oliver.

CAPÍTULO DOS

Antes de su resurrección, Oliver era un joven atractivo, del tipo que las chicas miraban por la calle. Era esbelto y atlético, no delgado como yo, y tenía un aire arrogante al que ya jamás conseguiría acostumbrarme. No había perdido la arrogancia en su segunda vida, pero ahora era diferente, menos seguro de sí mismo y más amenazador.

Compartíamos la mayoría de los rasgos (el pelo castaño y rizado, y los ojos oscuros, en especial), pero ya no nos parecíamos, no como antes. La resurrección de Oliver había agregado casi treinta centímetros a su altura, y la mayor parte de su cuerpo estaba formado por líneas afiladas y ángulos raros. La ropa no le quedaba bien. Llevaba una camisa de lino amplia con las mangas enrolladas, los tirantes colgados a la altura de las rodillas, y los pantalones holgados en lugares inusuales. Su cabello oscuro había vuelto a crecer y era tan grueso como antes, pero no lo volvería a hacer sobre las cicatrices, así que tenía franjas calvas en mitad de los rizos.

Con la resurrección también había perdido la estructura ósea que le marcaba los pómulos y la mandíbula cuadrada. Tenía un párpado caído, y la piel del rostro, igual que la del resto de su cuerpo, tenía arrugas y estaba constantemente magullada por la maquinaria que presionaba desde su interior. Habían pasado dos años y aún se me hacía difícil no apartar la vista. Me obligué a mirarlo a los ojos y a mantener la mirada firme desde la puerta. Como no respondió, dejé caer mi bolso en el suelo, junto a la silla, y dije:

—Perdón por no haber pasado antes.

Ya comenzaba a sentir una presión en el pecho y me costaba pronunciar las palabras sin que me faltara el aliento.

Mientras yo me quitaba el abrigo y la bufanda, Oliver me observaba desde lo alto, sentado sobre el escritorio, con una pipa apagada entre los dientes. Fumar se había vuelto peligroso desde que tenía los pulmones hechos de papel encerado y cuero, pero a él todavía le divertía mordisquear la pipa como si estuviera encendida. Los recuerdos que había retenido de su vida anterior, como fumar, eran raros e impredecibles.

Le di una patada a una bola de papel que había bajo la silla.

—¿Qué ha pasado aquí?

—Me aburro —respondió Oliver, y se bajó del escritorio para sentarse a horcajadas en la silla.

Las articulaciones mecánicas rechinaban cada vez que se movía. Yo había reemplazado uno de sus brazos por una pieza mecánica, y también las dos rodillas, porque era más seguro que esperar a que los huesos se regeneraran mal.

—Entonces, ponte a limpiar este sitio y estarás ocupado durante un buen rato. He arreglado tu camisa —agregué mientras la sacaba de mi bolso y se la arrojaba. La atrapó con la mano mecánica—. ¿Necesitas algo más?

—Tabaco.

—No. —Moví un ejemplar gastado de *El paraíso perdido* a un lado del diván y me hundí en el almohadón—. ¿Por qué has destrozado el papel que te traje?

—Porque escribir me aburre. Todo me aburre, estoy muy aburrido.

Oliver arrojó la camisa sobre el almohadón de plumas. Se produjo un sonido metálico, agudo como el de una tetera al fuego, y él hizo un gesto de dolor.

Me incorporé en la silla.

—¿Te molesta?

—El brazo no —dijo, y se golpeó el pecho con los nudillos. Un sonido hueco inundó la habitación.

—He traído mis herramientas.

—Estoy bien.

—No seas tonto, déjame que te eche un vistazo.

Saqué los guantes de cuero del bolso mientras Oliver aumentaba la potencia de la lámpara que se balanceaba sobre el escritorio y se quitaba la camisa. Tenía la piel tan arrugada y perforada que apenas parecía piel. Aún se veían los puntos de sutura, los pernos, las manchas azules que habían dejado las agujas. Algunas zonas de su cuerpo se abultaban y ondulaban por los laterales a medida que los engranajes giraban debajo. Con torpeza, hundí los dedos bajo la costura del pecho para abrirlo.

Por dentro, Oliver era todo máquina, hecho de engranajes y pasadores igual que un motor. Y, en cierta forma, no era más que eso, un motor que hacía todo lo que su cuerpo irremediablemente roto ya no podía hacer. La mitad de su caja torácica había desaparecido, reemplazada por varillas de acero y un montón de engranajes apiñados que se conectaban mediante tubos de cuero a dos fuelles que se abrían y cerraban con cada respiración. En lugar de un corazón, ahora había un resorte rodeado por un nudo de engranajes, que se movían en sincronía y sonaban como un reloj en lugar de latidos.

El problema era fácil de detectar. Uno de los pernos se había aflojado y hacía que uno de los engranajes chocara contra el peso oscilante al girar. Me puse las gafas de aumento que me colgaban del cuello y busqué en el bolso las pinzas de punta.

—¿Puedo preguntarte algo? No consigo recordarlo y me molesta. —Oliver me enseñó su mano de carne y hueso. Una cicatriz fina y blanca atravesaba los nudillos—. ¿De qué es? Es más vieja que las demás.

—Creo que te la hiciste en un combate de boxeo. —Utilicé las pinzas para sujetar el engranaje suelto y colocarlo de nuevo en su sitio. Oliver contuvo el aliento—. Lo siento, debería haberte advertido que podía doler.

Se encogió de hombros como si no importara, pero su voz sonó más tensa cuando volvió a hablar.

—No creo que sea una cicatriz de boxeo. Parece como si hubiera roto una ventana con el puño o algo así.

—No, me dijiste que alguien tiró una botella al ring y te cortó la mano.

—¿Gané?

—Por favor, Oliver, ¿importa? Te hiciste daño demasiadas veces por hacer cosas estúpidas. No tengo muy claros los recuerdos.

—¿Estabas allí ese día? ¿Has boxeado alguna vez?

Saqué las pinzas por debajo del peso y sujeté una llave para ajustar el perno suelto.

—No, el boxeo es demasiado violento para mí.

—Ojalá pudiera boxear ahora.

Apreté el perno más de lo necesario, y Oliver gritó.

—Y en cuanto te quitaras la camisa sobre el ring, verían todas las piezas de metal y te sacarían de allí a la fuerza.

—Por el amor de Dios, Ally, era una broma. —Flexionó los dedos y se quedó observando la cicatriz que se movía con la piel—. Es raro, sabes. Tener cicatrices y no saber de dónde vienen.

—Bueno, ¿hay alguna otra que no puedas recordar? —pregunté.

—No recuerdo ninguna. —Se pasó las yemas de los dedos por la costura que tenía en el cráneo—. No recuerdo cómo me hice ninguna de ellas.

Limpié una mancha de grasa que había en la llave inglesa y no dije nada.

Oliver había recuperado la mayor parte de la memoria poco a poco y con mi ayuda. Había vuelto al mundo en blanco, pero algunas cosas, como el habla, la lectura y las habilidades motoras, habían vuelto enseguida. Recuperar los recuerdos le había costado algo más. Intenté contarle lo que pude, pero siempre con la sensación de que en lugar de recordar, él solo repetía ciegamente lo que yo decía. A veces me sorprendía con una anécdota que yo nunca había mencionado, aunque los recuerdos que volvían a su mente eran impredecibles: recordaba peleas puntuales con mi padre, pero nada sobre nuestra madre; se acordaba del color de las paredes de nuestra tienda en París, pero había olvidado todo de Bergen; sabía que detestaba a Geisler, aunque yo había tenido que explicarle por qué. Cada vez que recordaba algo sin mi ayuda, me daba miedo. Sobre todo porque algún día, sin previo aviso, quizás recordara su muerte, y su recuerdo no coincidiría con la historia que yo le había relatado.

31

Ajusté mis gafas para evitar que se me deslizaran por la nariz.

—Por suerte para ti, estoy yo, que lo recuerdo todo. Respira. —Oliver obedeció y empujé el engranaje con dos dedos enguantados para asegurarme de que estuviera bien colocado—. Funcionará por ahora. Uno de los pernos se ha desgastado, así que no se quedará en su sitio mucho tiempo. Te traeré uno nuevo la próxima vez que venga.

—¿Y qué debo hacer hasta entonces?

—Puedo dejarte mis pinzas, por si necesitas ajustarlo. —Revolví en mi bolso hasta que las encontré y luego se las arrojé. Patinaron hasta el borde del escritorio con estrépito—. En realidad, no son para pernos, pero nuestro padre se daría cuenta si falta una llave inglesa. ¿Cómo va todo lo demás?

—Me noto el brazo rígido.

—Es probable que necesite una limpieza. No he traído aceite, pero puedo darle pulso. Quizás sirva. —Oliver hizo una mueca, y yo estuve a punto de bromear sobre lo acostumbrado que debía estar ya al dolor, pero cambié de opinión en el último segundo. Cambié los guantes de cuero por los de reanimación, que estaban en el bolso. Oliver se echó en la silla mientras yo me frotaba las manos, y los dos contemplábamos la energía pálida que se acumulaba entre las placas—. Lo siento, tardan mucho en activarse.

—Dile a nuestro padre que necesitas un par nuevo.

—Son difíciles de conseguir ahora. Todas las herramientas de los Aprendices de Sombras se vigilan muy de cerca. Los comerciantes tienen que entregarle a la policía una lista de compradores. Hay sitios en los que incluso se necesita un permiso.

—Ginebra se está volviendo más inteligente.

Separé las palmas con un resoplido. Un rayo de luz blanca y azulada recorría las placas.

—Prepárate.

Apoyé los guantes sobre las placas conductoras del hombro mecánico. Se produjo un débil destello al entrar en contacto con el metal y luego Oliver se sacudió cuando la electricidad recorrió todo su cuerpo. Los engranajes del brazo comenzaron a acelerarse a medida que la electricidad tensaba el resorte principal, que se movía más rápido que antes. Dobló el codo un par de veces y asintió.

—Mejor.

—La próxima vez, avísame antes de que sea necesario aceitarlo.

Oliver hizo un gesto de indiferencia, se puso de pie y rotó el brazo mecánico.

—¿Te quedarás en Ginebra? —preguntó.

—Es lo que quiere nuestro padre. ¿Recuerdas a Morand? —Oliver negó con la cabeza—. Tiene una pensión en la frontera con Francia para los mecánicos que necesitan un sitio en el que alojarse. Insiste en que vayamos a trabajar para él, pero a nuestro padre no le interesa. Creo que él y nuestra madre están cansados de mudarse tan a menudo. Solo desearía que se hubieran cansado en algún sitio más acogedor.

—Yo hablaba de ti. ¿Tú vas a quedarte? —Recogió un puñado de papel hecho jirones y lo arrojó al fuego—. ¿No ibas a matricularte en la universidad este año?

—Sí.

—¿Y qué ha pasado?

Me quité los guantes de reanimación y volví a guardarlos. Solo con pensar en la universidad sentí una punzada aguda, como si un alambre tenso me tirara del pecho. Había hecho planes durante mucho tiempo: ir a la Universidad de Ingolstadt para estudiar mecánica con Geisler, igual que Oliver estaba a punto de hacer antes de su muerte. El deseo todavía era profundo y era aún peor frente a él.

—No lo he hecho.

—¿Por qué no?

—No he querido. Nuestro padre me necesita. No hay dinero. —Me encogí de hombros—. ¿Qué importa?

Oliver sujetó un atizador de la chimenea y lo hundió entre las llamas.

—Solo pensaba que si ibas a la universidad, tal vez yo también podría marcharme.

—¿A dónde?

—A cualquier lugar, lejos… y sin ti. —Sin querer, lancé una carcajada. Oliver frunció el ceño, y yo cerré la boca enseguida—. ¿Qué te resulta tan gracioso?

—No puedo dejarte solo.

Frunció más el ceño, y durante un extraño momento, vi la sombra de nuestro padre en su rostro.

—Puedo cuidarme solo.

—Sí, claro. Oliver, me he pasado toda la vida cuidándote de las tonterías que haces. Incluso cuando éramos niños. ¿Quién asumió la culpa por robar dulces para que no te echaran del colegio? ¿Quién te sacó de la cárcel dos veces para que nuestro padre no se enterara? ¿Quién arregló todos aquellos relojes para que no perdieras aquel trabajo en París?

—Y no olvides que estaría muerto sin ti —agregó, y de pronto su voz sonó casi como un gruñido.

Me llevé las manos a los ojos.

—Por favor, Oliver, no quiero volver a hablar de eso.

—No vas a ir a la universidad por mi culpa. Ni siquiera te has matriculado. Pasabas todo el día hablando de la universidad, lo recuerdo perfectamente. No soy idiota, Ally.

Una llamarada se encendió dentro de mi pecho y me puse de pie con tanto ímpetu que mi silla se tambaleó.

—Qué mierda, está bien. Tienes razón, ¿es eso lo que quieres escuchar? No he solicitado plaza en Ingolstadt porque tengo que quedarme aquí y cuidar de ti.

Tardé en entender lo que acababa de decir. Entonces, Oliver repitió:

—¿Ingolstadt? —Y mi corazón se partió—. ¿Quieres ir a la Universidad de Ingolstadt?

—Oliver…

—Geisler da clases allí.

Percibí la ira que se asomaba: ese animal salvaje que apenas había conseguido controlar en su primera vida y que bramaba indomable en la segunda. Di un paso en dirección a él y levanté una mano.

—No fue mi…

Lanzó el atizador, que rebotó por el suelo. Unos restos de brasas ardientes salieron volando y chispearon al golpear la piedra.

—Estaba conmovido por tu sacrificio y ahora me entero de que sigues obsesionado con Ingolstadt y con estudiar con el hombre que me asesinó.

Sentí una piedra fría en la boca del estómago, pero no demostré ningún tipo de emoción.

Cuando le conté a Oliver la historia de su muerte, se me ocurrió que lo más fácil era echarle la culpa al Dr. Geisler. Era la misma mentira que les había contado a mis padres, a la policía y a Mary, y a todos desde entonces: que se había producido un accidente en la torre del reloj mientras Geisler escapaba de la ciudad. Que Geisler había empujado a Oliver, aunque no a propósito. Que el cristal del reloj se había roto con el impacto y Oliver había caído a la ribera del río. Era demasiado tarde para retractarse. Le había contado la historia demasiadas veces, hasta grabarla en su mente, en un intento de ocultar la verdad. Pero lo que más deseaba era poder volver atrás en el tiempo e inventar otra historia. Culpar a la policía, quizás, al exceso de vino o a los tablones sueltos. Algo que no fuera un obstáculo para cumplir mis sueños.

—Fue un accidente, ya te lo expliqué.

—Pero terminé muerto de todas formas. ¡Geisler es la razón por la que soy un monstruo!

—No eres un monstruo —dije, aunque mi voz sonaba falsa de tanto repetirlo. Cuando se repite algo muchas veces, incluso la verdad, empieza a sonar como una mentira, y yo ya no sabía bien cuál era la verdad.

—Entonces, supongo que me mantienes aquí encerrado para protegerme, ¿no? —preguntó—. Porque soy frágil y quieres cuidarme, no porque la gente saldría corriendo al verme.

—No eres un monstruo —insistí.

—Pero Geisler, sí. —Su voz se convirtió en un grito—. Él me asesinó, Alasdair, me asesinó, y tú quieres ir a Ingolstadt y continuar con su investigación de locos.

—Estás vivo gracias a esa investigación de locos —respondí.

—Bueno, ¡preferiría estar muerto!

Sujetó el ejemplar de *El paraíso perdido* de mala manera y lo arrojó contra la pared. El libro se abrió por la mitad, como si tuviera alas, y cayó al suelo con un ruido sordo. Nos quedamos mirándolo durante un instante. Podía palpar el silencio que se había instalado entre nosotros, denso y jadeante como si estuviera vivo.

—No digas eso, sé que no piensas así.

Oliver hundió la barbilla en el pecho.

—A veces, sí. —Su voz aún temblaba, pero se había tranquilizado de nuevo—. A veces me gustaría desarmarme.

—No… no lo hagas —pedí enseguida—. Vendré a pasar unos días contigo. Puedo decirles a nuestros padres que voy a ir a visitar a Morand por un trabajo…

—Que no grites en voz alta no quiere decir que no pueda escucharte gritar.

De pronto se apartó de mí y se inclinó hacia delante, con la frente apoyada en la pared. Su silueta recortada contra la luz del fuego era rara y retorcida, como si hubieran cosido un esqueleto de huesos muy afilados a una piel vacía.

Me hundí en el diván y dejé escapar un largo suspiro por la nariz. Las gafas que me colgaban del cuello se empañaron.

—No importa —le dije—. No iré a Ingolstadt y no te dejaré salir. El mundo es horrible para los que son como tú.

—No hay nadie como yo —respondió.

—Para los hombres mecánicos, quería decir. En especial, en Ginebra. Oliver, la gente te destruiría. Te diseccionarían.

—Ya lo sé.

Se metió la pipa entre los dientes y se dejó caer junto a mí en el diván. Pasamos un rato allí sentados sin hablar. En el hogar, un tronco convertido en brasas se deshizo y lanzó un reguero de chispas por la chimenea.

Entonces, recordé el motivo de mi visita.

—Te he traído una cosa. —Busqué el bolso bajo el escritorio y saqué uno de los libros—. Feliz cumpleaños.

—¿Es hoy?

—Primero de diciembre, como todos los años. —Lo dije de broma, pero Oliver no se rio. Sujetó el libro y se quedó mirando la portada como si fuera el retrato de alguien que no terminaba de reconocer—. Es Coleridge. Te gustaba mucho, a ti y...

Me detuve y tragué saliva. Nunca había mencionado a Mary, sobre todo porque me había roto el corazón, y no sabía si Oliver la recordaba. Me miró de reojo.

—¿A mí y a quién más?

—A ti —le dije—. Te gustaba mucho Coleridge.

—¿Qué escribe?

—Palabras.

Oliver me dio un codazo con el brazo mecánico, y yo lancé un grito. Me dolió más de lo que esperaba.

—¿Qué tipo de palabras, bobo?

—Poesía. Creo que es poeta. No estoy seguro.

Me puse a buscar otro libro en el bolso.

—«Como quien, en camino solitario...».

—¿Qué dices? —pregunté e interrumpí lo que estaba haciendo.

—Es... —Arrugó el rostro y cerró los ojos, muy concentrado—. «Como quien, en camino solitario, / camina entre el miedo y el espanto, / y después de mirar atrás, sigue adelante / sin girar nunca más, / pues sabe que un demonio muy temible / sigue sus pasos bien de cerca».

Detrás de nosotros, otro tronco se deshizo al fuego del hogar.

—Bastante sombrío —le dije.

—Creo que es un poema de Coleridge. Lo recuerdo.

—Ah. —Se me hizo un nudo en el estómago al escuchar la palabra «recordar». Dejé el resto de los libros en el suelo, sin mirarlos, y busqué mi abrigo—. Bueno, puedes leerlo en tu tiempo libre, cuando no estés rompiendo los muebles.

Oliver levantó la vista cuando me puse de pie.

—¿Ya te vas?

—Tengo que ir a otro sitio.

Aunque no dije «a casa», sabía que Oliver había escuchado aquellas palabras de todas formas. Arrojó el libro de Coleridge junto a *El paraíso perdido* y apoyó los pies en el espacio vacío que yo había dejado.

—Saluda a tus padres por mi parte.

Era un ataque disfrazado de broma, y eso me irritó más que cualquier comentario cruel.

—También son tus padres.

—Creía que ese horror ahora te correspondía a ti. ¿O prefieres que te llame «creador»?

—Qué demonios, Oliver.

Sujeté el bolso y después la bufanda, aunque ni siquiera me la puse: lo único que quería era alejarme de él lo antes posible. Sentía que me estaba sofocando.

—No podré venir mucho de visita esta semana —grité mientras me dirigía hacia la puerta—. Se acerca el mercado de Navidad y nuestro padre se está poniendo nervioso.

—Como todos los años.

—Como todos los años.

—Lo recuerdo.

Me paré en el umbral de la puerta y miré hacia atrás. Oliver estaba sentado y tenía las piernas cruzadas y los hombros caídos. Había levantado otro libro de la pila y, mientras lo hojeaba, se pasó el dedo por el labio inferior, un gesto que solía hacer cuando éramos niños y estaba absorto en sus pensamientos.

Vi el gesto y pensé: *Te echo de menos*.

Estaba justo delante de mí, al alcance de un abrazo. Y yo no podía dejar de echarlo de menos.

Giré la manija y lo saludé con algo parecido a una sonrisa.

—Te veré pronto —le dije, y me adentré en la oscuridad del castillo, de vuelta hacia el sol poniente del invierno, antes de que él pudiera decir adiós.

Llegué seis minutos tarde a la cena.

Cuando entré en casa, un apartamento que se situaba sobre la tienda, mis padres ya estaban sentados a la mesa. Mi padre estudiaba su reloj de bolsillo y mi madre me miraba tímidamente como pidiéndome disculpas por el espectáculo que habían montado. Sabía que no había sido idea suya. Sobre la mesa había un ganso asado, flanqueado por un plato de *papet vaudois* y merengue. La cena no se parecía en nada a lo que solíamos comer habitualmente, que por lo general estaba frío y pasado, y que la mayoría de las veces devorábamos en el taller entre cliente y cliente.

Mi padre cerró bruscamente el reloj de bolsillo y me miró por encima de las gafas.

—Llegas tarde, Alasdair.

Oliver me había dejado sin energía, y no estaba de humor para discutir con mi padre, así que me dejé caer en la silla sin decir ni una palabra. Mi madre había puesto las servilletas bordadas y un ramo de campanillas de invierno en una taza de té, entre los candelabros.

Pasamos un largo rato sin hablar. Mi madre contemplaba el plato vacío, mi padre observaba furioso el ganso y yo los miraba a ambos, preguntándome quién de los dos hablaría primero.

Fue mi padre quien al final levantó la copa. Creía que nos daría un discurso, porque le gustaba sermonear, pero solo dijo:

—Feliz cumpleaños, Oliver. —Tenía el ceño fruncido, pero vi el temblor en su boca cuando terminó el brindis—: Te echamos de menos.

Mi madre asintió, con el pulgar contra los labios.

Mi padre me miró, y hundí la vista en mi vaso.

—¿Te gustaría decir algo sobre tu hermano, Alasdair, algo que recuerdes? —me preguntó.

Recordaba tantas cosas de Oliver, pero cuanto más intentaba aferrarme a ellas más rápido parecían escabullirse. Las imágenes de nuestra juventud como Aprendices de Sombras, cuando aún estábamos muy unidos, se habían borrado con los recuerdos más recientes en el Château de Sang, las imágenes de los muebles rotos y los ataques de ira. La fortaleza luminosa que alguna vez admiré se había vuelto cortante e hiriente, y era lo único que quedaba de él. Era un desconocido que vestía su piel y hablaba con su voz. Mi hermano estaba oculto tras sí mismo.

De pronto, sentí ganas de llorar y concentré la mirada en mis dedos para no derramar las lágrimas. Las cicatrices que tenía en la mano, a causa de los engranajes y los cables sueltos que utilicé la noche de la resurrección, cambiaban de rojo a blanco. Tenía en la carne recuerdos de las noches en que había matado a mi hermano y lo había resucitado.

—Por Oliver —dije, y vacié la copa de un trago.

CAPÍTULO TRES

A l día siguiente por la tarde, Morand pasó por la tienda para recoger el brazo.

Era un tipo bajo y regordete de la edad de mi padre, con el pelo canoso y grueso que llevaba largo y suelto. Lo veíamos dos veces al año, puntual como un reloj, cuando dejaba la pensión de Ornex para viajar a Ginebra y buscar documentos falsos para los hombres y mujeres mecánicos que albergaba. Las falsificaciones omitían las partes mecánicas, lo que hacía más fácil conseguir un trabajo y viajar.

A Morand le gustaba ponerse al día cuando nos visitaba, así que por lo general mi padre hacía la instalación, pero en aquella ocasión dejó que yo llevara a Morand al taller. Creí que era una señal de confianza hasta que, cuando crucé el mostrador y pasé a su lado, murmuró:

—Ahora vamos a ver cómo funciona tu terraja de medio centímetro.

Entramos en el taller y me di la vuelta para encender las lámparas. Morand apartó los platos del desayuno de la silla y en cuanto se acomodó, comenzó a enrollar la manga de la camisa hasta la articulación desgastada que se encontraba soldada a su codo.

—¿Y cómo trata Ginebra a los Finch? —me preguntó mientras yo me quitaba las gafas de aumento y levantaba el brazo mecánico de la mesa de trabajo.

—Bien, muy bien.

Coloqué el brazo en la articulación, lo hice girar hasta que los pernos se alinearon y comencé a ajustarlos. Los engranajes se acomodaron con un suave chirrido.

Morand se rio.

—Se me había olvidado que tú no eres muy conversador, ¿verdad? Tu hermano solía... —Se interrumpió y bajó la mirada. Yo no aparté los ojos del brazo.

—Puedes hablar de él, no me molesta.

Morand resopló y volvió a hacer un movimiento con el hombro cuando terminé de ajustar los pernos.

—Siempre era divertido hablar con Oliver Finch. Te pareces mucho a él.

Hice un esfuerzo por sonreír y busqué los guantes de reanimación que se encontraban a mis espaldas. Cuando me giré, la luz de la lámpara se reflejó en una insignia de latón con forma de engranaje que Morand llevaba en la solapa de su abrigo. Era igual a la que llevaba el anciano que había visto en el autobús el día anterior.

Morand vio que la observaba y sonrió.

—¿Te gusta mi insignia de Frankenstein?

Estuve a punto de dejar caer los guantes.

—¿Cómo has dicho que se llama? —le pregunté, aunque lo había escuchado a la perfección.

Recordé la palabra escrita con letras doradas sobre el lomo del libro que había enviado Mary.

—Insignia de Frankenstein. ¿Nunca habías oído hablar de ella? Así la llaman los huéspedes que vienen de Ginebra. Todas las personas mecánicas de la ciudad están obligadas a llevarla.

—Lo sé —dije de prisa—. Pero nunca antes había escuchado ese nombre.

—¿Has leído *Frankenstein*? —preguntó mientras me abrochaba los guantes de reanimación y comenzaba a cargarlos—. Nadie sabe quién escribió la novela, ni siquiera los periodistas. Aunque dicen que es sobre Geisler. Tu familia ya no tiene relación con él, ¿no?

—No. —La corriente eléctrica que se acumulaba entre mis manos chasqueó como si se tratara de una afirmación—. ¿Por qué escribirían una novela sobre Geisler? Todavía lo buscan en muchas partes.

Morand se encogió de hombros.

—Puede que no hable sobre él, pero sin duda trata sobre un Aprendiz de Sombras. No lo sé, aún no la he leído, pero he escuchado hablar a mis huéspedes. Algo de personas mecánicas y sobre si son humanas o no. Y también hay un médico que crea un monstruo mecánico a partir de un cadáver y la criatura se vuelve en su contra.

—¿Qué demonios?

—Suena a Geisler, ¿no? Y, además, todo sucede aquí, en Ginebra. Creía que al llegar me encontraría con un gran alboroto en la ciudad a causa de la novela, pero todo está mucho más tranquilo de lo que esperaba.

—Bueno, se acerca la Navidad y hay que portarse bien.

Se rio mientras estiraba las piernas.

—Hace algunas semanas llegó desde Ginebra un hombre llamado Emile Brien. Perdió una pierna en Waterloo y ahora camina sobre engranajes. ¿Lo conoces? —Negué con la cabeza—. Dijo que un grupo de personas mecánicas de la ciudad planeaban llevar a cabo una revuelta y lo habían reclutado. ¿Sabes algo al respecto?

—Nada.

De pronto, me di cuenta de que las placas en mis manos crepitaban con la corriente. Me había concentrado tanto en las palabras de Morand que había olvidado lo que tenía que hacer. Apoyé las palmas sobre las placas de conducción del brazo de Morand y un perno se salió de los guantes.

Sabía que tenía razón sobre la terraja de medio centímetro, pero de todas formas contuve la respiración hasta que los engranajes cobraron vida de pronto y se entrelazaron, con un movimiento lento y silencioso como el del Ródano en verano. No hubo chispas ni dientes rotos, ni atascos en el trinquete, ni tensión en la rueda central. Morand dobló el codo un par de veces y después cerró y abrió el puño con sus dedos plateados.

—¿Está bien? —pregunté.

—Extraordinario —respondió—. Bien hecho, Alasdair.

Asentí con la cabeza como si solo fuera cosa de negocios, pero estaba contento. Mi padre tendría que admitir que yo tenía razón sobre la terraja. Él era un genio en asuntos de carne y hueso: en Escocia, antes de que Geisler lo contratara como parte del equipo de Aprendices de Sombras, había sido cirujano de la marina, pero no era muy hábil con las máquinas. Nunca admitiría que yo entendía de engranajes y de ruedas como él nunca lo había hecho. Mi padre era médico, pero yo era mecánico. Algunas cosas te nacen desde lo más profundo de tus huesos.

Morand sujetó el sombrero del respaldo de la silla, donde lo había colgado al llegar.

—Dile a tu padre que si algún día se cansa de Ginebra, tengo trabajo para él. A mis huéspedes les vendría muy bien tener un Aprendiz de Sombras. O tal vez te interese a ti. Tienes mucho talento. —Me miró esperando a que le respondiera, pero cuando me quedé en silencio, agregó—: Y, Dios no lo permita, si alguna vez tienes problemas, siempre serás bienvenido en Ornex. Lo sabes y espero que tus padres también lo sepan.

—Gracias, señor.

Extendió su mano de metal y la estreché.

—Eres un buen chico, Alasdair —expresó—. No cambies.

Me quedé en el taller cuando Morand fue a despedirse de mi padre. En cuanto la puerta se cerró tras él, busqué mi bolso y el ejemplar de *Frankenstein*. Por lo general, preferiría que me arrancaran los dientes antes que leer, pero tenía que encontrar la manera de saber lo que decía aquel libro sobre Geisler y su obra.

No estaba allí. Vacié el bolso, metí las manos en el bolsillo, incluso llegué a darle la vuelta como un idiota, pero el libro había desaparecido. Durante un instante, creí que se me había caído en el apartamento, pero había guardado el bolso en el taller antes de subir a cenar. Quizás lo había olvidado en el autobús o se me había perdido de camino al castillo. Quizás se lo había dado a Oliver por error con el resto de los libros.

Solté una queja en voz alta ante aquella idea. Si el libro hablaba en serio sobre Geisler, era el último libro del mundo que Oliver debía leer. Tendría que volver al castillo para ver si estaba allí.

Pero ya era tarde. Mi padre seguramente me encargaría algo de trabajo y no me dejaría escapar sin más como lo había hecho el día anterior. Creí que podría ir al día siguiente, pero luego recordé que teníamos el mercado de Navidad. El próximo, tal vez, pero estaría agotado. Quizás podría ir después, tal vez tendría que esperar hasta el domingo que acababan las fiestas.

Tenía mil razones para no ir.

Lo que más lamentaba no era haber perdido el libro, sino la carta de Mary que se encontraba entre sus páginas. Me maldije por no haberla leído en cuanto la encontré. Maldije a Jiroux y al veterano del autobús. Maldije mi estupidez por haberla perdido. Maldije los sentimientos que Mary todavía despertaba en mí y en mi corazón, tan fiel como una brújula.

Todavía no conseguía entender por qué me había enviado el libro. Quizás había oído que hablaba sobre Geisler. Sabía que lo conocíamos, y ella se había marchado de Ginebra antes de que la amistad entre él y mi padre se terminara por la muerte de Oliver, así que era probable que no supiera que ya no teníamos relación con él. Quizás había visto que trataba sobre un hombre mecánico y había pensado en mí. O quizás lo mandaba como advertencia. Volví a pensar en la insignia de latón que brillaba sobre la solapa de Morand.

Apoyé las piernas sobre el banco y las estiré, acostado boca arriba mientras contemplaba las sombras que la luz de la lámpara dibujaba en el falso techo. Mary tenía diecinueve años la última vez que la vi. Ahora debía tener veintiuno, la misma edad que Oliver. La que habría tenido. Ya no sabía cómo calcular su edad. Mary, Oliver y yo habíamos pasado juntos aquel verano gris y el cálido otoño que vino luego. Mi madre decía que éramos como uña y carne. Hasta la llegada de Mary, yo no sabía lo que era sentarse al sol en la orilla del lago y no pensar en nada más que en el pálido triángulo de pecas que se asomaban por el escote de su vestido. La vida nunca había sido tan simple, y nunca más volvió a serlo.

Mary, mi primer amor, la primera chica que besé, la que me ayudó a desenterrar el cadáver de mi hermano. Esas cosas no se olvidan.

Se oyó el ruido de la puerta del taller y mientras me incorporaba vi a mi madre aparecer por la entrada.

—¿Quieres algo de comer?

—Ya que me lo ofreces…

—Entonces vamos a casa, la cena ya está lista. Tu padre va a cerrar la tienda temprano para poder dejarlo todo preparado para mañana. ¿Te habías quedado dormido?

—No, solo pensaba —respondí mientras me abrazaba las rodillas.

Ella vino y se sentó sobre la mesa de trabajo, a mi lado. La nuestra no era una familia muy cariñosa y nunca lo había sido, pero mi madre me puso la mano sobre la rodilla y me acarició despacio con el pulgar, dibujando un círculo.

—Es una época del año difícil, ¿no? —dijo, y yo supe que no se refería al mercado de Navidad. Entonces, como si hubiera escuchado mis pensamientos, preguntó—: ¿Qué te envió la señorita Godwin?

—Un libro… y una carta.

—¿Qué te decía?

No quería admitir que la había perdido, así que respondí:

—Solo saludaba, nada importante.

—¿Es la primera vez que te escribe? —Cuando asentí, mi madre hizo un murmullo con los labios fruncidos—. Era una chica muy rara, siempre de un lado a otro con vosotros dos.

—Oliver y yo no éramos *tan* raros.

Hizo un gesto con la boca.

—Me refería a que, bueno, hay reglas sobre ese tipo de cosas, sobre una mujer joven que pasa tiempo a solas con dos chicos. Pero nunca pareció molestarle. Era muy obstinada.

—*Señorita Mary para nada, muy obstinada* —dije sin pensar, y luego me eché a reír. Así la llamábamos Oliver y yo: lo había olvidado hasta que me oí repetirlo. *Señorita Mary para nada, muy obstinada*, como la rima infantil, porque Mary no solo parecía ignorar las reglas que todo el mundo seguía, como las que dictaban que las mujeres no debían beber cerveza ni decir lo que pensaban sobre los derechos de las personas mecánicas ni andar por las calles de Ginebra con Aprendices de Sombras, sino que insistía en demostrarles a todos lo poco que le importaba. Tal vez fuera por el libro de Mary, o porque había visto a Oliver, o tal vez porque las dos cosas habían sucedido el mismo día, pero de pronto recordé aquella vez que subimos a la cima de las colinas cubiertas de hierba, mientras desde el cielo gris llegaba un murmullo de tormenta. Oliver propuso hacer una carrera hasta el pino caído que estaba a la orilla del lago, donde amarrábamos la barca cuando no teníamos dinero para dejarla en el muelle.

«Dadme un minuto», interrumpió Mary, y se agachó como si fuera a quitarse los zapatos, pero en cambio empezó a remangarse la falda alrededor de la cintura, tanto que alcancé a ver sus calcetines hasta la altura de las rodillas. Me bajó la presión tan rápido que estuve a punto de desmayarme y en un acto reflejo aparté a vista, aunque me hubiera encantado seguir mirando. A mi lado, Oliver contemplaba el cielo para no mirar, pero cuando nuestros ojos se cruzaron, los dos nos echamos a reír.

«¿Qué pasa?», preguntó ella. «Correr con estas faldas es una pesadilla».

Oliver y yo volvimos a intercambiar miradas, y después exclamamos:

«Señorita Mary para nada, muy obstinada».

«Ay, no finjáis que las piernas de una mujer es lo más escandaloso que habéis visto en vuestra vida». Mary intentó darnos un golpe, pero los dos lo esquivamos en la misma dirección y terminamos chocando hombro contra hombro, lo que nos hizo reír más todavía. Mary se aprovechó de nuestra distracción y gritó: «Preparados, listos, ¡ya!».

Luego, salió disparada cuesta abajo sin mirar atrás. Oliver me apartó de él con un grito y comenzó a correr, y yo salí último. La hierba crecida aún brillaba con las gotas de lluvia matutina y daba latigazos fuertes y húmedos contra mis espinillas. Yo era más rápido que Oliver, siempre lo había sido, y lo dejé atrás antes de que el suelo comenzara a descender de forma más brusca. Intentó sujetarme por la espalda de la camisa para detenerme, pero me alejé patinando.

«Maldita sea, Alasdair», gritó, y aunque quiso sonar enfadado porque yo lo había adelantado, no pudo disimular la risa.

También pude dejar atrás a Mary y llegué hasta un árbol antes que ellos dos. Aferrándome a la punzada que me había dado en un costado, me di la vuelta y observé cómo se acercaban. Mary, con las faldas ondeando alrededor de las rodillas y el pelo desordenado por el viento, y Oliver, que iba justo detrás de ella, dando unos pasos tan largos que parecían saltos.

Y en ese momento recuerdo haber tenido la certeza, clara y repentina, de que no necesitaba a nadie más que a ellos en el mundo.

—¿Cuánto tiempo hace que la señorita Godwin se marchó de Ginebra? —preguntó mi madre, y tuve que pestañear varias veces para borrar la luz de aquellos recuerdos de mi mente.

—Dos años —respondí. *Como Oliver.*

Apenas hablamos durante la cena. Mi padre comía a toda velocidad, y habría jurado que podía ver cómo hacía listas mentales de todo lo que tenía que estar preparado antes de que amaneciera. Luego dejó el tenedor y me miró por encima de la mesa.

—He hablado con Morand antes de que se marchara. —Como no comenté nada, él agregó—: Me ha dicho que te ha ofrecido un trabajo.

Mi madre alzó la vista.

—¿Alasdair?

Partí un trozo de pan por la mitad y lo pasé por el borde del plato.

—No era una oferta como tal. Solo ha dicho que le vendría muy bien tener un Aprendiz de Sombras en Ornex. Creo que lo ha dicho más por ti que por mí.

—Me ha dicho que estaría encantado de darte trabajo, si yo no te necesitaba en el taller.

—Creí que necesitabas mi ayuda aquí.

—Podemos arreglárnoslas sin ti. Te vendría bien vivir fuera de Ginebra durante algún tiempo. —Me estaba analizando con el mismo escrutinio con el que examinaba las extremidades mecánicas, pero me encogí de hombros. Mi padre soltó un suspiro incómodo y se colocó las gafas en la cabeza—. Bueno, ¿qué quieres, Alasdair? Parece que nada te interesa últimamente.

—Bronson —dijo mi madre, pronunciando su nombre de pila para interceder entre nosotros.

Mi padre se limpió la comisura de la boca con el pulgar, sin apartar la vista de mí.

—Tienes casi dieciocho años. Es hora de que comiences a forjarte un futuro.

—Alasdair —dijo mi madre sentada desde el otro lado—, ¿por qué no quieres ir?

Tiré mi servilleta sobre la mesa.

—No quiero ir y ya está —repliqué, y mi silla repiqueteó contra el suelo mientras me levantaba—. Voy a empezar a preparar las cosas para el mercado.

Luego me dirigí hacia la puerta antes de que alguno de los dos pudiera protestar.

Abajo, en la tienda, me senté en el mostrador y coloqué los muebles de muñecas del estante trasero en las cajas forradas que mi padre había preparado, mientras pensaba en la oferta de Morand. Mi padre parecía tan interesado en que lo aceptara que no me había atrevido a decirle lo asfixiado que me sentía al imaginarme trabajando en la pensión de un pueblecito francés. No quería ser empleado para siempre, ni trabajando para él ni para Morand. Volví a pensar en Ingolstadt y en lo que significaba para mí. Era un sueño sin sentido, desgastado de tanto imaginarlo, al que no podía renunciar.

Pero nada de eso, ni siquiera la idea de mudarme a veinte kilómetros, a Francia, sería posible mientras Oliver viviera encerrado en el castillo. No habría dónde esconderlo en un sitio tan pequeño como Ornex, y no había manera de dejarlo salir solo. El resto de mi vida parecía estar encadenada a Ginebra y a mi hermano resucitado, demasiado salvaje y violento para el mundo.

Con las regulaciones estrictas para las personas mecánicas y los Aprendices de Sombras que las fabricaban, hacía tiempo que Ginebra parecía una cárcel, incluso antes de que Oliver me obligara a quedarme. Geisler había alentado a mi padre a buscar un hogar donde las personas mecánicas necesitaran más ayuda, porque era donde siempre había más trabajo. Habíamos pasado de Edimburgo a Bergen cuando yo era niño, luego a Brujas, Utrecht y Ámsterdam en una sucesión tan rápida que las ciudades comenzaban a mezclarse en mi memoria: las casas y los canales de madera, la prisa, el miedo y la comida que nunca era suficiente. Era difícil separar los recuerdos: todo era una secuencia de temporadas y años, de las edades que Oliver y yo habíamos tenido con cada llegada y huida.

Y, sin embargo, Oliver y yo siempre habíamos estado juntos, sin importar a dónde fuéramos. Jamás había olvidado aquello.

Mis mejores recuerdos eran de París, donde mi padre había empezado a presionar cada vez más a Oliver para que estudiara mecánica, y él lo había rechazado con la misma determinación. Horrorizó a nuestros padres cuando se unió a un grupo de boxeadores y comenzó a volver a casa a primera hora de la mañana con los nudillos ensangrentados. Empezó a fumar tanto que parecía una chimenea. Nunca se presentó en el trabajo que mi padre le había conseguido en una relojería.

Luego empezó a verse con una bailarina a quien le contó a lo que nos dedicábamos y ella nos amenazó con entregarnos a la policía si no le pagábamos. Mi padre había estado a punto de estrangular a Oliver, pero al parecer las únicas opciones que teníamos era pagar, escapar o esperar a que ella muriera pronto de tuberculosis. Por aquel entonces, Geisler recibió el encargo de reparar la nueva torre del reloj de Ginebra y nos sugirió que nos marcháramos con él. Tenía puesto el ojo en Oliver desde hacía años, y cuando le ofreció que fuera su aprendiz, mi padre aprovechó la oportunidad, en otro intento desesperado de moldearlo para que fuera el Aprendiz de Sombras y el hijo mayor que tanto deseaba.

Así que dejamos París para instalarnos en Ginebra y pasamos un año muy poco memorable. Mi padre y Oliver estaban siempre a punto de asesinarse el uno al otro, mientras Oliver no dejaba de quejarse del trabajo que hacía para Geisler y yo fingía que no me moría de la envidia.

Después arrestaron a Geisler, y Mary Godwin llegó a la ciudad, y Oliver murió, y una parte de mí murió con él, que, a diferencia suya, nunca volvió a resucitar.

La campanilla de la tienda sonó y mi padre entró. Me bajé del mostrador, porque él detestaba que me sentara allí, sobre todo porque

Oliver solía hacerlo. De brazos cruzados, inspeccionó y criticó el embalaje.

—No los apiles o se saltará la pintura —dijo.

Me miró por encima de las gafas y se sentó al otro lado del mostrador. Y yo me quedé allí, frente a él, encerrado en una tienda, en una ciudad, en una vida que era demasiado pequeña para mí.

CAPÍTULO CUATRO

A la mañana siguiente, mi padre se levantó más temprano que de costumbre, daba vueltas por la cocina y hacía ruidos con la tetera para despertarme. Hacía un buen rato que yo ya estaba despierto, pero me quedé acurrucado en el camastro con la cabeza escondida bajo las mantas, retrasando el momento de levantarme lo máximo posible. La luz se abría paso a través del tejido, pero cuando apoyé la mano contra los tablones del suelo, el frío me invadió y me replegué. Hacía demasiado frío para estar en cualquier parte, excepto bajo las mantas, y estaba a punto de tener que pasar todo el día al aire libre.

Para cuando me obligué a vestirme e ir hasta la cocina, el té estaba tibio, pero mi padre se estaba poniendo el abrigo y sabía que no tenía tiempo para recalentarlo. Me lo bebí de un sorbo mientras mi madre, todavía en bata, observaba desde la mesa, con las manos alrededor de la taza.

—¿Vendrás luego al mercado? —le pregunté mientras me ataba los cordones de las botas.

Ella negó con la cabeza.

—Siempre hay mucha gente el primer día. Tal vez vaya la semana que viene. —Me sonrió mientras tomaba un sorbo de té—. ¿Por qué no das una vuelta por mí y ves si puedes encontrar el mazapán más barato?

—No tendremos tiempo de dar vueltas, estaremos trabajando —intervino mi padre desde la puerta. Echó un vistazo a su reloj de bolsillo y frunció el ceño—. Llegaremos tarde por tu culpa, Alasdair.

Me abalancé sobre mi madre para darle un beso en la mejilla.

—Procura mantenerte caliente —dijo ella.

—Será difícil —respondí, y mi padre y yo salimos del apartamento. Buscamos las cajas de la tienda y comenzamos a caminar hacia el mercado de Navidad. Los primeros rayos de sol todavía florecían sobre los tejados, así que Vieille Ville estaba vacía y silenciosa, pero a medida que nos acercamos a la Place de l'Horloge, la ciudad empezó a despertar a nuestro alrededor. Los carruajes mecánicos pasaban de prisa, resoplando y expulsando nubes de vapor que brillaban con la luz, y los vendedores se gritaban unos a otros mientras abrían las puertas de los negocios. Algunas de las tiendas ya estaban decoradas con adornos navideños: ramas de hoja perenne y arándanos, que colgaban entre los carámbanos de las ventanas. Las panaderías tenían anuncios de postres navideños típicos, y los maniquíes de metal en la ventana de la modista llevaban sombreros exagerados, decorados con hojas de muérdago y velas. El aire olía a pino y a vapor.

A lo largo de la Place de l'Horloge, había puestos de mercado construidos como chalés en miniatura. Cada uno tenía nieve espolvoreada sobre las vigas, y los pasillos que se abrían entre ellos estaban entretejidos con guirnaldas de acebo. Algunos vendedores ya se preparaban para el día de trabajo y disponían la mercancía a la vista, desde carnes y quesos hasta finas piezas de cristal o rompecabezas y marionetas para niños. Habían levantado una *pirámide* mecánica gigante cerca del centro de la plaza y en sus plataformas de madera rotaban lentamente las figuras mecánicas del pesebre. Era tan alto como los edificios que bordeaban la plaza, pero parecía diminuto a la sombra de la torre del reloj. Todo el mercado parecía pequeño en comparación. Las actividades navideñas se solían llevar a cabo en la Place de la Fusterie, más cerca de la orilla del lago y del distrito financiero, pero este año se habían trasladado para celebrar la renovación de la torre y el reloj que se había programado para dar las campanadas en Nochebuena.

Seguí a mi padre por uno de los estrechos caminos que se abrían entre los chalés, intentando no prestar atención a sus quejas porque éramos los últimos en llegar, hasta que encontramos el puesto que nos habían asignado. El letrero de madera que había sobre el mostrador todavía tenía las letras pintadas de años anteriores: FINCH E HIJOS, FABRICANTES DE JUGUETES.

Me llevó la mayor parte del día colocar los juguetes de una manera que a mi padre le pareciera aceptable. El mercado no abría hasta la puesta del sol y, a media tarde, mi padre estaba haciendo unos minúsculos ajustes a los ratones de cuerda y a las cajas sorpresa. Lo observaba trabajar mientras me comía sin prisa un trozo de pan que mi madre había enviado para el almuerzo, e intentaba ignorar el aroma a castañas asadas y pan de jengibre que llegaba desde el pasillo.

Mientras el crepúsculo manchaba de sangre el cielo, la luz de las velas que se encontraban alrededor de la plaza empezaron a iluminarse. El árbol estaba encendido y las hogueras ardían con un color naranja en la oscuridad de la noche. En algún lugar en mitad de los puestos, un violín comenzó a tocar *Un flambeau, Jeannette, Isabelle.*

Los compradores fueron llegando con la caída de la noche, primero en grupos aislados de dos y tres personas, luego de a montones, hasta que al final no teníamos tiempo de espera entre un cliente y otro. Un coro comenzó a cantar, por lo que cada vez que me dirigía a alguien tenía que alzar la voz. Poco a poco me fui quedando afónico de tanto contar el cambio en voz alta, indicar los precios, explicar cómo dar cuerda a los perros bailarines.

Cuando comencé a sentir que me picaba la garganta, le dije a mi padre:

—Voy a buscar algo para beber.

Volvió a ajustarse los guantes, que tenían las puntas cortadas para manejar mejor los juguetes. Tenía los dedos rojos y agrietados.

—No tardes.

—Enseguida vuelvo. ¿Quieres algo?

—No —respondió, como si le estuviera haciendo una pregunta ridícula, y después se volvió hacia una mujer que tenía un ratón de cuerda en la mano.

Di por hecho que me daba permiso, salté el mostrador y comencé a recorrer el mercado por el camino serpenteante. No tardé demasiado, pero lo cierto es que tampoco fui directo a buscar la bebida y estuve atento al precio de los mazapanes.

Compré una taza de *glühwein* debajo de la *pirámide* gigante y me quedé de pie junto a una de las mesas altas mientras me lo bebía. Entre los ruidos de los compradores, alcancé a escuchar las campanas de la catedral de Saint Pierre, que marcaban que eran las ocho desde la colina. Tenía una noche larga por delante. El mercado no cerraba hasta las once, y después tocaba hacer la limpieza. Me incliné sobre la taza y respiré hondo, dejando que el vapor con perfume a canela del *glühwein* me humedeciera el rostro.

Luego oí gritos que llegaban desde el otro lado de la plaza. Quizás solo fuera un comprador que había bebido demasiado, pero inmediatamente se sumó otra voz, y luego otra, y más tarde un grito se elevó por encima de la charla del mercado y las campanas. Alcé la vista desde la taza y miré en dirección al ruido. Crecía cada vez más. El coro dejó de cantar con un graznido. A mi alrededor, la gente se daba la vuelta para echar un vistazo.

Se oyó el gruñido de un motor desde la calle, y cuando me di la vuelta vi a dos policías montados en unas motocicletas de vapor que avanzaban por la plaza. La gente saltó hacia los bancos de nieve que estaban entre los puestos para evitar que los arrollaran. Primero pensé en los problemas que Morand había mencionado el día anterior, y sentí un nudo en el pecho. Abandoné el *glühwein* y eché a correr detrás de la policía.

Una multitud se había reunido al final de una de las filas. La gente se burlaba y gritaba, y entre todos ellos distinguí a otros dos oficiales con uniformes azul marino que iban a pie. Habían arrestado a un hombre que se encontraba en el suelo con el rostro hundido en la nieve mientras lo esposaban. Los policías de las motocicletas intentaban contener la aglomeración de gente que insistía en acercarse al hombre. Me acerqué a la multitud, intentando ver por encima de las cabezas sin que me golpearan en la cara. Algo aterrizó cerca de mis pies, y miré hacia abajo.

Era un ratón de cuerda, con los engranajes en la barriga expuestos, la cabeza sostenida por un solo resorte.

El pánico me invadió de pronto, más ardiente que el *glühwein*. Me abrí paso entre el gentío, sin prestar atención a los gritos que me lanzaban, hasta que alcancé a ver lo que sucedía en medio: dos policías obligaban a mi padre a ponerse de rodillas. Su nariz sangraba y manchaba el abrigo, y sus cabellos estaban cubiertos de lodo y nieve. Tenía los cristales de las gafas rotos y el marco le colgaba de una oreja. No se resistió cuando la policía obligó a la multitud a abrir paso y lo arrastraron hacia el carruaje que esperaba al otro extremo de la plaza, pero cuando miró hacia la gente, me vio. Abrió mucho los ojos y sacudió la cabeza, sus gafas aterrizaron sobre la nieve a causa del movimiento. Alguien le lanzó un escupitajo, espeso y amarillo, justo encima del ojo.

Me di la vuelta y salí corriendo.

Teníamos un plan en caso de que algo así sucediera. Siempre teníamos un plan. En cada ciudad donde habíamos vivido trazábamos vías de escape, acordando dónde recoger los nuevos documentos de identificación, dónde encontrar el dinero para comprar un billete y a quién preguntar si no quedaban. Yo debía ir al norte, cruzar la frontera y llegar hasta Francia. Nos reencontraríamos en Ornex, en la pensión de Morand.

Pero nunca antes había sucedido algo así, nunca antes había estado solo, sin mis padres y sin Oliver. Nunca nos habían descubierto: siempre habíamos huido antes de que nos atraparan. Y aunque, en lo más profundo de mi corazón, sabía lo que debía hacer, de pronto me encontré haciendo algo completamente distinto y de camino al único sitio al que no debía ir: el apartamento.

Avanzando por las calles laterales, crucé el distrito financiero y llegué a Vieille Ville a la carrera, salté una pila de carbón de la herrería y patiné sobre la nieve cubierta de sangre que había detrás de la carnicería. Mis pulmones estaban ardiendo cuando llegué a nuestra tienda, pero aun así subí corriendo las escaleras y entré de prisa en el apartamento.

Habían registrado el salón principal. Habían revuelto el escritorio y los baúles, vaciado los cajones y arrojado el contenido al suelo. La mayoría de los muebles estaban destrozados, los colchones rajados y la paja y las plumas esparcidas entre los escombros como nieve fina. Di unos pasos y un fragmento de la taza de mi madre crujió bajo mi bota.

—¿Madre? —llamé despacio, aunque estaba claro que ella no se encontraba allí.

Recorrí rápidamente el apartamento, para ver si las provisiones que teníamos listas en caso de urgencia seguían en su sitio. El rollo de billetes que escondíamos en una tetera sobre el fuego había desaparecido, junto con un medallón de oro que mi padre había recibido en la marina escocesa. Quienquiera que hubiera estado allí, había tomado todo lo que facilitaría la huida. Busqué entre lo que quedaba de mis cosas y descubrí que mi documentación había desaparecido. Había sido una estupidez no llevarla conmigo aquella mañana, pero no había pensado que la necesitaría en el mercado. Si la policía tenía mi nombre y mi descripción, sería difícil salir de la ciudad y cruzar a Francia sin que me detectaran.

Bajé las escaleras y me metí en la tienda, con la esperanza de encontrar algo de dinero en la caja, pero todo estaba roto y deshecho, igual que en el piso de arriba. Habían encontrado y forzado la puerta del taller, y luego la habían dejado entreabierta, como una boca que jadeaba detrás del mostrador. Verla así me molesto casi más que los destrozos: nuestro secreto estaba expuesto y me quedé paralizado un instante, con una mano sobre el marco de la puerta, mirando el pasillo.

Entonces, oí que algo se movía en lo profundo de la oscuridad.

La esperanza se avivó dentro de mí, y di un paso con cautela.

—¿Madre? —pregunté. El movimiento se detuvo y lo siguió un silencio helado. Repetí, esta vez un poco más fuerte—: ¿Madre?

Se oyó el rasguño de una cerilla y luego apareció una pequeña llama que iluminó el pálido rostro que había visto en el autobús el día anterior. El inspector Jiroux. Las sombras destacaban el contorno de su cara cuando nuestras miradas se cruzaron en la oscuridad.

—¡Finch! —aulló.

No sabía si era a mí a quien buscaba o si me confundía con mi padre, pero no me quedé para averiguarlo. Cerré la puerta de un golpe.

Todos los mecanismos que evitaban que se abriera desde el interior estaban destrozados, pero al menos lo retrasaría.

Crucé el mostrador, tropecé con los restos de los juguetes de cuerda que decoraban el suelo como una alfombra con púas, y salí de la tienda. El aire frío de la noche me quemó el rostro cuando giré por el primer callejón que vi y me sumergí en las profundidades del casco antiguo, sin pensar hacia dónde corría para escapar. Allí, la ciudad era un laberinto, atravesado por pasajes empinados, abandonados, sin carruajes mecánicos ni antorchas industriales. La luna se recortaba entre la ropa helada que había tendida en las ventanas, y la mayor parte de la nieve se había convertido en un lodo gris y resbaladizo a causa de tantas pisadas.

Pasé corriendo delante de la puerta de un bar ruidoso donde una vez habían arrestado a Oliver por meterse en una pelea. Algunos de los hombres me gritaron disparates de borrachos y uno me lanzó un vaso. Sentí la salpicadura de la cerveza en la nuca, pero no me detuve. Cuando llegué al fondo de la calle, los escuché de nuevo, pero en lugar de gritar daban chillidos estridentes. ¿Me estaría siguiendo Jiroux? Comencé a correr más rápido, aunque me dolían las piernas.

Al cabo de dos calles, me encontré en un callejón sin salida. Me di la vuelta para volver por donde había venido, pero una silueta apareció en la boca del callejón y se interpuso en mi camino. Busqué algo a mi alrededor que me sirviera como arma y encontré una pala de carbón barata, que pesaba lo mismo que una hoja de papel. La empuñé como si fuera una espada y me preparé para una pelea que sabía que perdería.

Pero no era un oficial de policía. Era una chica.

Una joven, me di cuenta cuando los rayos de la luna la iluminaron, aunque solo fuera su pelo largo y trenzado lo que le daba esa apariencia. Era muy delgada y tenía el cuerpo de un niño. Llevaba puestos unos pantalones de tela ordinaria y un abrigo gris y grueso, que llevaba desabotonado y atado a la cintura como si hubiera sujetado una prenda de su padre del perchero y se la hubiera puesto a toda prisa antes de salir.

Bajé la pala. Tal vez no me estuviera persiguiendo. Era más probable que hubiera salido de una de las casas del vecindario para ver qué sucedía.

Entonces, dijo mi nombre:

—Alasdair Finch.

Alcé la pala de nuevo.

—¿Qué quieres? —dije, y en ese momento de pánico, las palabras me salieron en inglés.

Ella dio otro paso hacia mí.

—¡Atrás! —grité, y agité la pala unas cuantas veces por si acaso.

Levantó las manos, con las palmas hacia delante.

—Está bien, me doy por amenazada.

Ella también hablaba inglés, pero pronunciaba las vocales como si fuera parisina, algo que no parecía coincidir con su ropa vieja.

—¿Trabajas para la policía?

En cuanto formulé la pregunta, me di cuenta de que era una estupidez. Con solo verla, estaba claro que no. Dio otro paso hacia adelante y la nieve congelada crujió bajo sus botas.

—Vengo de parte de Geisler.

Estuve a punto de dejar caer la pala.

—¿Del Dr. Geisler? ¿Está aquí?

—No, pero me ha pedido que te encontrara. Tengo que llevarte a Ingolstadt para que te encuentres con él. Tú eres Alasdair, ¿no es así?

—Sí.

Durante un momento el pánico se alejó y sentí que la esperanza renacía, imprudente. Podía confiar en Geisler y necesitaba confiar en alguien porque me había quedado solo. No bajé la pala, pero avancé hacia ella.

—¿Cómo llegaremos hasta allí?

—Hay un carruaje esperándonos a las afueras de la ciudad.

—No conseguiré cruzar los puestos fronterizos.

—Podemos ir por el río. Conozco un camino. —Un grito nos llegó desde el bar, la chica echó un vistazo por encima del hombro y luego volvió a mirarme a mí—. Si vamos a hacerlo, tenemos que marcharnos ahora.

Mi padre estaba en la cárcel. Mi madre había desaparecido. Pero Geisler podría ayudarnos, y no tendría que escapar solo.

—Está bien —le dije—. Iré contigo.

—Entonces, debes darte prisa.

La chica se dirigió a la calle, y yo solté la pala y la seguí. Solo habíamos dado unos pocos pasos cuando se detuvo tan repentinamente que estuve a punto de tropezarme con ella. Una luz se movía hacia nosotros desde el final del camino y avanzaba rápido, acompañada por pisadas fuertes.

—Maldición.

Me sujetó por el cuello del abrigo y me arrastró de nuevo hacia el callejón. Justo antes de llegar al muro del fondo, dio media vuelta, abrió una puerta de una de las casas de piedra abandonadas y me empujó hacia el interior.

Cuando mis ojos se adaptaron a la oscuridad, advertí que no era una casa, sino una tienda abandonada. Dentro, los ocupantes ilegales y los empleados de las fábricas se amontonaban en el suelo y contra las paredes. Habían roto las vitrinas de cristal y allí dormían los niños, acurrucados para darse calor. Una neblina parecía subir desde el suelo cada vez que todos respiraban, despacio y pausadamente entre sueños. En algún lugar, entre los que dormían, se oía el *tic-tac* de un reloj.

La chica se abrió paso con cuidado en dirección a una pequeña ventana que daba al callejón opuesto. Yo la seguí, intentando no pisar a demasiada gente por el camino. Alguien gimió, y otro me insultó, pero la alcancé cuando abrió la ventana y salió. Ella era bastante más pequeña que yo y pasó sin problemas, pero yo apenas cabía. Estaba a punto de pasar una pierna cuando la puerta se abrió con un golpe.

—¡Arriba! ¡Policía! —gritó una voz desde la entrada.

El marco de la ventana me dejó una huella en el costado cuando terminé de pasar a la fuerza y salté sobre los adoquines.

—La policía —dije sin aliento mientras recuperaba el equilibrio contra la pared.

—Estamos cerca —respondió ella, y la seguí por la calle a la carrera.

No estábamos tan cerca como esperaba. Atravesamos Vieille Ville y el distrito financiero, hasta que al fin nos detuvimos en un puente, el Pont de la Machine. Unos cuantos marineros de aspecto rudo estaban allí fumando, apoyados sobre las antorchas industriales, pero ninguno se molestó en mirarnos cuando la chica me llevó hasta el extremo del puente. Una escalera de piedra llevaba hasta el sendero que bordeaba el río y que la gente usaba en verano. Pero el Ródano había subido como todos los inviernos y el sendero estaba bajo el agua. Las escaleras se hundían con el oleaje.

Ella se detuvo en el último escalón visible y se volvió hacia mí.

—¿Sabes nadar? —preguntó sobre el vaivén de las olas.

Me reí, en parte asombrado, pero ante todo en señal de negativa. Me arrojaría a merced de la policía antes que al Ródano.

—¿Estás loca? Jamás me…

—Por el amor de Dios, era una broma. —Ella sonrió, yo la fulminé con la mirada—. Sígueme.

Saltó con agilidad desde los escalones hasta la cadena que los barcos de invierno usaban para el amarre. La cadena colgaba entre gruesos ganchos de hierro, y los eslabones más bajos quedaban justo por encima del nivel del río y formaban una pista resbaladiza contra el muro de retención de piedra. La seguí, aunque con menos agilidad. Mis botas pesaban demasiado y me entorpecían el camino; tenía que esforzarme para mantener los ojos en su nuca sin mirar la cadena oxidada ni el Ródano que estaba bajo mis pies. El agua me salpicaba en la cara.

Avanzamos junto al río hasta que la cadena comenzó a tensarse. Levanté la vista justo a tiempo para ver que la chica se alzaba sobre el muro y desaparecía de mi vista. La seguí, con menos gracia. Me temblaban las piernas por haber tenido que mantener el equilibrio, y tuve que intentarlo tres veces antes de conseguir subir a tierra firme de nuevo. Cuando por fin lo logré, me di cuenta de que estábamos cerca del pie de las colinas, rodeados por los viñedos que subían desde la orilla del lago. A nuestras espaldas, estaban las murallas de la ciudad y los tejados de pizarra de la ciudad se asomaban por detrás. Ya no estábamos en Ginebra.

La chica solo me dio un momento para recuperar el aliento antes de seguir adelante, a lo largo de un sendero que atravesaba el viñedo, y yo corrí detrás, dando resbalones sobre el lodo congelado.

No había antorchas industriales fuera de la ciudad, y la única claridad provenía de la luna y de una pizca de luz que daban las estrellas, espolvoreadas como sal a través del cielo. Con la mirada, recorrí la colina hasta la tranquila superficie del lago y luego alcé la vista para contemplar la luz del fuego que salpicaba la ladera desde las ventanas de las casas de campo. Pensé en el Château de Sang, en sus oscuras aberturas recortadas contra el cielo negro, y me detuve.

Oliver.

Era como si hubiese despertado de un sueño. Entre el miedo y la urgencia por salir de la ciudad ni siquiera había pensado en lo que estaba dejando atrás, y cuando lo recordé sentí que alguien me apretaba la garganta.

—No puedo ir contigo —dije más fuerte de lo que hubiera deseado.

La chica también se detuvo y se dio la vuelta

—¿Qué?

—No puedo irme —repetí, pero las palabras sonaron vacías. Esta ciudad me había enjaulado durante mucho tiempo, y por fin la había dejado atrás, había cruzado los puestos fronterizos y estaba cerca de la libertad, pero no podía abandonar a Oliver. Había muerto por mi culpa y vivía por la misma razón.

La chica se cruzó de brazos.

—No tengo tiempo para esto. Tenemos que irnos.

—No puedo.

—¿Qué quieres decir?

—¡Que no puedo! —repetí—. Hay alguien que me necesita en Ginebra. Así que gracias por ayudarme a escapar, pero no puedo. No puedo ir a ver a Geisler.

Me di la vuelta y empecé a caminar en la dirección opuesta, volví a las colinas y me dirigí hacia el Château de Sang, pero me sujetó por el codo y me obligó a enfrentarme a ella. Era más fuerte de lo que parecía.

—¿A dónde piensas ir? —increpó.

—Conozco un sitio.

—Bueno, no puedes volver a Ginebra, no mientras la policía te esté buscando. Tu única opción es escapar, y puedo ayudarte. Geisler puede ayudarte. —Intenté zafarme de su mano, pero se aferró con más fuerza a mi brazo—. Te daré un golpe en la cabeza si es necesario, pero no puedo volver a Ingolstadt sin ti.

Conseguí liberarme y retrocedí unos pasos. Parecía demasiado delgada para lanzar un buen puñetazo, pero me quedaba claro que de todas formas lo intentaría. Nos miramos durante un momento y solo las vides sin fruta que chocaban contra las rejas sacudidas por el viento interrumpieron el silencio.

Respiré hondo. Podía ir a Ornex. De hecho, debía ir a Ornex: ese era el plan, y si mi madre había conseguido escapar, estaría allí. El propio Morand me había dicho que fuera a visitarlo si necesitaba ponerme a salvo. Pero allí no habría dónde ocultar a Oliver. No lo había dejado solo más de unos pocos días desde su resurrección. Si no iba a verlo, tal vez él pensara que habíamos tenido que escapar de Ginebra, aunque conociendo a Oliver y su talento para dramatizarlo todo, seguramente creyera que habíamos decidido dejarlo atrás.

Pero si me quedaba con Oliver, no habría nada que pudiera hacer por él. No tenía dinero ni podía ir a ninguna parte. Nos quedaríamos juntos en el castillo y moriríamos de hambre poco a poco, si no nos matábamos el uno al otro primero.

Y era Geisler quien me buscaba. Geisler en Ingolstadt. No lo había imaginado así, pero así había sucedido. Mi deseo era agudo y brillante, y dolía como cristales rotos bajo mi piel, pero no tenía duda de lo que quería. Quería ir a Ingolstadt. Y necesitaba encontrar a alguien que pudiera ayudarme a mí y a mi familia mejor de lo que yo podía. Geisler podría hacerlo. Por eso debía irme, intenté convencerme a mí mismo. Para ayudar a mis padres. Y a Oliver.

—Está bien —dije, y resistí las ganas de mirar de nuevo hacia atrás—. Vamos.

Al final del camino, junto a la orilla del lago, nos esperaba un gran carruaje; era un modelo antiguo, con un caballo enganchado en la parte de delante en lugar de un motor a vapor.

—Ahí está nuestro transporte —me dijo la chica. A medida que nos acercamos, vi que la parte de atrás estaba llena de ataúdes. Era un carruaje fúnebre.

—¿Viajaremos a Ingolstadt en ataúdes? —pregunté mientras me levantaba.

—No durante todo el camino —respondió ella—. Solo en los puestos fronterizos.

Mientras me colocaba en el espacio que quedaba entre los ataúdes, quise creer que se trataba de otra broma de mal gusto, como la de nadar en el Ródano. La chica se subió al asiento del conductor y le dio un golpecito en la cabeza calva. Él se sobresaltó.

—¿Está despierto, *monsieur* Depace? —le preguntó en francés.

—Bastante despierto, *mademoiselle* Le Brey —respondió él. Su voz resoplaba como un fuelle—. Me he echado una buena siesta mientras la esperaba.

—Bueno, ya estamos listos.

—¿Lo tiene? —Depace se giró para mirarme. Su rostro estaba tan arrugado que parecía a punto de derrumbarse—. ¿Ese es? ¿Ese es él? Es muy joven, creí que sería más viejo.

Sentí que empezaba a ruborizarme y empeoró cuando la chica, con una sonrisa burlona en los labios, dijo:

—Bueno, yo creía que sería más atractivo, así que los dos estamos decepcionados.

—Mientras esté segura de que es la persona correcta.

—Bastante segura.

—Bueno, entonces, nos vamos.

Depace agitó las riendas y el carruaje se puso en movimiento con una sacudida.

La chica se bajó del asiento del conductor y se situó delante de mí con las rodillas apoyadas contra el pecho. Sentía su mirada a través de la oscuridad.

—Deberías dormir —sugirió ella—. Te despertaré si hay algún problema.

—No voy a dormir —repliqué, y mi voz salió ronca. Todo lo que había sucedido estaba empezando a afectarme, y se me oía alterado—. No creo que pueda dormir por más que lo intente.

—Con esa actitud derrotista seguro que no.

—¿Cómo te llamas? —le pregunté.

—Clémence Le Brey.

Pude percibir su acento parisino cuando pronunció su nombre, y entonces me di cuenta de que todavía estábamos hablando en inglés.

—Podemos hablar en francés —le dije—. *Je parle français.*

—Mejor —respondió ella, y pasó al francés sin darle la menor importancia—, porque no me gusta el inglés.

—¿A dónde me llevas?

—Ya te lo he dicho, a Ingolstadt, donde está Geisler.

—¿Él sabía que la policía iría a buscar a mi familia?

Me parecía muy raro que ella hubiera venido la misma noche en la que habían arrestado a mis padres.

Se quitó el gorro, y su cabellera rubia brilló como la luz de la luna a través de la oscuridad.

—Si lo sabía, no me lo dijo.

—Entonces, ¿por qué quiere verme a mí?

Eso, más que todo lo demás, parecía un error. No habíamos tenido noticias de Geisler desde que se había ido de Ginebra, y nunca antes había tenido una conversación con él sin que mi padre u Oliver estuvieran presentes. Durante mucho tiempo creí que ni siquiera sabía mi nombre. Ella se encogió de hombros.

—Lo único que me dijeron fue que viniera a buscarte. Cuando fui al apartamento, tu madre me explicó que volverías a casa más tarde, pero la policía llegó antes que tú. Tenía la esperanza de que fueras un idiota y volvieras de todas formas. —Luego, después de un momento, ella agregó—: Me resultas muy familiar.

—Pero no nos conocemos.

—¿Has trabajado alguna vez en el laboratorio de Geisler?

—Yo no, pero mi hermano sí.

—¿Ese chico alto de pelo oscuro que siempre andaba con el ceño fruncido?

Estuve a punto de echarme a reír.

—Sí, ese.

—Claro, se parece mucho a ti. —El viento que venía del lago sopló contra el carruaje y provocó que se tambaleara. Clémence se ajustó el abrigo sobre los hombros—. No he vuelto a verlo desde que Geisler se fue a vivir a Ingolstadt. Creí que vendría con nosotros sin ninguna duda. ¿Se marchó?

—No, no se fue a ninguna parte. Murió —dije en pocas palabras.

Ella hizo un gesto de sorpresa.

—No lo sabía.

—¿Eres de París? —le pregunté enseguida, para no hablar de Oliver.

—Sí —respondió ella—. Pero ahora trabajo para Geisler.

—¿Eres su…?

No tenía ni idea de lo que era ella. Pensé en decir *amante*, pero podía ser muy vergonzoso si me equivocaba, así que la dejé terminar la oración.

—Asistente.

—¿Asistente? ¿Eres su asistente?

—Así es. —Se cruzó de brazos—. ¿Hay algún problema con eso?

—Ese era… —comencé, sin saber cómo iba a terminar.

Pensé en Oliver y entonces lo entendí: no solo lo estaba *dejando atrás*, lo estaba *abandonando*. Intenté tragarme el pensamiento, pero no lo conseguí y se agitó dentro de mí. *Volveré*, prometí. No me marcharía para siempre, solo hasta que las cosas se traquilizaran. *Volveré*, pensé de nuevo: un juramento silencioso, lleno de convicción, que me ayudaba a deshacerme de parte de la culpa. *Volveré a buscarte.*

—Era el trabajo que hacía mi hermano —terminé—. Eso es todo.

Luego, me cubrí la boca con la bufanda y empecé a respirar sobre la lana para que el aliento volviera, cálido y húmedo, a mis labios secos.

—¿Es una chica? —preguntó ella.

—¿Quién es una chica?

—La razón por la que permaneces en Ginebra. ¿Es por tu novia?

—No, no es por una chica.

En su boca se dibujó una sonrisa maliciosa.

—Qué decepción. Una chica guapa es lo único que me obligaría a vivir en una ciudad de mierda como Ginebra.

Apenas tuve tiempo de analizar lo que acababa de decir, o de sorprenderme como debería al escuchar a una chica decir ese tipo de palabras, cuando el viento trajo hasta nosotros el silbido de Depace.

—Hay una patrulla adelante. Podría traernos problemas.

Clémence se agachó, con la cabeza debajo del asiento del conductor, y abrió la tapa de uno de los ataúdes.

—Entra —me susurró.

—¿Lo dices en serio?

—¿Qué, le tienes miedo a la oscuridad? —Le dio una patada al ataúd en el lateral—. Entra.

—A la oscuridad no —le dije.

El último ataúd que había visto era el de Oliver, y el recuerdo volvió tan repentino y con tanta violencia que durante un momento me quedé paralizado. *Vete*, pensé mientras el recuerdo de Oliver me asediaba de nuevo. *Déjame en paz*.

Pero Clémence volvió a golpear el lateral, y ya se oía el ruido de los caballos en el camino. Se estaban acercando. Respiré hondo para tranquilizarme y luego me metí dentro del ataúd por la estrecha abertura. Clémence cerró la tapa sin decir ni una palabra, y yo me quedé solo en aquella oscuridad asfixiante.

No sé cuánto tiempo permanecí allí, intentando no pensar dónde estaba, ni en el día en que enterramos a Oliver, ni en los oficiales que escuchaba al otro lado de las paredes de madera que, de pronto, parecían muy delgadas. El carruaje se detuvo y arrancó varias veces, y escuché que a la voz agitada de Depace se sumaban otras, aunque no conseguía entender nada de lo que decían. Mi corazón latía con tanta fuerza que durante un momento creí que me delataría. Después de unos largos minutos, el carruaje comenzó a moverse de nuevo con un ritmo constante, pero pasó un rato antes de que abrieran la tapa del ataúd.

Me estremecí, pero era Clémence, con su cara blanca y redonda flotando sobre mí.

—Ya puedes salir —dijo—, a menos que prefieras quedarte ahí.

Me incorporé y me acomodé otra vez entre los ataúdes, que me arañaban las caderas. El frío se había vuelto más intenso, y el sudor que me había provocado la carrera por la ciudad había comenzado a secarse y me hacía temblar. Resguardé las manos en el interior de las mangas.

Delante de mí, Clémence se acurrucó contra uno de los ataúdes y se cubrió el rostro con la bufanda.

—Ponte cómodo —dijo ella—. Tenemos un largo camino por delante.

CAPÍTULO CINCO

Nuestro viaje hacia Ingolstadt continuó como en aquellas primeras horas. Clémence y yo pasamos la mayor parte del tiempo hundidos entre los ataúdes hasta que, cerca de los puestos de control, debíamos meternos dentro. En lugar de arriesgarnos a que nos atraparan intentando cruzar la frontera, pasamos por Basilea, una ciudad portuaria en el río Rin, y de allí a Alemania. Tardamos horas en cruzar, y cuando la patrulla finalmente llegó hasta nuestro carruaje, los ruidos me cortaron la respiración.

«Si abren el ataúd, quédate muy quieto», me había aconsejado Clémence. «La mayoría de los hombres no se atreve a molestar a los muertos».

Pero conseguimos cruzar sin incidentes, y llegamos a la Confederación Alemana. Las regulaciones de las personas mecánicas no eran tan estrictas allí, pero a mí me buscaba la policía y no llevaba ningún tipo de documentación, así que me mantuve atento para evitar problemas. Cada vez que pasábamos frente a un carruaje o a un peatón, me agachaba para que no me vieran y deseaba poder hacer algo mejor que esconderme.

Mientras avanzábamos con dificultad por los caminos nevados, Depace cantó villancicos de Navidad desafinados que el viento trajo hasta nosotros. Clémence y yo hablamos muy poco. A la mañana siguiente, pude verla por primera vez a la luz del día. Era muy delgada y pálida, y parecía aún más pálida con el pelo rubio y brillante, que a la luz del sol se revelaba de color blanco. Tenía los ojos tan azules como el lago Ginebra, y su mejor sonrisa no era más que una mueca, así que siempre parecía estar burlándose de mí. Me recordó un poco a Oliver, y tuve que volver a tragarme la sensación ardiente de culpa.

El viaje en silencio me dejó poco que hacer excepto preocuparme por si había hecho lo correcto al dejar a mi hermano atrás, hasta que llegué a pensar que me volvería loco. Me odié a mí mismo por abandonarlo, y odié más esa parte de mí que se sentía aliviada por tener una excusa para irse. Hacía dos años que no estaba lejos de Oliver. Haberme marchado todavía me angustiaba, pero esa parte de mí, esa parte oscura y mezquina, se sentía libre.

Baviera estaba cubierta de colinas grises y bosques fantasmales, con pinos negros que dejaban caer la nieve sobre nosotros y cedros sin hojas envueltos en muérdago espinoso. Recorrimos ese sitio durante dos días tras cruzar la frontera antes de que Ingolstadt apareciera en las indicaciones del camino. Yo estaba agotado por el viaje y el miedo constante a que nos atraparan, pero mi cansancio se desvaneció cuando las casas que daban a las colinas comenzaron a multiplicarse y la aguja blanca de la universidad se fue acercando en el horizonte.

No había guardias en la entrada de la ciudad, algo que tiempo atrás no me hubiera llamado la atención, pero después de tres años en Ginebra me parecía sorprendente. Clémence se subió al asiento del conductor para hablar con Depace, y yo me quedé mirando los edificios bañados de cobre que íbamos dejando atrás desde la parte trasera del carruaje.

Ingolstadt era una ciudad pequeña y la mecanización que caracterizaba a Ginebra apenas había llegado hasta allí. No había carruajes mecánicos ni autobuses con engranajes. No había torres de reloj ni antorchas industriales para iluminar la noche. Tampoco había oficiales de policía que merodearan, y vi a unos pocos hombres con brazos y piernas mecánicos caminando sin ocultarse. Nadie se cruzaba de acera para evitarlos, nadie los escupía cuando pasaban. Tal vez no fuera un paraíso ni hubiera una igualdad plena, algo que en realidad no creía que fuera posible en este mundo, pero Ingolstadt parecía estar bastante cerca. Por primera vez desde que habíamos salido de

Ginebra, sentí que el peligro había pasado y que podía volver a respirar con tranquilidad.

La universidad se encontraba en el centro de la ciudad, un monumento al que todos los demás edificios parecían reverenciar. Clémence le indicó a Depace que se detuviera en la puerta; luego ella se bajó de un salto y yo la seguí, mientras mi columna vertebral crujía por el estirón. Llamábamos mucho la atención entre los estudiantes que recorrían el campus, envueltos en capas de terciopelo y pieles de color ámbar, pero si se detuvieron a mirarnos con curiosidad, no pude notarlo. Estaba demasiado ocupado contemplando la piedra labrada, los vitrales, los tapices que cubrían las paredes de las arcadas. Volví a sentir el impulso, la necesidad que había alimentado desde la infancia, de estudiar allí con Geisler, y era tan fuerte que dolía. Intenté imaginarme a mí mismo como un estudiante, intercambiando las notas de los exámenes con mis compañeros al cruzar el patio cubierto de nieve para ir a la siguiente clase, pero por más que entrecerrara los ojos, no conseguía hacerlo. Quizás porque siempre que intentaba imaginarme algo recordaba que Oliver estaría cerca, deteniéndome.

Clémence me condujo hasta un edificio de piedra gris y subimos tres tramos de escaleras antes de que ella se detuviera frente a una puerta de madera y llamara.

—Adelante —dijo una voz.

La oficina de Geisler estaba acondicionada con minuciosa obsesión: los libros estaban ordenados primero por color y tema en los estantes, y luego por orden alfabético, las plumas estaban dispuestas por tamaño de mayor a menor. La débil luz del sol ondulaba a través de las ventanas de cristal verde y proyectaba una sombra enfermiza sobre toda la habitación que me hacía sentir como si estuviera de pie en la cubierta esmeralda de *Frankenstein*. El único rayo que caía a través de una ventana transparente en la parte superior iluminaba a un hombre, inclinado sobre una pila de pergaminos en su escritorio. Conocía a Geisler desde mi infancia y no lo había visto envejecer a pesar de todo el tiempo que había pasado. Había visto el pelo de mi padre volverse canoso en las sienes y luego en las cejas, lo había visto comenzar a utilizar sus gafas de una forma permanente, pero Geisler seguía tal como lo recordaba: pelirrojo, con una barba gruesa con un solo mechón blanco en el centro. Levantó la vista cuando entramos y sus ojos se clavaron en mí a través de la caprichosa luz. Se quitó las gafas y se puso de pie, como si no pudiera creer lo que veía.

—Doctor Geisler —dije cuando Clémence se quedó en silencio.

En cuanto hablé, perdió el brillo del rostro y sus ojos recuperaron su tamaño habitual.

—Alasdair Finch —expresó con un francés afilado por las vocales alemanas que imaginaba que había aprendido en Ingolstadt—. Hace tiempo que no nos vemos.

—Hace tiempo —repetí sintiéndome ridículo. Ante la mirada de Geisler, me sentía de nuevo como un niño.

—Es… —Limpió sus gafas en la cola de la chaqueta, después volvió a ponérselas en la nariz y me miró con los ojos entrecerrados—. Debo decir que es bastante extraordinario tenerte aquí. —Se acercó un poco más y siguió analizándome rigurosamente, como para asegurarse de que yo fuera la persona indicada. Al fin, dijo—: Has crecido.

Clémence resopló, en voz tan baja que solo yo alcancé a oírla.

—Sí, señor —dije, evitando hacer un comentario cortante para responder con amabilidad.

Si iba a disfrutar de la hospitalidad de Geisler en Ingolstadt, tenía que cuidar los modales y las palabras, aunque para mí siempre había sido más sencillo que para Oliver.

—Te pareces… —Se quedó observándome durante un instante más, luego se quitó las gafas y se las guardó en el bolsillo. Por fin, me miró a los ojos de una manera que sugería el inicio de una conversación en lugar de una inspección—. Te pareces muchísimo a tu hermano.

Él sonrió y se formaron arrugas alrededor de sus labios. Yo tragué saliva.

—Eso dicen.

—Durante un momento, he creído que eras él. Me sobresaltó. —Me dio una palmada en el hombro, con tanta fuerza que perdí el equilibrio—. Alasdair, estoy muy contento de que estés aquí. Tenemos mucho de lo que hablar, mucho. —Volvió a su escritorio y rebuscó entre los cajones antes de encontrar una tetera de cobre—. ¿Té, tal vez? ¿O algo más fuerte?

—Deberíamos ir a casa —interrumpió Clémence. Estaba tan recta como un soldado y con las manos detrás de la espalda—. El viaje ha sido muy largo.

Geisler frunció el ceño.

—¿Hablas en nombre de nuestro invitado?

—Pensaba en él, en que lo más probable es que esté cansado —respondió ella, hundiendo la barbilla en el pecho.

—Alasdair, ¿tú qué opinas?

Geisler me miró como si esperara que estuviera en desacuerdo, pero yo solo podía pensar en dormir.

—Me gustaría descansar un poco —contesté.

—Bueno, eso es comprensible. —Parecía un poco decepcionado, pero guardó la tetera y cerró lentamente el cajón con la rodilla—. Te llevaré a mi casa, entonces. Podemos cenar, y luego tú podrás descansar, y dejaremos este asunto para después.

Todavía no tenía ni idea del asunto del que hablaba, pero asentí. Geisler sujetó su abrigo y los tres volvimos por el camino que Clémence y yo habíamos hecho antes, cruzamos el patio hasta llegar a la entrada de la universidad. Tenía la sensación de que Geisler quería preguntarme algo, muchas cosas, quizás, pero no se dio la vuelta y solo me lanzó algunas miradas furtivas. A mi lado, Clémence contemplaba el cielo con las manos hundidas en los bolsillos. Yo también levanté la vista y noté las nubes, grises y espesas, que pasaban por delante del sol y prometían nieve.

—Se avecina mal tiempo —murmuró ella.

—Gracias, *mademoiselle* —respondió Geisler tajante—. Ahora todos tenemos la certeza de lo obvio.

Clémence enterró la boca en el cuello de su abrigo y se quedó en silencio.

—Ingolstadt es un sitio encantador en primavera —me dijo Geisler mientras cruzábamos el patio cubierto de nieve, y Clémence nos seguía unos pasos más atrás—. Los inviernos pueden ser sombríos, pero cuando los brotes florecen en abril es todo un espectáculo.

—Qué… bien —dije sin saber muy bien qué tipo de respuesta esperaba.

—Deberíamos hablar sobre tu matriculación mientras estés aquí. —Me miró de reojo—. Tu padre me dijo en alguna ocasión que querías ir a la universidad. ¿Sigue siendo así?

—Sí, señor.

—¿Medicina o Mecánica?

—Ambos, si fuera posible.

—Ingolstadt es una de las únicas universidades de Europa donde eso es posible. Creo que te iría bien aquí. Deberías presentarte ante el jefe de mi departamento. Asegúrate de que sepa tu nombre. Ya casi no quedan clases este cuatrimestre, de lo contrario podría haberte encontrado alguna para que asistieras como oyente. Y cuando te matricules, me aseguraré de recomendarte.

—Eso es… —Tuve un momento de felicidad absoluta antes de recordar por qué no había presentado la solicitud para empezar—. Sería genial, señor, gracias —dije al final, intentando infundirle a mi voz algo de la emoción que había sentido antes de pensar en Oliver.

Geisler saludó a un par de estudiantes que caminaban en la dirección opuesta.

—¿Y qué noticias hay de Ginebra en estos días? He escuchado que la torre del reloj está terminada.

—Sí, señor. El reloj dará las campanadas este año en Nochebuena.

—Imagino que será un acto precioso. Ojalá pudiera estar ahí.

Lo miré de reojo, intentando averiguar si lo decía en serio. Geisler había ido a Ginebra justamente porque el gobierno de la ciudad lo había contratado para supervisar la construcción del reloj de la torre. Después, lo arrestaron cuando descubrieron que había estado usando el dinero y una de las habitaciones como tapadera para llevar a cabo su propia investigación. Me parecía raro que le guardara cariño a la torre del reloj después de lo ocurrido, pero tal vez pensara, igual que yo, que todas las cosas mecánicas, incluso las que traen malos recuerdos, eran magníficas.

—¿Y cómo están tus padres? —preguntó Geisler cuando salimos del campus y doblamos hacia la calle adoquinada.

Clémence tosió en lo que supuse que era un intento demasiado tardío para eludir el tema. A mí se me hizo un nudo en el estómago.

—Los arrestaron la noche en la que su asistente vino a buscarme.

—Por el amor de Dios —dijo Geisler e interrumpió la marcha. Clémence se estrelló contra él, y él le dio un golpe en la oreja antes de darse la vuelta hacia mí—. No lo sabía. Alasdair, lo siento mucho. —Se mordió los labios y soltó un suspiro por la nariz que formó nubes de vapor. Me recordó a un dragón—. Siempre he creído que nunca atraparían a tu padre: sabía mantenerse oculto. ¿Y también han arrestado a tu madre?

Comencé a mover los pies, no tanto para mantener el calor como para tener una excusa para mirar el suelo.

—No lo sé.

—¿Y tu hermano?

Le di un momento para que tomara consciencia de su error, pero no lo hizo, y cuando nuestras miradas se cruzaron, parecía tan sincero y serio que me asustó.

—Oliver está muerto —le dije.

—Sí, por supuesto, qué estúpido por mi parte.

Dio un giro brusco y comenzó a ascender de nuevo por el camino. Clémence y yo lo seguimos mientras las nubes se hundían en los tejados y la oscuridad inundaba las calles.

La casa de Geisler estaba a las afueras de la ciudad y protegida de la carretera por un bosque de imponentes pinos negros. Era más grande que la mayoría de las casas de las calles principales y tenía un patio trasero delimitado por una extensa valla. Nos detuvimos en la puerta y Geisler buscó a tientas en su bolso durante un rato antes de lanzar un insulto por lo bajo.

—Debo haber dejado mis llaves en la oficina —murmuró—. No importa.

Llamó a la puerta y el eco recorrió la casa. Me pareció raro que no le hubiera pedido a Clémence su juego de llaves, pero cuando vi su mandíbula apretada entendí que aquello era algo que aún no le había confiado.

Se escuchó un crujido al otro lado. Entonces, un momento después, la puerta se abrió de golpe. Se me cortó la respiración y, sin querer, dejé escapar un sonido de asombro. En el umbral había un hombre completamente hecho de engranajes, barras y placas de metal, que caminaba erguido y por voluntad propia. Tenía los ojos vidriosos y la boca era un rectángulo inmóvil, sin labios y muy estrecho. Se alejó de la puerta para dejarnos entrar y con cada paso rígido dejaba oír un *tic-tac*.

Geisler pasó junto a él mientras se quitaba el abrigo, y Clémence lo siguió. Me acerqué despacio, sin apartar los ojos de aquella cosa mecánica, sin saber bien lo que era ni lo que estaba a punto de hacer.

El hombre mecánico cerró la puerta, luego giró bruscamente y extendió el brazo. Geisler colocó encima su abrigo de piel.

—Dale tu abrigo —me instruyó mientras hacía una mueca por encima de mi hombro.

Me asusté cuando otro hombre de metal, idéntico al primero, salió de una de las puertas del vestíbulo con una bata en la mano.

Clémence sonrió mientras se apartaba hacia un lado.

—No te preocupes, no muerden. —Me empujó y me quedé en medio—. No son más que autómatas.

Le eché un vistazo a Geisler.

—¿Autómatas? —repetí—. Pero son…

—¿Sensibles? No tanto como querría. —Geisler metió los brazos en las mangas de la bata que el autómata le extendía—. Tienen las mismas funciones mentales que un perro y la misma función ocular también. Solo captan señales visuales y auditivas básicas, pero, igual que los perros, pueden entrenarse y aprenden con el tiempo. No tan rápido como me gustaría, pero sí lo hacen. A estas alturas, parece que entienden lo que les pregunto, aunque me ha llevado mucho tiempo que lleguen hasta ese nivel.

—¿Los ha fabricado usted? —pregunté cuando el primer autómata se me acercó con los brazos extendidos. Le entregué mi abrigo y con eso el hombre de metal se dio por satisfecho y se retiró.

—Por supuesto —respondió Geisler—, aunque no son la obra maestra que imaginé la primera vez que pensé en darles vida. Les falta la capacidad de tener pensamientos originales o independientes, no tienen personalidad y no funcionan sin indicaciones específicas. No pueden compararse con mis diseños para la resurrección. —Me lanzó una mirada tan rápida que creí que lo había imaginado. Como no dije nada, él sonrió—. Bien, entonces. Déjame que te enseñe la casa.

Hicimos un breve recorrido, y Geisler asomó la cabeza en cada habitación el tiempo suficiente como para que yo pudiera echar un vistazo rápido. En el primer piso perdimos de vista a Clémence, y yo creí que ella había decidido irse a descansar en lugar de ver una casa que ya conocía. Las habitaciones estaban tan limpias como la oficina y todo estaba iluminado con lámparas Carcel: lámparas que tenían una especie de artilugios mecánicos en la base para hacer circular el aceite y mantener las llamas encendidas durante más tiempo, demasiado costosas para mi familia. Había relojes por todas partes: cada habitación tenía al menos uno. Entre estos, las lámparas mecánicas y los autómatas, que parecían reacios a alejarse de Geisler, la casa vibraba como una colmena.

Al final del pasillo del segundo piso, Geisler me condujo hasta una pequeña habitación que tenía una cama con base de hierro y también un pequeño escritorio en un rincón junto al fuego encendido. Había tres relojes en la repisa de la chimenea, con péndulos que oscilaban ruidosos y a destiempo.

—Esta puede ser tu habitación —dijo mientras retrocedía para dejarme entrar—. He ordenado que pusieran ropa de cama limpia, pero no se ha usado en mucho tiempo por lo que puede que esté algo polvorienta.

—No hay problema.

Atravesé la habitación para llegar hasta la ventana. Los primeros copos de nieve rozaban los cristales como si fueran fantasmas. El cuarto daba al jardín trasero, donde los dedos afilados de la hierba se clavaban en la nieve. Desde allí se veía el garaje y un edificio de piedra bajo y casi tan ancho como la casa principal, aunque de una sola planta y con el techo de paja.

—¿Qué es eso? —le pregunté a Geisler, y él se detuvo a mi lado.

—Mi taller, aunque ya casi nunca lo utilizo. Hago la mayor parte de mi trabajo en la universidad.

—¿Cree que podría enseñármelo? —le pregunté—. Me encantaría ver…

Geisler me interrumpió con una carcajada.

—No cabe duda de que estás ansioso. Te lo puedo enseñar si quieres, pero está prácticamente vacío. —Apoyó una mano sobre mi codo con firmeza y me apartó de la ventana. Uno de los autómatas nos había seguido hasta la habitación y estaba tan cerca de mí que me asusté—. He dejado algunos uniformes de repuesto de la universidad en el armario. ¿Por qué no te pones uno, echamos un vistazo rápido al taller y luego cenamos y hablamos?

—No, no es necesario ir al taller ahora —respondí, mientras liberaba mi brazo de su mano—. Me refería a que quería verlo mientras estuviera aquí.

—¿Cenamos, entonces?

—Preferiría acostarme.

—Me parece bien. —Me miró con los ojos entrecerrados por encima de las gafas, y durante un instante me dio la impresión de que iba a discutírmelo. En cambio, asintió—. Sí, por supuesto que me parece bien, es completamente razonable. No sé de dónde he sacado esa idea, claro que todo puede esperar hasta mañana, por supuesto. ¡Fuera! —le gritó al autómata que nos seguía. Dio varios pasos torpes hasta el pasillo. Geisler también salió de la habitación, pero me habló desde el umbral de la puerta—: Cualquier cosa que necesites, llama y vendrá alguno de ellos.

—Está bien —dije, aunque no había ninguna posibilidad de que llamara a los hombres de metal.

—Les he dado instrucciones para que te hagan sentir como en casa. Espero que estés cómodo aquí.

Me sonrió con un afecto tan sincero que me pareció raro.

—Gracias, señor.

—Que descanses —dijo, con el rostro dorado y cálido a la luz del fuego. Luego cerró la puerta despacio.

En cuanto Geisler se marchó, me quité la ropa hasta quedar casi desnudo y me dejé caer sobre la cama. Entonces, descubrí con felicidad que estaba hecha de plumas: no tenía un colchón de plumas desde que habíamos vivido en Escocia. La casa estaba en calma pero no en silencio: los tres relojes sonaban desincronizados sobre la chimenea y se colaban en mis pensamientos como latidos disonantes, se unían al clamor que ya resonaba en mi cabeza cuando me preguntaba qué hacía allí en lugar de volver a Ginebra con Oliver y mis padres. Me cubrí los ojos con las manos y respiré hondo, intentando acallar mi mente para poder dormir, pero por dentro me sentía demasiado agitado.

Me puse de pie, crucé la habitación en dos zancadas y abrí el primer reloj. Arranqué un puñado de engranajes y en el proceso me di un fuerte pellizco en el dedo. El reloj se paralizó y el péndulo se detuvo tan repentinamente como si lo hubiera sujetado. Podría haberlo detenido quitando una sola pieza, pero no me apetecía ser amable o delicado, solo quería que dejara de moverse.

Silencié los otros dos relojes y luego deposité los engranajes sobre el escritorio. Me sentía más tranquilo que antes, pero no podía quitarme a Oliver de la cabeza. No había posibilidad de arrancarlo de mi mente.

Me pregunté qué diría si estuviera conmigo. No el Oliver de ahora, sino el de antes, al que le gustaba ir en busca de misteriosas aventuras para poder contar una buena anécdota después. Le habría encantado que una joven de cabellos blancos lo llevara hasta una casa solitaria justo cuando estaba a punto de desatarse una tormenta de nieve. «Podría ser el comienzo de una novela de terror», habría dicho él, como las que Mary decía que escribiría algún día. Cuando cerré los ojos, lo vi como era antes de morir: con el pelo oscuro y despeinado, los ojos expresivos, los dedos en el labio inferior y siempre pensativo.

«Nada es tan simple, Ally», me decía. «Nada es lo que parece».

Me lo había dicho en Ámsterdam, la primera vez que lo arrestaron. Lo recordé de pronto, como si una puerta se abriera dentro de mí y escuchara su voz en mi cabeza. Luego me vino a la memoria otra imagen: él de pie en la estación de policía mientras le quitaban los grilletes y me sonreía como si todo hubiera sido una broma sin sentido.

Yo era el único que estaba en casa cuando un oficial de la policía vino a informarnos de que habían arrestado a mi hermano por arrancarle los dientes a un hombre de un puñetazo, y en lugar de esperar a mis padres, sujeté uno de los rollos de billetes que guardábamos en nuestro apartamento y fui yo mismo a buscarlo para que mi padre no se enterara. Me quedé en la sala de espera de la estación de policía, con las lámparas que brillaban como si fuera pleno día, aunque en el exterior todo permaneciera helado y oscuro, y vi cómo le quitaban las esposas. El oficial le devolvió el abrigo, pero yo ni siquiera esperé a que se lo pusiera. Me di la vuelta y salí de la estación sin decir ni una palabra.

No le dije nada mientras caminábamos junto a los canales congelados. Solo sabía que me seguía porque oía sus pasos en la nieve. Ya habíamos atravesado la mitad del camino a casa cuando él dijo:

—Caminas muy rápido.

Mi enfado se encendió contra su voz como una cerilla.

—Quiero llegar a casa.

—¿Podemos detenernos?

—No.

—Solo un momento.

—No.

—Ally, detente. —Me sujetó por el brazo, y yo me di la vuelta tan rápido que él retrocedió.

—¿Qué te pasa? ¿Estás loco o eres tan estúpido como pareces?

Empecé a gritar y me sorprendí con la ira que había en mis palabras: por norma general, mantenía bien la compostura.

Oliver también se asombró.

—¿De qué estás hablando?

—¡Me gusta vivir aquí! Pero haces estupideces como pelearte en la calle, al final nos descubrirán y tendremos que marcharnos. O peor. Y será culpa tuya.

Estaba a punto de echarme a llorar y me froté los ojos con las manos. Cuando levanté la mirada, Oliver me observaba con una expresión seria.

—No quería meterme en ningún lío.

—Bueno, pero siempre lo consigues.

Las palabras sonaron más tristes de lo que yo pretendía. Nos detuvimos un minuto en lados opuestos de la calle, con nuestras sombras como esqueletos bajo la luz de la lámpara. Estaba muy enfadado con él, más que nunca. Enfadado porque podía ser muy descuidado y egoísta, como si yo no le importara lo más mínimo.

De pronto, Oliver se apartó de mí y dio unos pasos hacia el otro extremo de la calle, hasta que los dedos de sus pies quedaron colgando sobre el pequeño saliente que daba al canal congelado. Se quedó allí un momento, haciendo equilibrio, y luego descendió poco a poco hasta detenerse justo sobre el hielo. Había alzado los brazos al aire como si fuera una marioneta.

—¿Qué estás haciendo? —grité

Él me sonrió y vi su sonrisa en la oscuridad, tan brillante como el canal congelado.

—Ven aquí.

—No tengo patines.

—Yo tampoco.

—¡Estás loco!.

—¡Vamos! —No me moví. Oliver se empujó con los pies planos y se deslizó hacia adelante. Se tambaleó, pero se mantuvo erguido—. Es muy divertido, no puedo creer que te lo pierdas —gritó por encima del hombro.

Vacilé, mientras lo observaba alejarse de mí. Luego tomé una decisión rápida. Me senté al borde del canal, bajé y lo seguí. Intenté imitar sus movimientos, pero me asusté en el último minuto y me caí. Oliver se rio.

—¡Levántate!

—¡No!

Me arrastré hasta él sentado, con los dedos pegados al hielo a través de los agujeros que tenía en los guantes. Oliver se rio de nuevo y se dio media vuelta para mirarme.

—¡Vamos, Ally, levántate!

—¡Me voy a caer!

—¡No te caerás! Te ayudaré.

Me ofreció la mano. Me puse de rodillas y luego de pie, pero me quedé inclinado para apoyar las palmas sobre el hielo. Cuando me incorporé, lo hice despacio, centímetro a centímetro, con los brazos abiertos y todos los músculos contraídos. Oliver me gritó palabras de aliento.

Intenté de sujetarme a su mano, pero apenas me moví, mis pies fueron en direcciones opuestas. Procuré no perder el equilibrio, pero di un paso que se convirtió en un tropiezo, y de pronto patiné, corrí y me caí, todo al mismo tiempo. No conseguí atrapar la mano de Oliver y terminé chocando contra él. Me sujetó por los codos, así que cuando caí, nos estrellamos juntos contra el hielo.

El aterrizaje fue lento, pero no dolió demasiado, y fue tan ridículo que me dio risa. Oliver también se rio, pero luego hizo una mueca que borró la sonrisa de mi rostro.

—¿Estás bien?

Levantó la mano. Bajo la luz irregular de las farolas vi que se había hecho daño en la palma y que estaba llena de sangre; tenía una herida en carne viva que le recorría la muñeca y seguía bajo la manga.

—¿Te has hecho eso ahora? —le pregunté alarmado.

—No, es de antes.

Ya casi había olvidado por qué estábamos allí, pero el recuerdo volvía enseguida. Entre la calle y el canal, mi ira se había alejado, flotando como la nieve al viento, pero todavía sentía la distancia entre nosotros.

—El oficial ha dicho que… me ha dicho que has golpeado a un hombre. ¿Así es cómo te has hecho daño en la mano?

—No, el idiota me ha empujado y me he caído. Después yo le he dado a él un puñetazo.

Oliver soltó un suspiro que se hizo bruma en el aire y luego se echó hacia atrás hasta quedar tendido en el hielo. Yo ya estaba temblando, pero me acosté a su lado y miramos las estrellas que salpicaban el cielo, cabeza contra cabeza. No hablamos durante un rato. De pronto, Oliver dijo:

—Había un mendigo en la calle. Tenía una pierna mecánica, pero estaba gastada y oxidada, y la piel había comenzado a infectarse. Un desastre. Estaba intentando ayudarlo y un imbécil me ha agarrado, ha comenzado a insultarme y me ha tirado al suelo. No lo he atacado, solo me he defendido, pero la policía no lo ha arrestado. Solo me han arrestado a mí, porque estaba ayudando al mendigo. —Hundió el puño en el hielo. La herida en su muñeca dejó una mancha de color carmesí pálido—. Nada es nunca tan simple, Ally —dijo entonces—. Nunca es solo «lo he golpeado» o «él me ha golpeado», o «él tenía razón y yo estaba equivocado». Todo tiene siempre lados y ángulos y muchas más partes que no se ven. Nada es lo que parece.

Me quedé dormido recordando ese momento: Oliver y yo boca arriba en el canal congelado, nuestro aliento tibio a medida que se alejaba de nosotros en aquella noche totalmente negra.

CAPÍTULO SEIS

Desperté de pronto, como si me hubiera caído desde lo alto. El fuego se había apagado. Solo quedaban brasas y en el exterior el cielo todavía era negro. Me levanté y temblé cuando mis pies descalzos tocaron los tablones fríos. Me aferré a la ventana y eché un vistazo hacia el exterior: la nieve se había convertido en una tormenta, y los gruesos copos blancos velaban el patio. Apenas podía distinguir el taller de Geisler en la distancia.

Me vestí en la oscuridad, sin saber por qué me levantaba tan temprano o incluso si era temprano o si la oscuridad se debía a la tormenta. Los relojes destripados sobre la chimenea seguían marcando la misma hora que el día anterior y no me daban ninguna pista. Entonces, tras ponerme uno de los uniformes universitarios que Geisler me había dejado, abandoné la habitación para ver si alguien más estaba despierto.

La casa estaba a oscuras y lo único que interrumpía el silencio era el *tic-tac* sincopado de decenas de relojes. Al pie de las escaleras, vi una luz y la seguí hasta llegar a la cocina, donde había un fuego encendido. Había pan sobre la mesa y, al lado, un cuchillo clavado en la tabla de cortar. Mi estómago ladraba de hambre.

Sujeté el cuchillo de la tabla y comencé a cortar una rebanada de pan cuando algo me golpeó por detrás. Me di la vuelta, cuchillo en mano. Era uno de los autómatas, que se acercaba a mí con el brazo extendido. Intenté esquivarlo, pero me volvió a golpear con tanta fuerza que caí de espaldas sobre la mesa. Las piernas rechinaban contra el suelo de piedra. El autómata dio otro paso, y durante un momento pensé en clavarle el cuchillo con la esperanza de que la hoja estropeara alguno de sus engranajes, pero apuñalar a los sirvientes, mecánicos o no, no me parecía la mejor forma de darle las gracias a Geisler por acogerme en su casa.

La cabeza del autómata se giró lentamente hasta que sus ojos vidriosos se quedaron fijos en el cuchillo. Me aferré aún más al mango.

—Qué demonios, no pienso dártelo —dije, aunque no estaba seguro de que entendiera mis palabras.

El autómata extendió un brazo. Intenté apartarme, pero cerró la mano alrededor de mi puño y ejerció presión. Grité de dolor cuando mis dedos se doblaron bajo su palma de hierro.

Se oyó el ruido del viento cuando se abrió la puerta al otro lado de la cocina y dejó entrar un puñado de copos de nieve. Era Clémence, que llevaba los mismos pantalones y el mismo abrigo gris del día anterior. Su pelo blanco se confundía con la nieve. Me miró desde lejos, mientras yo me inclinaba hacia atrás sobre la mesa para defenderme del autómata que avanzaba, convencido de que estaba a punto de cortarme en pedazos con el cuchillo que intentaba arrancarme de la mano.

Pero ella comenzó a reírse.

—Tienes que dejar que corte el pan por ti.

—¿Qué?

El autómata dio otro paso adelante, sus rodillas se estrellaron contra las mías, y me estremecí de dolor.

—Quiere servirte, para eso está diseñado. No retrocederá hasta que lo dejes cortar el pan.

—¿Estás segura de que es lo único que quiere cortar?

Clémence se dejó caer al lado del fuego y acercó las manos a las llamas.

—No me hagas caso, que te rompa los dedos si es lo que prefieres.

La fulminé con la mirada, aunque solo viera su nuca, y luego solté el cuchillo para que el autómata lo sujetara. El hombre mecánico se enderezó de inmediato, y yo me escabullí en cuanto lo vi avanzar hacia el pan dando tumbos y comenzó a cortarlo en rebanadas. Cuando terminó, se giró bruscamente y me lo ofreció.

—Eh, gracias —dije mientras aceptaba.

Su columna vertebral se enderezó de un latigazo, después giró y salió de la habitación con pasos ruidosos.

Clémence me observaba con su sonrisa burlona. Le dediqué una mirada furiosa, luego me hundí frente al fuego y comencé a comer. El autómata me había quitado el hambre, pero me había costado tanto trabajo conseguir el pan que era imposible que no me lo comiera.

—¿Has dormido bien? —preguntó Clémence.

—Sí, bastante bien.

La miré y me di cuenta de que estaba temblando, de brazos cruzados y con las mejillas color escarlata.

—¿Estás bien?

—Sí.

—Te estás congelando. Ten.

Busqué algo para abrigarla, pero ella me interrumpió.

—He dicho que estoy bien. No te molestes en darme tu camisa para parecer un caballero.

—¿Puedo prepararte un té? —Miré de inmediato hacia el pasillo—. ¿Me perseguirán si lo intento?

—No si te mueves sigilosamente —respondió.

Me levanté y sujeté la tetera de la encimera. Ya estaba llena.

—¿Qué haces despierta tan temprano? —pregunté mientras la ponía en el fuego.

—¿Y tú qué haces despierto tan temprano? —respondió ella.

—El viaje me dejó agotado —le contesté—, pero mi padre siempre me obliga a levantarme temprano. Es un hábito. ¿Qué hora es?

—No estoy segura. —Clémence se puso de pie para ver de cerca el reloj de la chimenea, pero, después de un momento de silencio, noté que no funcionaba—. Maldición, se ha detenido.

—Probablemente haya que darle cuerda.

—No, no son a cuerda. Geisler usa guantes de reanimación. —Abrió la tapa del reloj y miró dentro sin saber muy bien lo que estaba buscando. Luego lo cerró y se dejó caer sobre el taburete—. No importa, él lo reparará cuando se levante.

—Déjame ver.

Clémence me dio el reloj y lo abrí. Vi el problema de inmediato: los engranajes seguían moviéndose, pero la rueda de ajuste estaba fuera de su sitio. En cuanto la coloqué en su eje, el reloj cobró vida y volví a apoyarlo sobre la chimenea.

—Bien hecho —murmuró Clémence.

—¿No sabes repararlo?

—¿Por qué me lo preguntas? —respondió frunciendo el ceño.

—Eres la asistente de Geisler. ¿Cómo has conseguido un trabajo así si no sabes arreglar un reloj?

Clémence clavó la mirada en el fuego y no supe si se había ruborizado o si era solo el reflejo de las llamas en su rostro. Luego me miró, pálida como siempre, y supuse que lo había imaginado.

—Podría haberlo arreglado, pero quería ver si eres tan listo como cree Geisler —dijo ella.

Cuando dos de los autómatas invadieron la cocina para preparar el desayuno, llevé mi té a la sala de estar y me puse cómodo en una silla junto al fuego. Clémence me siguió, por razones que no conseguí comprender, y se sentó en el diván que había enfrente.

—¿Les tienes miedo? —me preguntó.

—¿A los autómatas? —Me encogí de hombros—. Bueno, es que son un poco inquietantes, ¿no?

—¿Más que los hombres vivos con partes mecánicas?

—Al menos ellos conservan algo humano.

—La mayoría opina distinto. La mayoría cree que pierdes toda humanidad si tienes piezas de metal.

—De niño fui Aprendiz de Sombras, no soy como la mayoría de la gente.

Tomé un sorbo de té e hice una mueca de disgusto. Le faltaba azúcar, pero de ninguna manera pensaba volver a entrar en aquella cocina que se había llenado de autómatas.

Una ráfaga de viento bajó por la chimenea y las llamas se agitaron. Clémence echó un vistazo por la ventana.

—Hemos tenido suerte de que no nos alcanzara la tormenta durante el viaje. No suelen ser tan fuertes.

—Solía nevar así todo el tiempo en Bergen.

—¿Has vivido en Bergen?

—De pequeño. —Tomé otro sorbo de té, con la esperanza inútil de que el sabor hubiera mejorado, pero no—. Cuando mi padre comenzó a trabajar con Geisler, nos expulsaron de Edimburgo, así que nos mudamos allí.

—Me han dicho que en Noruega hace frío durante todo el año y que siempre es de noche.

—No es verdad; al menos, no en Bergen. La ciudad da a una bahía con fiordos, y son verdes y hermosos. —De pronto, recordé algo y estuve a punto de reírme antes de comenzar a contar la historia—. Había un poema que le gustaba mucho a Oliver, mi hermano, cuando éramos más jóvenes. Hablaba de un estanque o un lago o algo parecido. Algo de agua. Y él leyó en alguna parte que el estanque, el verdadero, sobre el que trataba el poema, estaba situado a las afueras de Bergen. Entonces, un día me llevó al campo, escalamos los fiordos y caminamos durante horas buscando aquel estúpido estanque…

Me detuve. Nunca había hablado así sobre Oliver, de nuestras anécdotas del pasado, con nadie desde su muerte, ni siquiera con mis padres, y de pronto pude recordarlo ese día: el sol que le daba en la cara y el viento que acariciaba su pelo rizado mientras corría camino arriba delante de mí y luego se detenía para esperar a que yo lo alcanzara. Recordé a Oliver, como solía ser. El recuerdo se enredó en mi interior.

Me quedé contemplando las llamas, que bailaban y se estiraban en la chimenea, a la espera de que Clémence no dijera nada más, pero después de un momento me preguntó:

—¿La historia tiene un final?

—En realidad, no era una historia, sino un recuerdo —le contesté.

—¿Encontrasteis el estanque?

—No, al final resultó que no era real. —Sujeté mi taza y me terminé el té en dos sorbos—. El sitio no existe.

Entró un autómata con los brazos llenos de leña y nos quedamos en silencio. Yo ya no quería hablar de Oliver. No quería hablar de ningún tema, pero Clémence me observaba como si ella tuviera algo más que decir. Eché un vistazo a mi alrededor, buscando algo con lo que poner fin a la conversación, y descubrí un libro sobre la mesa auxiliar. Reconocí la encuadernación verde y supe de qué libro se trataba antes de sujetarlo: *Frankenstein o el moderno Prometeo*. El mismo libro que Mary me había enviado, con aquel extraño título y sin autor alguno, y recordé que Morand me había dicho que estaba inspirado en Geisler.

Lo hojeé, mirando las páginas sin detenerme, preguntándome si vería su nombre en alguna parte. Una parte del texto, centrado y aislado del resto, me llamó la atención y me puse a leerlo.

Como quien, en camino solitario,
camina entre el miedo y el espanto,
y después de mirar atrás, sigue adelante
sin girar nunca más,
pues sabe que un demonio muy temible
sigue sus pasos bien de cerca.

Tuve que leerlo dos veces antes de entender por qué me resultaba familiar. Era el poema de Coleridge que Oliver había recitado la última vez que había ido a verlo. Era una coincidencia tan rara que seguí leyendo el resto de la página. La última frase se destacaba.

Desconocía todo sobre mi creación y creador, pero sabía que no tenía ni dinero ni amigos ni propiedad alguna, y que, además, estaba dotado de una figura espantosamente deforme por el motor infernal que me daba vida. Al estar hecho de metal, ni siquiera compartía la naturaleza de los demás hombres.

Se me revolvió el estómago. Las palabras me resultaban familiares, no porque las hubiera leído antes, sino porque parecían dichas por el propio Oliver. Pasé algunas páginas más, tan rápido que me corté con el papel.

«¡Odioso el día en que recibí la vida!», exclamé desesperado. «¡Maldito creador! ¿Por qué hiciste un monstruo tan horrible, al que incluso tú abandonaste asqueado?».

Cerré el libro con tanta violencia que Clémence levantó la vista de la taza.

—¿Estás bien?

—Sí, sí —dije, pero las palabras martilleaban en mi cerebro, y el eco de las conversaciones que había mantenido con Oliver en los dos últimos años resonaban en mi cabeza. El libro no hablaba sobre Geisler, hablaba sobre la resurrección.

—Ah, estás despierto.

Estuve a punto de dejar caer el libro a causa del sobresalto. Geisler estaba de pie en la puerta del salón, envuelto en una bata morada y con las gafas sobre la frente. Escondí el libro entre los almohadones y me levanté.

—Buenos días, doctor.

—Casi no ha amanecido.

Geisler pasó junto a mí y se sentó en la silla que yo acababa de dejar libre. Clémence se había enderezado y lo estaba mirando con cautela desde el otro lado de la habitación. Él le devolvió la mirada.

—Usted tiene trabajo que hacer, *mademoiselle* —dijo Geisler.

Ella se quedó de pie sin decir nada y salió de la habitación como si fuera un fantasma. Intenté captar su mirada, pero ella mantuvo la cabeza baja. Geisler hizo un gesto hacia la silla que se había quedado vacía.

—Por favor, siéntate, Alasdair. —Me senté en el borde del almohadón duro cuando uno de los autómatas entró con una bandeja—. ¿Quieres un poco de té? —Geisler me preguntó mientras el autómata le servía una taza.

—Ya me he tomado uno.

—Le pediré que traiga si quieres más. —Geisler frunció el ceño, hundió la mano entre los almohadones y un segundo después sacó el ejemplar de *Frankenstein*. Sonrió al ver la cubierta y luego levantó el libro para enseñármelo—. ¿Lo has leído?

—No, señor —le contesté, aunque las palabras *maldito creador* todavía resonaban en el interior de mi cabeza.

—¿En serio? —Apoyó el libro sobre la mesa y sujetó su taza—. Como obra de ficción, es descuidada y torpe en el mejor de los casos. —Me miró por encima de la taza y, luego, justo antes de llevársela a los labios, añadió—: Pero he de reconocer que tiene sus méritos en otras áreas.

Asentí, aunque los libros, incluso los de engranajes y resurrección, fueran lo último sobre lo que quería debatir. Estaba ansioso por preguntar por qué me había traído hasta aquí, pero mantuve la boca cerrada. Él siguió bebiéndose su té y mirándome con la misma intensidad que a mi llegada. Sentí que me diseccionaba. Finalmente, apoyó la taza y se llevó los dedos a los labios. Sus gafas se deslizaron y se posaron en la punta de su nariz.

—Te pareces mucho a tu hermano —dijo en voz baja—. Bajo esta luz tenue, casi podría jurar que es el Oliver de hace dos años el que está sentado ahora mismo delante de mí. —No dije nada. Detrás, las ventanas tintineaban con el golpeteo de la nieve—. Estoy seguro de que las comparaciones son infinitas, pero el único parecido es físico. Llegué a conocer muy bien a Oliver y me sorprende tu estoicismo. Tu expresión no revela nada, mientras que Oliver enseñaba de inmediato todo lo que sentía, como si estuviera escrito en su rostro.

—Lo sé —dije.

Geisler volvió a sujetar el libro y le dio la vuelta.

—Tu padre nunca fue muy listo —agregó después de un momento—. Un buen hombre, sí, pero no se destacaba por su inteligencia. Cuando lo conocí, eras un niño. ¿Te acuerdas?

—Lo recuerdo —afirmé.

Era pequeño, pero no tanto para olvidar el momento en que mi vida cambió. Cuando estaba a punto de cumplir los seis años, mi padre ya había empezado a desarmar relojes, a faltar a la cena, a llevar llaves y martillos en su bolsa junto a sus instrumentos quirúrgicos. Nuestra casa de Edimburgo había sido invadida por un grupo de hombres desconocidos que cojeaban y tenían brazos deformes, y todo había sido precedido por la primera visita del hombre de barba pelirroja que mi padre llamaba Geisler. Por aquel entonces, no alcanzaba a comprender del todo lo que sucedía, pero entendía que se había producido un cambio irrevocable.

—Necesitamos hombres buenos para nuestra causa —continuó Geisler—, pero prefiero a los inteligentes. Me parece que nadie, por lo general, reúne las dos cualidades. O bien eres bueno o eres inteligente. —Sonrió mientras tomaba otro sorbo de té—. Tu hermano, en cambio, era inteligente. No con la maquinaria, eso nunca le interesó, pero sin duda era listo. Escribía bien, era un gran pensador. Cuando me enteré de que había muerto… —Se detuvo y se pasó una mano por la barba. Nunca se me había ocurrido lo que diría si Geisler indagaba sobre los detalles de la muerte de Oliver. No podía recurrir a la historia que tanto había ensayado sobre el accidente en la torre del reloj: la única persona viva que podía desmentirla estaba sentada delante de mí. Pero no hizo preguntas. En cambio, siguió hablando—: Me quedé destrozado. Le tenía mucho cariño.

Estuve a punto de echarme a reír. Oliver odiaba a Geisler, incluso antes de que lo considerara responsable de su muerte y, por lo que me había contado, nunca se habían llevado bien. La única razón por la que Oliver no estaba en el taller la noche en la que arrestaron a Geisler era porque se habían peleado y Oliver había vuelto a casa temprano. Pero no corregí a Geisler. Dejé que suspirara un segundo hasta que dijo:

—Todavía me pregunto si yo podría haber hecho algo para evitarlo.

—No, usted no podría haber hecho nada.

—Ojalá no te hubiera pedido que volvieras allí, para buscar aquellos malditos cuadernos.

—Usted no podría haber hecho nada —repetí con un nudo en el estómago.

—Pero ¿encontraste mis cuadernos? —Asentí—. ¿Qué pasó con ellos?

—No lo sé, señor. Creo que la policía los confiscó cuando vaciaron el taller.

Creí que se enfadaría, que tal vez tan solo me había invitado para que yo le devolviera los documentos relacionados con su investigación, pero yo los había dejado en la torre cuando nos llevamos a Oliver al castillo y nunca más volví. En cambio, él solo sonrió.

—De todas formas, antes supiste darles un buen uso.

Mi corazón trepó de pronto hasta la garganta.

—¿Cómo dice?

—¿Llegaste a leerlos?

Tiré de un hilo suelto en mis pantalones y me concentré en mantener el rostro inalterable.

—Algunas partes.

—Así que viste los problemas, las inconsistencias, los errores que había en mi trabajo. Nunca conseguí superar la investigación que realicé en Ginebra, ni siquiera recrearla. Incluso entonces, en su mejor momento, tenía defectos. Tenía demasiados problemas que nunca pude resolver. —Levantó la vista y, con la luz del fuego reflejada en sus gafas, me dio la impresión de que sus ojos eran dos pozos de azufre—. Pero tú sí lo conseguiste.

Mi corazón siguió latiendo a un ritmo frenético, pero no dije nada. Creo que no hubiera podido responder, ni aunque lo hubiese intentado.

—Fuiste tú, ¿no? —Geisler continuó, todavía observándome. Se incorporó ligeramente y concentró su mirada en mí—. Tu padre no es tan inteligente, pero tú sí. Oliver está vivo, porque lo trajiste de entre los muertos —dijo, y no a modo de pregunta.

Parecía inútil negar lo que él ya había adivinado, innecesario seguir llevando esa carga agotadora sin ayuda de nadie. Mi corazón volvió a ocupar su lugar en el pecho, y los músculos que sin darme cuenta habían estado tensos durante dos años se relajaron cuando le entregué a Geisler el peso de mi secreto.

—Sí —respondí.

Geisler saltó de la silla. Parecía contener el impulso de bailar o de abrazarme.

—¿Y él está bien? ¿Sigue vivo con el corazón mecánico en funcionamiento después de dos años?

—Sí. Está en Ginebra, escondido.

—¡Eres un genio, Alasdair Finch, un absoluto genio! —gritó mientras volvía a hundirse en la silla. Yo no sabía bien qué contestar. Estaba seguro de que insistiría para obtener más detalles del proceso: la cantidad exacta de cobre que había utilizado, la circunferencia de los engranajes y la colocación del resorte principal. Pero, en cambio, agregó—: Imagino que guardar en secreto la vida de tu hermano ha debido de ser muy difícil para ti todo este tiempo.

—Así es —dije, y al admitirlo sentí que tomaba una bocanada de aire fresco después de haber estado respirando bajo el agua—. Pero creo que algo no salió bien cuando lo reanimé. Algunas cosas se perdieron.

—¿El habla, la memoria? Imaginaba que algo así podría pasar.

—Es más que eso. Ya no es el mismo. Es más salvaje, más impulsivo.

—Era así de joven.

—Pero ahora es peor, es distinto. Hay algo que está… mal. Creo que hice algo que lo estropeó.

Geisler entrelazó los dedos y me miró por encima de ellos.

—¿Y tus padres no saben nada?

—No, nunca me atreví a contarles nada.

—Tal vez pueda ofrecerte la ayuda que claramente necesitas. —Se inclinó hacia delante, con los codos apoyados sobre las rodillas—. ¿Y si comenzaras la universidad en enero? Si escribo una recomendación al jefe del departamento, te permitirían comenzar las clases el próximo semestre sin tener que presentar una solicitud.

—¿Y qué pasaría con Oliver? —le pregunté.

—Podrías traerlo contigo. La Confederación Alemana es mucho más amable con los hombres mecánicos que Francia o Suiza o cualquiera de las ciudades donde tu familia ha trabajado. Y en una ciudad como Ingolstadt, una ciudad universitaria progresista que valora la investigación… bueno, puede que no lo acepten por completo, pero ya no tendrá que esconderse. Incluso podría asistir a algunas clases. Le gustaba la poesía, ¿no?

—Antes —dije, y escuché a Oliver recitando a Coleridge en mi cabeza: «pues sabe que un demonio muy temible / sigue sus pasos bien de cerca»—. No estoy seguro de que siga siendo así.

—Bueno, tal vez podamos reavivar su interés. Y si no, podemos encontrarle un trabajo, algo que lo mantenga ocupado. Lo más importante es que ya no tendrás que responsabilizarte tú solo por él, Alasdair. Puedo ayudarte a cuidarlo. No tendrás que preocuparte por él todo el tiempo, como seguramente suceda ahora. Podrás ir a clases, conocer a gente de tu edad. No tienes que seguir ocupándote de tu hermano tú solo.

Me sentía como si hubiera estado dos años en el fondo de un río, oprimido por Oliver, y con cada palabra que Geisler decía me quitaba una piedra del bolsillo y comenzaba a flotar, a ver la superficie y el sol que se reflejaba sobre el agua. Me sentía ligero, más ligero quizás que en toda mi vida.

Creí que no podía sentirme mejor, pero Geisler continuó:

—Trabajarás a mi lado, por supuesto. No como mi asistente, sino como mi socio. Me enseñarás el proceso que llevaste a cabo para resucitar a Oliver y podremos asegurarnos de que los defectos psicológicos que lo perjudicaron no se repitan.

Volví a sentir el peso de las piedras.

—Creo que es algo que no debería volver a hacerse.

—Tonterías. ¿Tienes idea de lo que la gente pagaría por algo así? ¡Y la fama! ¡Eres el pionero de uno de los descubrimientos más importantes de la historia! Alasdair, serás canonizado en la Biblia de la ciencia.

Podría haber vivido y muerto por aquellas palabras, pero enseguida pensé en lo que le había hecho pasar a Oliver cuando lo resucité: la agonía que había sentido al despertar y la ausencia de su memoria, el sufrimiento que atravesaba a diario por su cuerpo mecánico, los engranajes que le pellizcaban la piel y desgarraban lo poco que quedaba de él. No estaba listo para causarle eso a otras personas, ni el dolor de la marginación. Pero quizás con la colaboración de Geisler, juntos podríamos eliminar los efectos secundarios menos deseables. Y con más personas como Oliver, él no estaría tan solo.

—Claro que si vas a trabajar conmigo, nuestra investigación tiene que ser confidencial hasta que estemos listos para revelarla —dijo Geisler mientras recogía su taza de té. Se rio entre dientes cuando el borde tocó sus labios—. No podemos permitirnos más deslices vergonzosos.

Esas palabras me hicieron volver a la realidad.

—Lo siento, ¿cómo?

—Alasdair —dijo alargando mi nombre con una leve sonrisa—. ¿Creías que no reconocería tu obra? Sin duda, me queda claro que es algo que has hecho para llamar mi atención. Y querías presumir. Es lógico.

—Lo siento, señor, pero no sé de qué está hablando.

—Estoy hablando de esto.

Sujetó el ejemplar de *Frankenstein* y me enseñó el lomo para que pudiera ver el título. Las letras doradas relucían a la luz del fuego.

—¿Cree que lo he escrito yo? —No pude evitar una carcajada. En una ocasión, Oliver me dijo que yo era casi analfabeto, y aunque lo había dicho con la intención de criticarme, no estaba tan equivocado. La idea de que yo me hubiera sentado a escribir un libro, por más breve que fuera, era absurda—. Qué demonios, ¿cómo se le ha ocurrido algo así?

Geisler ladeó la cabeza como un pájaro.

—¿En serio no lo has leído?

—Lo oí nombrar por primera vez la semana pasada. Sé que trata sobre un hombre mecánico. Nada más.

—Por el amor de Dios, Alasdair. —Se puso pálido, y cuando volvió a hablar, su voz vaciló—. Habla sobre resucitar a los muertos.

Ya lo había adivinado, pero cuando Geisler lo dijo, un silencio inundó mi interior, un silencio tan profundo que pasaron varios segundos antes de que pudiera encontrar las palabras.

—¿Usando piezas mecánicas?

—Un hombre resucitado mecánicamente —respondió Geisler—. Es ficción, claro, pero la trama resulta muy parecida a lo que me has contado. Y está bastante claro que los dos personajes principales sois tú y tu hermano.

—¿Usted cree que el libro está inspirado en Oliver y en mí?

—No tengo dudas. ¿O cómo crees que lo he averiguado todo? —Se inclinó hacia adelante y me sujetó por el hombro—. Alasdair, puedes ser honesto conmigo. Tengo gente, amigos que pueden ayudarnos. Todavía podemos utilizarlo a nuestro favor.

—Yo no lo he escrito.

—Si estás mintiendo…

—No estoy mintiendo, señor, ¡se lo juro!

—Entonces, alguien más lo sabe. —Se levantó y dio varios pasos sobre la alfombra que estaba junto al hogar—. ¿A quién le has hablado de esto?

—A nadie, ni siquiera a mis padres.

—¿Estás seguro de que nadie lo sabe? ¿Ningún amigo, alguien que pudiera haberte oído?

Pensé en Mary durante un instante, pero no quería explicárselo a Geisler. Por fin, estaba dejando de verme como el hermano pequeño de Oliver, y no iba a echarlo a perder con una confesión de enamorado.

—No, señor.

—¿Oliver no tiene contacto con nadie?

—Oliver podría haberlo escrito —le dije.

Geisler se quedó mirándome un momento y luego apartó la idea con un gesto como si fuera humo.

—No.

—Él escribía mucho antes de morir. Quería escribir poesía, ¿por qué no una novela?

—Porque la descripción del hombre resucitado no es muy favorable. Oliver nunca se pintaría de esa manera si buscara reconocimiento.

—No se cree un héroe. Cree que es un monstruo.

Geisler frunció el ceño.

—Lo tendré en cuenta. —Me arrojó el libro, que aterrizó con una voltereta en el diván—. Deberías leerlo, Alasdair. Puede traernos más problemas de los que querría.

—Pero solo es un libro, ¿qué problemas podría causarnos? —le pregunté, aunque al decirlo recordé las insignias de Frankenstein en Ginebra.

—Porque toda Europa lo está leyendo. Es el relato de un hombre convertido en monstruo. Nadie en la tierra de Dios querría resucitar si fuera así —respondió Geisler. Luego vació su taza de té y la volvió a colocar sobre el platillo con tanto ímpetu que me sorprendió que no se rompiera—. Te recomiendo que pases el día leyendo, es lo más importante que puedes hacer —agregó mirando por la ventana el cielo que pasaba de negro a gris a medida que avanzaba el día.

Se dirigió hacia la puerta, pero le pregunté:

—¿Qué pasa…? —Él se detuvo y yo tragué saliva—. ¿Qué pasa si digo que sí? ¿Si acepto estudiar con usted?

—Entonces, iríamos a Ginebra de inmediato —respondió—. Iríamos a buscar a Oliver y lo traeríamos hasta aquí, donde ambos estaríais a salvo.

—¿Y qué hay de mis padres?

—Si estás seguro de que los han arrestado, es posible que se nos esté acabando el tiempo. Si tienen suficientes pruebas, podrían condenarlos antes de que acabe el año.

Conté los días mentalmente y me di cuenta de que solo faltaban tres semanas.

—¿Podría ayudarlos?

—Puedo intentarlo. Prometo que lo intentaré.

Contemplé la chimenea durante un momento, mientras me mordía el labio inferior. Parecía demasiado irreal, casi imposible de imaginar que en unas pocas semanas mi vida podría cambiar. Podría librarme de mis padres, de Ginebra, del miedo y las huidas constantes. Podría dedicarme a trabajar en algo importante, algo con lo que había soñado casi toda la vida. Y Geisler me ayudaría a cuidar de Oliver: también me libraría de él.

—No podemos marcharnos hasta que deje de nevar —dijo Geisler. Sentía su mirada sobre mí—. Si necesitas meditarlo unos días más.

—No —dije, y levanté la vista—. Iré con usted y le enseñaré dónde está Oliver.

Su expresión se relajó y en su rostro se dibujó algo parecido a una sonrisa.

—Me alegro. Es la única opción sensata, te das cuenta de eso, ¿no? —Asentí. Geisler retrocedió unos pasos y me puso la mano en el hombro, un gesto más paternal que cualquier otro de mi padre—. Así estarás a salvo, los dos estaréis a salvo.

—¿Y qué hay de *Frankenstein*?

Entrecerró los ojos y frunció los labios, que a la luz del fuego parecían navajas de afeitar.

—Te sugiero que te tomes algo de tiempo para leerlo —respondió—. Tal vez puedas descifrar quién ha escrito tu historia.

CAPÍTULO SIETE

L a charla con Geisler me dejó desanimado y exhausto. Me fui directamente a mi habitación y me desplomé sobre la cama. Me zumbaban los oídos y me sentía tan agobiado por lo que me había contado que no podía pensar con claridad. Mientras el sol salía tras la tormenta intenté dormir algunas horas más, pero mis ojos se abrían de pronto, como si tuvieran resortes y se dirigían hacia el escritorio en el que se encontraba *Frankenstein*. La encuadernación verde de pronto parecía más amarillenta que esmeralda.

No conseguí resistir mucho el impulso. Salí de la cama, agarré el libro del escritorio y me senté frente al fuego, con la espalda apoyada en la cabecera, y abrí el libro.

Bastó que leyera unas pocas páginas para sentir las náuseas.

La historia comenzaba con una expedición de barcos al Polo Norte, cuando un grupo de exploradores encuentra a un hombre llamado Victor Frankenstein, medio muerto de hambre y congelado. Durante su agonía, él le cuenta al capitán la historia de su vida y aquello que lo llevó a morir en el Ártico.

Leer el relato de Victor era como escucharme a mí mismo, como si me hubiera transportado al futuro y leyera un periódico de años anteriores. Su historia no era como la mía, pero la relación era clara. Los dos habíamos sido niños privilegiados, interesados en la ciencia, fascinados por la mecánica y los hombres hechos con piezas de reloj.

¡E Ingolstadt! Por el amor de Dios, Frankenstein se marchaba de Ginebra a los dieciocho años con destino a Ingolstadt, como yo deseaba, para estudiar Mecánica y Medicina y fabricar extremidades metálicas que se movieran siguiendo las órdenes del cuerpo. Incluso tenía un profesor que lo guiaba, y en mi mente yo lo imaginaba pelirrojo, como Geisler. Pero Victor llevaba las cosas más lejos de lo que sus profesores creían posible. Quería usar la mecánica para reanimar el tejido muerto y restaurar la vida. Era más listo que todos los demás y sabía que podía superar al resto.

Y entonces: allí estaba.

Una lúgubre noche de noviembre contemplé el producto de mis esfuerzos.

La resurrección: me hablaba desde las páginas como un fantasma.

Me detuve en aquella escena durante un buen rato, la leí tres veces e intenté de compararla con mis propios recuerdos de aquella noche de noviembre y analizar en qué se diferenciaban. Me resultaba muy raro leer lo que había sentido en el momento más dramático de toda mi vida en una única página escrita con oraciones breves, y que me parecían tan auténticas.

> *¿Cómo expresar mis sentimientos ante esta catástrofe o describir*
> *el engendro mecánico que con infinitos esfuerzos y cuidados había*
> *creado, que me había dedicado a formar con ruedas y engranajes?*
> *Lo había deseado con un fervor que excedía con mucho la*
> *moderación; pero ahora que lo había terminado, la belleza se*
> *desvanecía, y un horror y una repugnancia que me quitaban*
> *el aliento llenaban mi corazón.*

Así me había sentido: del deseo de resucitar a Oliver, sabiendo que era capaz de hacerlo, al arrepentimiento inmediato que experimenté en cuanto vi lo que había hecho. Mary me había dicho en una ocasión que nos veíamos reflejados en los libros porque los seres humanos, vanidosos como somos, buscamos nuestro propio reflejo en todas partes. Pero creo que ni siquiera ella hubiera podido rebatir que tenía ante mí una versión apenas disimulada de mi vida.

Lo sabía en lo más profundo de mi ser, de una manera que no podía explicar.

El libro hablaba de Oliver y de mí.

Tuve que hacer mi mejor esfuerzo para no arrojar el libro al fuego. La historia se apartaba de la mía y de la de Oliver después de la resurrección: Victor huía de Ingolstadt con su amigo Henry y dejaba a su creación sola, que me parecía lo más cobarde del mundo hasta que me acordé de Oliver, encerrado en el Château de Sang. ¿Acaso yo no había huido como él?

No pude soportarlo más. Dejé el libro sobre el suelo, con el lomo hacia arriba, y me arrojé sobre la cama, a la espera de que llegara el sueño. Pero permanecí despierto durante mucho tiempo, con los recuerdos de la noche de la resurrección de Oliver revoloteando como polillas en mi mente.

Después de la muerte de Oliver, mi padre quiso que todo se resolviera rápidamente, como si de esa forma todo fuera a dolernos menos. No hubo funeral en la iglesia, ni flores ni ropas de luto. Solo nosotros cuatro junto a la tumba: mi padre, mi madre, el cura y yo, dos días después de la caída de Oliver. El cielo estaba gris, la tierra blanda y oscura después de una noche de lluvia. Estábamos a principios de noviembre y era el primer día de frío desde que había comenzado el otoño.

Mis padres se quedaron para hacer arreglos para la lápida, así que volví solo al apartamento y me tumbé en mi camastro bajo la luz incolora de la tarde. El colchón de Oliver todavía estaba desenrollado junto al mío, y extendí la mano desnuda y la apoyé sobre la tela. Sentí que de aquella forma mantenía la memoria de mi hermano en su lugar, como si todavía quedara una sombra de él en la habitación y fuera mi responsabilidad no dejarla ir. No me moví, ni siquiera cuando oí entrar a mis padres. Tan solo me quedé allí, pensando, mientras los cuadernos de Geisler, escondidos bajo el colchón, se clavaban en mi espalda.

Mary vino a verme aquella noche; lanzó piedras contra mi ventana hasta que bajé para encontrarme con ella en las escaleras que conducían al apartamento. Llevaba puesto un vestido de algodón blanco, demasiado veraniego para el frío que hacía, y su piel estaba pálida y resplandeciente bajo la puesta de sol de aquel día nublado. Me detuve unos escalones más arriba y miré hacia abajo.

—Lamento no haber ido al cementerio —dijo.

—No quería que vinieras.

Yo apenas había hablado en dos días y mi voz salió más áspera de lo que esperaba.

Ella asintió, miró hacia abajo un momento, luego de nuevo hacia mí, con los ojos entrecerrados por el reflejo del sol que daba en los escaparates.

—¿Estás bien?

—No, por supuesto que no estoy bien.

La pregunta era tan tonta que ni siquiera intenté responder con un tono cordial. Ella se humedeció los labios.

—¿Qué puedo hacer?

Nada, pensé. *No puedes hacer absolutamente nada. No puedes hacer que te quiera menos. No puedes deshacer lo que hice o desatar el nudo que tengo en el pecho ni llenar el agujero que Oliver me ha dejado. No puedes resucitar a mi hermano.*

Pero yo sí podía.

Había leído los cuadernos. Había ido al juicio y escuchado toda la información que la policía había averiguado sobre el trabajo que estaba haciendo Geisler en la torre del reloj. Y sabía lo que estaba mal. El primer día que Oliver y yo nos habíamos sentado en el juzgado, el abogado había descripto toda la investigación que Geisler había querido llevar a cabo: había intentado unir engranajes dentro de un cadáver, y supe por instinto por qué había salido mal. Sin haber visitado su laboratorio ni verlo trabajar, simplemente lo supe.

La posibilidad de intentarlo por mi cuenta parecía una locura cuando la consideré por primera vez, pero los dos últimos días que había pasado sin Oliver, soportándome a mí mismo sabiendo lo que había hecho, habían sido tan dolorosos que, en comparación, la idea resultaba muy cuerda. El recuerdo de la caída de Oliver me consumía por dentro y necesitaba borrarlo. Incluso aunque todo saliera mal, no podía empeorar lo que ya había hecho.

—Puedes acompañarme —le dije—. Hay algo que debo hacer.

Mary me siguió hasta el cementerio sin hacer preguntas. Lo más probable era que creyera que yo solo quería visitar la tumba, enseñarle dónde lo habíamos enterrado y despedirme de nuevo a mi manera, pero, en cambio, la guie por la valla hasta el cobertizo donde los sepultureros guardaban las palas y las carretillas. No fue hasta que me vio sacar una lima de relojero del bolsillo, con la mano en la cerradura, que Mary me preguntó:

—¿Qué estás haciendo?

Apreté con tanta fuerza la lima que me atravesó la piel.

—Necesito… —comencé a decir, pero se me cerró la garganta y las palabras no conseguían salir—. Quiero… Sé que puedo hacerlo.

Cuando volví a mirarla, noté que había retrocedido unos pasos para alejarse de mí.

—¿Hacer qué?

—Los cuadernos de Geisler. Los tengo yo. Sé que… puedo hacer algo. Puedo arreglar esto.

—No, Alasdair, detente. No puedes utilizar la investigación de Geisler. Solo son teorías, ¡es ficción!

—Puedo hacerlo, sé que puedo, puedo hacerlo mejor que él. Puedo hacerlo.

—Oliver está muerto, no puedes arreglar algo así.

Ella extendió la mano y, de pronto, algo se rompió dentro de mí. El mundo se dio la vuelta, la lima se me resbaló y tuve que agacharme para no caerme. El dolor que había llevado dentro de mí durante días se detonó de pronto, y las piezas que volaron por los aires eran tan afiladas que me cortaron la respiración. Nunca antes me había sentido tan mal, en cuclillas en el cementerio oscuro, con un peso en la espalda, náuseas y el estómago tenso. Durante un momento creí que terminaría vomitando, pero no. Me quedé allí agachado, con la cabeza en las manos, temblando, hasta que los dedos de Mary se deslizaron por mi nuca.

Cuando levanté la mirada, la vi tan preocupada que me entraron ganas de gritar. No merecía su compasión ni su lástima, ni la de nadie: Oliver había muerto por mi culpa. Sentí deseos de insultar, de gritar, de destrozar todo.

Me sentí como un monstruo.

Aparté la mano de Mary y busqué la lima que estaba en el suelo. Hice tres movimientos y la cerradura se abrió. Ella me observaba con los brazos cruzados y algo en su mirada me dijo que lo que iba a hacer estaba mal. No me importó.

Sujeté una pala del cobertizo, pero Mary se detuvo en la puerta para impedirme el paso.

—Alasdair, no lo hagas. Vete a casa.

Volví a tragarme el impulso de gritar y, en cambio, dije con toda la tranquilidad que pude:

—No debería haberte pedido que vinieras. Ha sido demasiado. Puedes irte. No hace falta que me ayudes.

—No te voy a dejar solo —respondió convencida—. Estás loco y vas a hacer algo de lo que te arrepentirás. Vete a casa.

Le tendí una pala.

—Si no vas a irte, entonces ayúdame.

No necesitaba su ayuda, pero la idea de estar solo, verdaderamente solo por primera vez en mi vida tras la muerte de Oliver, me aterrorizaba. Ella tuvo que ver el miedo en mi rostro, porque después de quedarse un buen rato allí inmóvil, mirando mi mano, puso sus dedos sobre los míos y sujetó el mango de la pala.

Nos llevó horas desenterrar el ataúd de Oliver. La tierra estaba blanda a causa de la lluvia y pesaba, al poco tiempo los dos terminamos cubiertos de lodo y suciedad. Hacía frío pero yo sudaba, y seguí quitándome capas de ropa hasta que me quedé en camiseta y pantalones. Mary había dejado a un lado el sombrero y la chaqueta. Su peinado se había deshecho y solo quedaba de él una trenza que azotaba su rostro. No nos dijimos ni una palabra mientras cavábamos.

De pronto, mi pala golpeó la madera con un ruido vacío. La culpa volvió a clavar sus dientes, pero no dudé. Cuanto más profundo cavábamos, más seguro me sentía, y cuando noté las tablas sólidas del ataúd bajo mis pies, toda la sensación de impotencia me abandonó de inmediato y me vi invadido por una tranquilidad fría y aterradora.

Sobre mi cabeza, oí a Mary murmurar:

—Esto es una locura, Alasdair, una locura total.

Bajó por el borde de la zanja hasta el interior de la tumba y se quedó de pie junto a mí. Estaba tan cubierta de lodo que apenas podía distinguirla en la oscuridad de la noche.

—No más secretos —dijo—. Tienes que explicarme lo que estamos haciendo.

Yo no me reconocía a mí mismo. Pero tenía los cuadernos de Geisler, y los había leído, y sabía en qué se había equivocado. Tenía los cuadernos de Geisler y el cadáver de Oliver y una maraña de tristeza, ira y culpa dentro de mí, y tenía que hacer algo al respecto.

—Vamos a ir a la torre del reloj —le dije—. Vamos a resucitar a Oliver.

Nevó sin cesar durante tres días. No había visto el sol desde mi llegada y las ráfagas de viento hacían temblar las ventanas como si algo intentara colarse en la casa. Todo estaba húmedo y frío y, aunque los autómatas mantenían el fuego encendido, la calefacción nunca resultaba suficiente.

Geisler se mostró inamovible: no emprenderíamos el viaje hacia Ginebra hasta que dejara de nevar y pudiéramos asegurarnos de que el viaje fuera seguro. La espera se convirtió en una tortura para mí. Iba y venía por la casa, incapaz de quedarme quieto y sin dejar de imaginar a mis padres en prisión, esperando la ejecución, a mi hermano encerrado en el Château de Sang, probablemente intentando tirarlo abajo ladrillo por ladrillo para intentar salir de allí. Quizás ya fuera demasiado tarde y mi nueva vida se hubiera desvanecido antes de comenzar, pero allí permanecimos, encerrados en la casa de los relojes, esperando a que pasara la tormenta.

Y lo único que podía hacer era dedicarme a leer *Frankenstein*.

Avancé, pero la lectura seguía siendo igual de difícil. Incluso cuando la historia dejó de parecerse a la nuestra, me dolía saber que yo era Victor. Victor Frankenstein era un hombre inteligente, y me hizo pensar en lo que Geisler había dicho: las personas son buenas o inteligentes, y Victor era inteligente. Había creado a su monstruo mecánico porque una vez que supo que era posible, no pudo evitarlo. No se preguntó qué haría si funcionaba hasta que el cadáver se despertó en la mesa de su laboratorio. *Yo no soy así*, pensé. Había reanimado a Oliver porque era Oliver y lo echaba de menos, y me sentía tan culpable por lo que había hecho que tenía que remediarlo. No lo había hecho para demostrar mi inteligencia.

Pero había pasado dos años mintiéndoles a todos sobre lo sucedido. Tal vez lo otro también fuera una mentira, y me había pasado todo ese tiempo creyendo que había resucitado a Oliver porque no sabía cómo vivir sin él cuando en realidad era porque tenía que ponerme a prueba, ver si realmente podía resolver los errores que Geisler había dejado en sus cuadernos y hacer lo que nadie más podía hacer.

Tal vez todo girara alrededor de mí y mi inteligencia. Tal vez yo fuera como Victor. Y el Oliver que había querido traer de vuelta estaba tan lejos que a veces olvidaba que había existido. Tal vez aquel libro revelara exactamente lo que éramos: Frankenstein y su monstruo, ninguno de los dos tan buenos como antes.

Al igual que Geisler, comencé a hacer una lista de posibles escritores, pero la mía era muy corta. Se me había ocurrido una verdadera posibilidad: Oliver. Era el único que tenía motivos para contar la historia. Pero, igualmente, era poco probable. ¿Cómo se habría comunicado Oliver con un editor sin que yo lo supiera?

La otra posibilidad era que el propio Geisler hubiera escrito la novela. Ignoraba cómo había llegado a descubrir algunos de los detalles: tal vez había reunido las historias que había escuchado, las historias de mi padre o de Oliver, o tal vez lo había deducido y había tenido suerte. Después de todo, éramos nosotros, pero no era nuestra historia, no palabra por palabra. Pero él tenía conocimiento de la investigación. Quizás la había escrito para que yo fuera a buscarlo, pero al ver que yo retrasaba el momento, había decidido traerme hasta aquí él mismo. Quizás quería enseñarme el tipo de trabajo que deseaba llevar a cabo conmigo. Pero esa teoría parecía más rebuscada que la de Oliver.

Y además, había ciertos detalles en el libro, cosas raras que un desconocido no podría haber sabido. Las pocas líneas de Coleridge que Oliver había recitado. Un epígrafe de *El paraíso perdido*. La referencia a las aguas termales que habíamos visitado con Mary cerca de Ginebra y una historia sobre un árbol al que le cayó un rayo una noche en Ámsterdam que yo me sabía de memoria. Frases que no podía leer sin escucharlas en la voz de mi hermano. Eran esos fragmentos más que cualquier otra cosa lo que me daba la certeza de que aquella historia hablaba sobre mí y que solo una persona tenía motivos para contarla: Oliver.

Había otra persona que conocía lo sucedido: Mary. Lo sabía casi todo sobre Oliver y la resurrección, y había seleccionado escenas de nuestras singulares vidas antes de llegar a Ginebra. Mary, la niña que vivía en una villa junto al lago con un grupo de poetas y novelistas, y amaba las historias de terror, los fantasmas y los cuentos sobre monstruos. De pronto, recordé la carta que me había enviado, perdida en algún sitio de Ginebra, y deseé, dolorido, haber podido leerla.

Pero ella no podía ser la autora del libro, estaba seguro. No podía ser Mary porque no podía creer que la única persona en la que había depositado mi confianza pudiera traicionarme.

Durante el tiempo que habíamos pasado juntos, ella había sido mi mejor confidente. Oliver y yo le habíamos contado secreto tras secreto: lo que nuestro padre hacía, el trabajo de Oliver con Geisler, mi deseo de ocupar el lugar de Oliver, y ella los había guardado todos para nosotros, guardados dentro de ella como si fueran suyos. No podía ser Mary porque la única razón por la que la conocimos, la única razón por la que pasamos a ser más que una anécdota efímera, fue que le revelamos el secreto de nuestra familia por accidente y tuvimos que confiar en ella antes de conocerla.

Ocurrió durante la segunda semana de mayo, al comienzo de aquel verano, con una tormenta que anunciaba la estación. Yo estaba solo en la tienda (mi madre y mi padre estaban en el juicio de Geisler, y Oliver había ido a reunirse con Morand) cuando se abrió la puerta y se escuchó el sonido de la campanilla mientras una joven de pelo castaño oscuro entraba sacudiendo la lluvia de su capa.

—*Bonjour* —dijo, amablemente—. ¿Puedo esperar aquí hasta que se detenga la lluvia? He olvidado mi paraguas y tengo que viajar hasta Cologny.

Era tan bonita, y hablaba tan rápido y con un acento tan elegante que me quedé aturdido. Lo único que conseguí tartamudear fue un «Ah», que ella interpretó como un sí.

—Muchas gracias, el clima es espantoso. —Se quitó el sombrero y me sonrió—. Está lloviendo demasiado últimamente, ¿no?, incluso para estar en primavera. «Agua, agua, por todas partes, / ni una sola gota para beber».

—Coleridge —dije sin pensar.

Estaba orgulloso de haberlo reconocido, aunque ella lo hubiera dicho en francés. Ella se iluminó.

—¡Sí! ¿Te gusta Coleridge?

—No, a mi hermano. Pero es bueno —agregué cuando vi la expresión de decepción en su rostro—. Coleridge, quiero decir. Así que supongo que sí, me gusta, pero no sé, no leo mucho.

—Es maravilloso. Cuando era pequeña, mi padre solía recitarme la *Balada del viejo marinero*.

La campanilla de la puerta la interrumpió y Oliver entró, empapado hasta los huesos, acompañado de Morand. Mi hermano parecía estar de buen humor, pero se detuvo en seco cuando vio a la chica que se encontraba delante de mí. Morand se dio la vuelta rápidamente y metió la mano mecánica en el bolsillo, con la vista clavada en un estante de ranas de cuerda.

Oliver cruzó los brazos sobre el pecho y la miró fijamente.

—¿En qué podemos ayudarla, *mademoiselle*?

—Gracias —respondió ella—, pero solo buscaba refugio de la tormenta. Debes ser el hermano al que le gusta Coleridge.

Pareció tan sorprendido que casi me eché a reír, pero me lanzó una mueca de disgusto que me hizo callar y se detuvo a mi lado detrás del mostrador.

—Tienes que sacarla de aquí —me susurró en inglés. Aquel había sido nuestro truco favorito durante años: utilizar uno de nuestros idiomas para poder hablar sobre el negocio cuando había clientes humanos delante. Decidimos que el inglés se adaptaba mejor a Ginebra. No habíamos conocido a nadie en Suiza que lo hablara—. Unos hombres que estaban intentando causar problemas durante el juicio le han roto el brazo a Morand.

—¿Es grave? Yo me puedo ocupar, si tú no quieres.

—Me las arreglaré. La estructura está doblada, pero la mayoría de los engranajes están bien. Pero tengo que hacerlo pasar al taller ahora.

Señaló con la mirada a la chica, que estaba estudiando un estante con caballos de cuerda.

—¿Qué se supone que debo hacer con ella? —respondí, todavía en inglés.

—Búscale un taxi. Llévala al ómnibus. Maldición, Ally, sabías que veníamos, ¿por qué la has dejado entrar? No puedes comportarte como un idiota cada vez que una chica guapa te mire.

—Cállate.

—Sácala de aquí —me respondió.

Lo fulminé con la mirada, a pesar de que ya se estaba alejando y había rodeado el mostrador.

—¿Quieres que busque un taxi? —le pregunté en francés—. Creo que seguirá lloviendo durante un buen rato.

—Te lo agradecería —respondió ella, y su voz sonó más cortante que antes. Tal vez aquello fuera por culpa de Oliver.

Ella esperó bajo el toldo de la tienda mientras yo me empapaba para llamar un taxi en la calle. Cuando uno por fin se detuvo, sostuve la puerta para que el conductor no tuviera que salir. La chica se levantó la falda, saltó un charco que se estaba formando entre los adoquines irregulares y sujetó la mano que yo le extendía. Su guante me resultó tan suave como el agua contra mi piel.

—Perdona las molestias —le dije mientras ella subía el escalón.

Ella me miró por encima del hombro y una sonrisa pronunciada se dibujó en su boca.

—Ninguna molestia —dijo con el perfecto inglés de una británica.

Se me aceleró el corazón, y antes de que ella pudiera terminar de subir al taxi, la sujeté por el brazo y la obligué a bajar de nuevo hasta la calle. Levantó la barbilla y el agua de la lluvia cayó en cascada desde el ala de su sombrero.

—Te pido amablemente que me sueltes.

—¿Hablas inglés?

—Soy de Londres. He pensado que alguien debería enseñaros a ti y a tu hermano a tener más cuidado.

—No… —comencé a decir, pero cambié de opinión y dije—: Por favor, no…

Nos colgarían a todos. Oliver y yo teníamos edad suficiente, y éramos Aprendices de Sombras. Iríamos a la horca junto a nuestros padres. Sabíamos que Ginebra era una ciudad peligrosa, más que las demás en las que ya habíamos vivido antes, pero hasta aquel momento no me había sentido en peligro. Mi vida y la de mi familia estaba en las manos de una desconocida, aunque ella no lo supiera.

Tal vez ella entendió lo que intentaba decirle, o tal vez me vio tan aterrorizado que se apiadó de mí, porque su rostro se suavizó de nuevo.

—Lo siento mucho, no debería haberte asustado así. No os causaré ningún tipo de problema, lo prometo.

—No puedes…

Intenté hablar de nuevo, pero el conductor del taxi me interrumpió con un grito:

—¿Qué pasa? ¿Entra o no?

—¡Un momento! —respondió ella y luego se dirigió hacia mí—. ¿Por qué no vienes a verme mañana y hablamos? Estoy en Cologny, Villa Diodati —pronunció aquel nombre como si fuera famoso, pero negué con la cabeza—. Ah, ¿no conoces…? Me hospedo allí con algunos amigos. Ven a verme. Pregunta por Mary Godwin. Ahora, por favor, tengo que irme.

Apartó mis dedos de su brazo, luego se subió al coche y cerró la puerta. El motor cobró vida con un siseo crepitante y un chorro de vapor se disolvió en la lluvia cuando el taxi se alejó.

Esperé a que Morand se fuera para abordar a Oliver.

—Idiota.

Se apoyó en el mostrador, con una sonrisa tan despreocupada que me dieron ganas de golpearlo.

—¿Todavía estás enfadado por lo de la chica y el taxi?

—La chica era de Londres. Hablaba inglés, ha entendido todo lo que has dicho.

Se quedó helado.

—Mierda.

—Sí.

—Mierda —repitió más fuerte—. Por el amor de Dios, lo siento, Ally, no pensaba… Mierda.

Se pasó una mano por el pelo y dejó un rastro de rizos oscuros erizados.

—Me ha dicho que fuéramos a verla mañana. Quiere hablar con nosotros.

—Probablemente pida dinero para mantener la boca cerrada.

—Tenemos que decírselo a nuestro padre.

—No, no se lo diremos —dijo enseguida—. Vamos a hablar con ella, pero no le contaremos nada más. Averiguaremos lo que sabe y luego inventaremos una buena historia para explicar lo que dije. Podemos hacerlo. Todo saldrá bien.

No recuerdo la historia que ideó Oliver, ni cuánto tiempo pasó antes de que Mary descubriera la verdad. Recuerdo que fuimos a visitarla al día siguiente. Salió a nuestro encuentro antes de que pudiéramos entrar en la mansión y nos llevó a una colina con vistas al lago. Fue la primera vez que dimos un paseo los tres solos. Oliver y yo estábamos convencidos de que nos iba a pedir dinero a cambio de su silencio, que nos amenazaría con llamar a la policía. Pero, en cambio, quería hablar sobre Coleridge. Luego, sobre Wordsworth. Luego, sobre París y las mejores pastelerías, y el ascensor neumático que acababan de instalar en la ópera. Después, en algún momento, comenzamos a hablar sobre castillos y fantasmas, y Mary nos dijo que había oído hablar de un castillo encantado en las colinas. Luego, dejamos de caminar y nos sentamos sobre la hierba húmeda y nos echamos sobre la tierra, sin los zapatos, y yo conté una historia sobre Ámsterdam:

Oliver creía que había espíritus en nuestra tienda cuando en realidad era una ardilla que vivía entre las vigas, y Mary se rio tan fuerte que hasta quienes navegaban por el lago tuvieron que oírla.

Cuando por fin comenzamos a hablar de las personas mecánicas, yo ya no tenía dudas: Mary Godwin no le diría a nadie que éramos Aprendices de Sombras.

CAPÍTULO OCHO

En mi opinión, eran tres los posibles autores de *Frankenstein*, y aunque parecía absurdo que alguno de ellos hubiera escrito el libro, ya los había clasificado en orden en mi mente: Oliver el más probable, seguido por Geisler y luego por Mary.

Mientras la tormenta seguía empeorando, pasé la mayor parte del tiempo en mi pequeña habitación, asqueado por el misterio y por cada nueva página. Victor volvía a Ginebra, donde él y su creación se reencontraban. Luego, venía la historia del monstruo. Le contaba a Victor cómo había sobrevivido en un mundo que no entendía y que lo despreciaba, sin recuerdos ni lenguaje, sin entenderse a sí mismo ni nada de lo que ocurría a su alrededor. Cuánto había sufrido a causa de su cuerpo mecánico, de los engranajes que lo herían por dentro, las cicatrices y suturas que marcaban su piel; que ningún otro hombre soportaba verlo y que era expulsado de todos los sitios a los que iba. Pero era fuerte y rápido, con el poder del metal y de la humanidad, igual que Oliver. Todavía escuchaba las palabras en su voz:

Cada vez que miraba a mi alrededor, ni veía ni oía hablar de nadie que se pareciese a mí. ¿Era, acaso, un monstruo de verdad, una mancha sobre la Tierra, de la que todos huían y a la que todos despreciaban?

Y cuando el mundo rechazó al monstruo, él también le dio la espalda. Prendió fuego a una casa. Asesinó a Henry, el amigo de Victor. A Elizabeth, la prometida de Victor. Y a su hermano.

«Había lanzado al mundo un engendro depravado», dijo Victor. *¿No era prueba de eso la muerte de mi hermano?*

Cerré el libro de golpe después de leer aquellas palabras, lo arrojé al suelo y me puse de pie. No había hecho más que leer desde mi llegada y había empezado a sentirme inquieto. Me ardían las manos después de haber pasado días sin usarlas, y estaba seguro de que, si leía una página más de *Frankenstein*, vomitaría.

Recorrí la casa en busca de Geisler para preguntarle si tenía algún proyecto con el que pudiera entretenerme, pero encontré la puerta de su dormitorio cerrada y no obtuve respuesta cuando llamé. Estaba demasiado impaciente para esperar. Rescaté varios relojes antiguos de la casa, incluidos los que había destripado en mi habitación, y me los llevé hasta el taller en busca de herramientas. Había ráfagas de viento, e incluso la caminata corta a través del patio fue una lucha. Vi pisadas recientes entre la casa y el taller e intenté seguirlas para evitar que me entrara nieve en las botas. Estaba dispuesto a abrir la cerradura a la fuerza si era necesario, pero no estaba cerrada, así que pasé. El viento cerró la puerta a mis espaldas.

El taller parecía un ataúd, largo y estrecho, con las paredes desnudas y el suelo de madera. La chimenea estaba vacía, y hacía tanto frío que mi aliento formaba nubes en el aire. Tenía la esperanza de encontrar algún proyecto a medio terminar, pero Geisler no había mentido cuando dijo que apenas usaba aquel sitio. Parecía abandonado. Había una mesa de trabajo ordenada, una lámpara de Carcel apagada en una esquina y algunas herramientas dispuestas en línea recta en la pared. Cuando sujeté una, dejó una huella en el polvo. Había cajones llenos de engranajes oxidados, y unas pocas varillas de acero apoyadas en un rincón. Me sentí decepcionado.

Coloqué los relojes en la mesa de trabajo, seleccioné las herramientas de entre las pocas que había y comencé a trabajar. La tarea era aburrida: después de fundir engranajes en la piel y en los huesos, la mecánica pura deja de ser un desafío. Arreglé los relojes en menos de una hora, pero no quería volver a la casa, así que empecé a desarmarlos y a repararlos una y otra vez con tal de mantenerme ocupado.

Trabajé hasta que el frío me entumeció los dedos y decidí poner a funcionar los relojes y volver a la casa.

Encontré unos viejos guantes de reanimación en un cajón, con las placas de metal oxidadas en los bordes. Tuve que frotarlos durante un buen rato antes de que se cargaran. Los apoyé contra el resorte principal del primer reloj. Se produjo un chispazo de luz azul como el corazón de una llama de gas, y luego los engranajes comenzaron a girar. Las manecillas del reloj hicieron una rotación completa, y un pequeño cucú salió para cantar la hora. Lo observé un momento, antes de pasar al siguiente.

Una mano me sujetó súbitamente por la muñeca y grité a causa de la sorpresa. Me giré para ver quién me retenía, pero me bastó con ver los engranajes de plata para saber que era uno de los autómatas de Geisler. Giró despacio la cabeza y clavó los ojos vidriosos en mí.

—¡Suéltame! —grité, pero no sirvió de nada.

Intenté liberarme, pero tenía tanta fuerza en los dedos que podía romperme los huesos. Cuando hizo que me pusiera de rodillas agarré su antebrazo con la otra mano en un intento de apartarlo.

La luz azul pasó de mis guantes de reanimación al autómata. Una descarga brillante recorrió todo su cuerpo y, entonces, sus dedos se aflojaron y la cabeza quedó colgando contra el pecho plateado.

Lo miré, esperando que volviera a la vida, pero no se movió. O bien el pulso había saturado el mecanismo y el autómata estaba fuera de servicio para siempre, o se había disparado un apagado automático antes de que algo explotara y se necesitaría otra reanimación para reiniciarlo. Mi padre y yo habíamos construido sistemas así en algunas de las extremidades más complejas que habíamos fabricado para evitar que el circuito se quemara. La curiosidad comenzó a invadirme cuando mi corazón dejó de latir a toda velocidad. A pesar del horror que me causaban los autómatas, el mecánico que había en mí estaba muy interesado en descubrir cómo los había diseñado Geisler para manejar la corriente.

A modo de experimento, apoyé la palma contra la placa conductora que había en el hombro del autómata. Se produjo otro chispazo y se puso de pie, el sistema se reinició y la mano se disparó de nuevo hacia mí antes de que pudiera esquivarla. Me tropecé y me golpeé contra la mesa de trabajo, pero el autómata se apoderó del cuello de mi camisa antes de que llegara a caerme y me levantó a la fuerza. Lo insulté en voz alta, aunque nadie me escuchara, e intenté tocarlo de nuevo, pero los guantes se habían descargado. Antes de que pudiera ponerlos a funcionar, las manos rígidas del autómata se cerraron alrededor de mis muñecas y me arrastraron hacia la puerta. Clavé los talones en el suelo, pero se deslizaron como si estuviera patinando sobre hielo.

El autómata me arrastró desde el taller a través del patio. Sus dedos de metal dejaron heridas en mi piel. Me ardían los brazos cuando llegamos a la casa. Intenté escaparme de nuevo cuando entramos a la cocina, pero el autómata me sujetó con más fuerza. Cruzó los brazos delante de mi pecho para impedir que yo moviera las manos. Me resultó difícil respirar y mucho más escapar.

Me arrojó dentro de mi habitación tan bruscamente que tropecé con la alfombra y me estrellé contra el suelo. El autómata se quedó en la entrada con los ojos clavados en mí, y luego dio un portazo. Un momento después escuché el ruido de un pestillo.

Intenté girar el pomo, pero la puerta no se abrió. No había una cerradura que pudiera forzar, solo el pomo de hierro pulido. Comencé a golpear la puerta primero con el puño y luego con todo el brazo, gritando, aunque estaba seguro de que ni Geisler ni Clémence estaban cerca, y que los únicos otros habitantes de la casa probablemente estarían del lado del autómata que me había encerrado. No conseguí nada, así que intenté romper el pomo de la puerta con el atizador, aunque con pocas esperanzas de que funcionara. Luego, probé con los guantes de reanimación, pero fue todavía más inútil.

Cuando me arrojé contra la puerta lo único que conseguí fue terminar con un hombro magullado. Entonces, intenté abrir la ventana, pero apenas pude meter los dedos en el estrecho espacio entre el pestillo y el alféizar. Cuando finalmente lo conseguí descubrí que la ventana estaba congelada y era imposible de abrir, sin importar cuánto jalara de ella.

Después de pasar un cuarto de hora intentando romper el hielo, me di por vencido y me senté contra la puerta, todavía golpeando sin fuerzas mientras pensaba qué hacer. Levanté el libro que estaba sobre la alfombra del hogar y me quedé contemplando las minuciosas letras sin leer, hasta que ya no pude enfocar más la vista.

No sé cuánto tiempo estuve encerrado en mi habitación: los relojes que acababa de reparar se habían quedado abandonados en el taller. Pero *Frankenstein* todavía estaba en mi regazo cuando alguien deslizó el pestillo sobre mi cabeza. Intenté ponerme de pie, pero fui demasiado lento, así que cuando la puerta se abrió caí hacia atrás sobre la alfombra del hogar.

Geisler me observaba desde la puerta y Clémence por encima de su hombro.

—Por el amor de Dios, Alasdair, ¿qué ha pasado?

—Los autómatas —dije, poniéndome de pie—. Uno de ellos me encerró.

Geisler frunció el ceño.

—Máquinas estúpidas —murmuró—. Lo siento mucho. Por favor, tienes que entender que son creaciones imperfectas y exageran cuando tratan con desconocidos.

—Está bien —dije—. Pensaba…

Geisler levantó una ceja.

—¿Qué pensabas?

Miré a Clémence. Estaba intentando limpiarse una mancha que tenía en la mano.

—No lo sé —contesté.

—Bueno, está bien. —Geisler sonrió, luego me dio una palmada en el hombro. Mis brazos aún estaban doloridos por el agarre del autómata, y me latían hasta las puntas de mis dedos—. ¿No habrás estado en el taller por casualidad?

La pregunta me pareció falsa, pero sabía que había dejado pruebas de mi paso por allí y me vería obligado a decir la verdad.

—He estado reparando algunos relojes —respondí—. Me ayuda a pensar.

—Tiene que haber sido por eso, entonces. Mis autómatas tienen indicaciones estrictas de mantener a los intrusos fuera del taller. Siempre existe el peligro de que entren ladrones, como comprenderás.

—Asentí, aunque no se me ocurría nada que valiera la pena robar—. Si te mantienes alejado, seguro te dejarán en paz. Te pido disculpas, Alasdair, mis más sinceras disculpas.

Geisler sonrió de nuevo, pero tuve la impresión de que aquello no era más que una advertencia. Atravesó el pasillo y desapareció en su habitación, pero Clémence se quedó observándome sin mostrar el más mínimo asomo de una sonrisa.

—¿Estás bien? —me preguntó una vez que Geisler estuvo fuera de nuestra vista.

—¿Qué? Sí.

—Sé que pueden ser bruscos.

—Estoy bien. —Sujeté el libro y se lo enseñé—. ¿Lo has leído? Solo dime si lo has leído.

—Sí.

—El personaje principal, Victor —continué—. ¿Qué piensas de él?

Ella se encogió de hombros.

—La verdad es que no lo recuerdo bien.

—Bueno, inténtalo.

Tuve que parecerle un loco, porque se alejó de la puerta. Durante un instante, creí que iba a marcharse, pero luego se mordió las mejillas y dijo:

—Creo que es irreflexivo y arrogante. —Me sentí desconsolado, pero ella no había terminado—. Pero lo entiendo. Entiendo por qué lo hizo. No quería que las cosas se descontrolaran, pero cuando eso ocurrió no supo cómo reaccionar a ello.

—¿Sabes? Tal vez esto te parezca una tontería. —Me pasé una mano por el pelo—. ¿Sabes si Geisler lo escribió? Es ridículo, ¿no? Cuando lo digo en voz alta…

—Yo pensé lo mismo cuando lo leí —respondió ella.

—¿En serio?

Ella miró hacia el pasillo y luego dio un paso al interior de la habitación.

—Creo que está involucrado de alguna manera. No habló de otra cosa durante meses. Mandó a traer copias desde Londres cuando se publicó. Tiene que haberle costado una fortuna. Estaba… No sé cómo describirlo. Frenético, supongo, aunque no terminé de entender si estaba emocionado o asustado. Tal vez las dos cosas. —Ella echó un vistazo hacia el pasillo de nuevo—. Mira, tengo que ir al mercado de la ciudad y luego recoger las llaves de Geisler de la oficina, pero volveré más tarde si quieres seguir hablando.

—¿Puedo acompañarte? —le pregunté. Ella levantó una ceja.

—Todavía está nevando.

—No importa. Me gustaría salir.

Intenté parecer inocente, pero se me había ocurrido que si entraba a la oficina de Geisler con ella quizás podría encontrar algo allí que lo eliminara de la lista de posibles autores o lo confirmara.

No sabía si Clémence me dejaría acompañarla si sospechaba que estaba planeando husmear, y se me quedó mirando tan intensamente que creí que mis intenciones eran obvias. Pero, entonces, se encogió de hombros y se apartó de la puerta.

—Ponte el abrigo.

La caminata hasta la ciudad se me hizo más larga que la vez anterior, con Geisler. La tormenta estaba amainando, pero el viento helado clavaba los copos de nieve en mi piel. Clémence y yo mantuvimos los rostros cubiertos por las bufandas y las manos en los bolsillos. Ella había cambiado el pantalón y la camisa de lino por un vestido azul, pero aún llevaba el abrigo de lana gris que sin duda era de hombre. Tenía el pelo suelto, y los mechones que caían de su gorra bailaban con la brisa como si fueran lazos.

—Nunca había conocido a un asistente de laboratorio que hiciera las compras —le dije mientras caminábamos.

—Bueno, no hay nadie más que las haga —respondió ella—. Los autómatas no pueden, y Geisler jamás se ocuparía de una tarea como esa.

—Podría contratar a un ama de llaves.

—¿Por qué? Me tiene a mí.

—Pero no es parte de tu trabajo.

Clémence sopló aliento en sus manos, luego las metió de nuevo en los bolsillos.

—No me molesta. Hago todo lo que me vuelva útil.

El mercado se encontraba en la plaza principal, rodeado por edificios que, por suerte, bloqueaban la mayor parte del viento. A pesar de la tormenta, había bastante gente que caminaba por allí. Clémence no apartó la mirada de los productos que compraba y no habló con los comerciantes hasta que vio a un hombre que vendía cestas de fresas.

—Las cultivan en los invernaderos de la universidad —explicó mientras me arrastraba para que las viera—. ¿Dónde más se podrían conseguir fresas en un clima como este?

Tuvo una conversación breve con el comerciante, que pasó del francés al alemán y luego a lo que parecía ser una mezcla de ambas lenguas. Yo no sabía nada de alemán, así que me quedé allí quieto junto a ella como un inútil mientras charlaban. El comerciante le ofreció una cesta, y noté con asombro que su mano era mecánica, con dedos plateados y finos que se movían cuando los engranajes se entrelazaban debajo de ellos. En Ginebra, era raro que un hombre mecánico caminara sin esconderse en los mercados, pero era imposible que vendiera productos de una universidad y la gente se acercara a comprarlos. Las personas le hablaban, lo trataban como a un ser humano y no se alejaban a toda velocidad cuando veían que tenía partes de metal. Me pregunté si también tratarían a Oliver así si lo traía a Ingolstadt. Tal vez no todos lo considerarían un monstruo.

Clémence le pagó al comerciante y, mientras le daba una cesta de fresas, él me señaló con un delgado dedo plateado y dijo algo en su alemán afrancesado.

—¿Qué ha dicho? —le pregunté a Clémence.

—Quiere que pruebes una —respondió ella tendiéndome la cesta—. Dice que te proporcionarán una larga vida y que morirás feliz.

Sujeté una y la mordí. Tuve que poner una cara de lo más ridícula, porque Clémence se rio.

—¿Están buenas?

—Muy sabrosas —le contesté.

Agarré otra, y durante un momento nos quedamos allí quietos bajo la tormenta de nieve comiendo fresas y con los dedos llenos de zumo. Clémence cerró los ojos y echó la cabeza hacia atrás para que los copos de nieve se enredaran en sus pestañas.

—No puedo recordar la última vez que comí fresas.

—Cuando vivíamos en Brujas —dije—, había buenas fresas.

—Bueno, has estado en todas partes, ¿no?

Me encogí de hombros.

—Siempre solíamos tener fresas cuando vivíamos allí porque crecían silvestres a lo largo de los canales. En una ocasión, Oliver y yo nos escabullimos en el patio de un comerciante para recogerlas. Nos quitamos los zapatos porque estaba lleno de lodo y luego un criado de la casa nos persiguió y tuvimos que dejar los zapatos y caminar hasta casa descalzos. Nuestro padre nos regañó mucho, pero nos hartamos de fresas, así que todo salió bien.

De pronto me di cuenta de que estaba hablando sin parar y me detuve.

—Lo siento.

—Deja de disculparte por todo. Ha sido una buena historia. Me ha gustado, pero eres pésimo para los finales. —Le quitó el rabo a una de las fresas con los dientes y lo arrojó a un montón de basura que se encontraba apilada contra unas de las tiendas—. Siento mucho la muerte de tu hermano. Parece que era muy divertido.

Me metí las manos en los bolsillos y contemplé la aguja de la universidad que se alzaba sobre los tejados. A mitad de la historia, había recordado por qué me había llevado a robar fresas: era mi cumpleaños y a mí se me habían antojado. Ese había sido el regalo de Oliver.

—Sí, lo era.

Nos quedamos en la plaza un rato, resguardados del viento, comiendo fresas y sin hablar mucho. Un grupo de jóvenes de la universidad pasó caminando. Uno de ellos levantaba con orgullo las hojas de un examen mientras los otros lo celebraban a gritos y le daban palmadas en la espalda. Me quedé observándolos mientras se detenían para comprar *glühwein*, riendo y charlando como si todo fuera tan fácil.

Pronto, yo sería como ellos, pensé, y el peso que sentía en el pecho se alivió de nuevo. Iba a suceder: Ingolstadt y la universidad. En unas semanas volvería a aquella pequeña y notable ciudad, conocería gente interesante, trabajaría con Geisler, estudiaría temas que me fascinaban y desafiaban, en lugar de trabajar con mi padre en la tienda, en tareas que podía hacer dormido. Compraría fresas en el mercado a un hombre que no escondía sus partes mecánicas, viviría en mi propio apartamento, y me preocuparía por los exámenes y las clases, y por nada más. Deseaba tanto aquella vida que sentí que una parte de mí se salía de mi cuerpo y se estiraba para alcanzarla.

La mitad de las fresas ya había desaparecido cuando Clémence declaró que tenía frío y que era hora de ir a la oficina de Geisler. Cuando comenzamos a avanzar entre los últimos puestos del mercado, el vendedor de fresas nos llamó en alemán. Clémence se dio la vuelta y gritó algo, y él se quitó el sombrero mientras hacía una reverencia exagerada.

—Le he dicho que eran las mejores fresas que nos hemos comido nunca —me tradujo cuando salimos del mercado—. Es posible que haya omitido que las de Brujas eran más sabrosas.

—¿Dónde aprendiste alemán? —le pregunté.

—De niña, tenía una institutriz. —Sacó otra fresa de la cesta y la mordió—. Sé latín, inglés y francés también.

—Educación de gente rica.

—Sí —resopló ella.

—¿Tu familia todavía está en París?

—*Oui*. En una casona blanca sobre el Sena.

—¿Y qué opinan sobre tu trabajo como asistente del Aprendiz de Sombras más infame de Europa?

Ella levantó la vista cuando pasamos junto a las puertas de la universidad, con sus letras doradas apagadas por la nieve que las cubría.

—No creo que piensen en mí en absoluto.

Lo dijo al pasar, como si no tuviera importancia, pero cuando la miré, bajó la cabeza y comenzó a caminar tan rápido que tuve que correr para alcanzarla. No hice más preguntas sobre el tema. Sabía que, a veces, las familias eran frágiles y dolorosas.

Tenía la esperanza de que la búsqueda de las llaves me diera tiempo y razones para mirar entre las cosas de Geisler y abrir los cajones, pero estaban a la vista, en el suelo, detrás del escritorio. Clémence las levantó de prisa. Estaba a punto de inventarme alguna excusa para quedarme allí más tiempo, pero cuando ella se incorporó estaba sonriendo.

—Bueno, ya que estamos aquí...

Me quedé mirándola.

—Ya que estamos aquí, ¿qué?

—Podríamos ver si encontramos algo más sobre *Frankenstein*.

—¿*Podríamos*?

—Ya que te estoy ayudando a hacer algo ilegal, creí que era justo tener una asociación equitativa.

—¿Qué cosa ilegal? La puerta estaba abierta de par en par.

—Me refiero a esto.

Con una de las llaves, abrió el primer cajón. Un juego de plumas rodó hacia adelante haciendo ruido.

—Bribona.

—No finjas que has venido por otra razón.

Cuando no lo negué, su sonrisa burlona se ensanchó. Eché un vistazo rápido a la puerta, luego crucé la habitación y me situé a su lado detrás del escritorio.

Apartó varios libros que estaban dentro del cajón y examinó el interior.

—¿Qué estamos buscando?

—Algo que se relacione con *Frankenstein*, supongo. —Saqué muchos papeles del primer cajón mientras Clémence abría otro—. No se me ocurre nada más. ¿Un manuscrito, quizás? ¿Correspondencia con el editor? ¿Tiene un laboratorio en el campus donde pueda guardar cosas así?

—Hay laboratorios para estudiantes, pero todos son compartidos.

—Así que no hay un lugar seguro para esconder un...

Me detuve. Había sacado una hoja manchada con tinta del fondo de la pila de papeles. Escrito en letras temblorosas decía:

12 de diciembre de 1818
Hombre; 1,55 m; 68 kilos; tuberculosis
Mujer; 1,60 m; 47 kilos; tos ferina
Hombre; 1,90 m; 47 kilos; ¿insuficiencia cardíaca?
Hombre; 1,82 m; 89 kilos; herida por arma blanca,
    5 centímetros, parte baja del abdomen
Mujer; 1,60 m; 46 kilos; ¿¿¿???
Mujer; 1,50 m; 41 kilos; cuello roto, daño parcial en el cráneo

Había pequeñas marcas con lápiz al lado de las dos primeras descripciones de la lista.

—¿Qué has encontrado? —preguntó Clémence, y se lo entregué para que ella lo viera.

—¿Sabes lo que es?

Sus ojos recorrieron la lista y luego la dobló por la mitad y la dejó de nuevo en el cajón.

—No —respondió ella, pero evitó mi mirada.

—Déjame ver de nuevo.

—No es importante.

—¿Sabes lo que es?

—No.

—Entonces, ¿cómo sabes que no es importante?

Hizo una mueca.

—Olvídalo, ¿de acuerdo?

—Sí, lo sabes.

Hice un movimiento para recuperarla, pero Clémence me golpeó con tanta fuerza que sus dedos dejaron una huella roja en el dorso de mi mano.

—¡Ay! Qué demonios, ¿por qué has hecho eso?

—Deja la lista, Alasdair. Creí que estabas aquí para encontrar…

Interrumpió la frase de pronto, y yo también los oí: pasos que se acercaban por el pasillo. La puerta de la oficina estaba abierta de par en par y estábamos revolviendo los papeles de un profesor, haciendo algo que claramente no estaba bien. Los pasos se detuvieron justo en la puerta. Los dos nos quedamos en silencio un momento, y luego alguien preguntó:

—¿Dr. Geisler?

Empecé a meter los papeles de nuevo en los cajones, pero Clémence me agarró del abrigo y tiró de mí hacia ella. Su rostro quedó justo frente al mío.

—¿Qué estás haciendo? —murmuré.

—Bésame —respondió.

Y, a falta de un mejor plan, le hice caso.

Me empujó sobre el escritorio de un codazo en el pecho y apenas pude resistir la caída. Sin querer tiré un tintero al suelo.

—Intenta que parezca que es de verdad —dijo ella, con los labios todavía en los míos.

No tenía la más mínima pista de lo que estaba haciendo, pero metí una mano entre sus cabellos mientras que con la otra la agarraba de la cintura. Noté que no llevaba corsé cuando se acercó a mí, y cuando respiró, sentí que su corazón latía contra mi pecho como un reloj roto.

—Por el amor de Dios…

Clémence se levantó como si fuera una caja de sorpresas. Yo todavía tenía la mano debajo de su abrigo, así que por poco me arrastra con ella. Había un profesor de pie en la puerta, que nos miraba boquiabiertos. Me di cuenta de que sobre todo me miraba a mí.

—¿Qué cree que está haciendo, jovencito? —dijo bruscamente.

—La puerta estaba abierta —respondió Clémence sin aliento.

De alguna manera, había conseguido ruborizarse como una fresa.

—Silencio —respondió el profesor bruscamente, y luego me clavó una mirada implacable—. Esperamos lo mejor de nuestros estudiantes. Y, para colmo, en la oficina de un profesor. Debería suspenderlo por lo menos.

Me coloqué bien la ropa y recordé de pronto que tenía puesto el uniforme debajo del abrigo. Entonces, el plan de Clémence por fin cobró sentido para mí.

—Lo siento, señor.

El profesor dio un paso hacia adelante, amenazador.

—Dígame su nombre, joven. Se lo informaremos al jefe de su departamento. —Se cruzó de brazos y me miró. Comenzó a golpetear el suelo con el pie, y me acordé de mi padre y del espectáculo que solía montar cada que vez que tenía que esperarme. Entonces, repitió—: Su nombre, por favor.

—Victor Frankenstein —solté.

Entrecerró los ojos.

—¿Se está haciendo el listo?

—Ojalá.

Su boca se puso tensa.

—Fuera, los dos.

Busqué a Clémence detrás de mí, encontré su mano, y juntos salimos de la oficina. Al final del pasillo, echamos a correr y no nos detuvimos hasta cruzar las puertas de la universidad. Podría haber seguido, creo que hasta podría haber vuelto a Ginebra corriendo, pero Clémence se detuvo con la mano en el pecho mientras intentaba recuperar el aliento, y yo también me detuve.

Nos quedamos en silencio durante un rato, con la respiración entrecortada. No sabía si ella estaba esperando que yo hablara primero, así que dije:

—Ha sido una buena idea.

Ella se encogió de hombros.

—Las he tenido mejores. Lo siento, no quería arrojarme encima de ti de esa manera. Ha sido lo único que se me ha ocurrido.

—Está bien, me he dado cuenta. —La agitación se estaba desvaneciendo y estaba empezando a sentir el frío de nuevo. Me cubrí el rostro con la bufanda—. Por el amor de Dios, he dejado los papeles tirados encima del escritorio. Se dará cuenta de que hemos estado rebuscando entre sus cosas.

—Yo he olvidado las fresas, si te sirve de consuelo.

Me reí más fuerte de lo que pretendía. Algunas personas que pasaron por nuestro lado me miraron y me tapé la boca con la mano. La sonrisa burlona volvió a dibujarse en los labios de Clémence.

—Vámonos a casa —dijo ella—. Volveré más tarde para ordenar, cuando ese profesor imbécil no esté merodeando por allí.

—No hemos encontrado nada —manifesté cuando comenzamos a caminar—. Ha sido para nada.

—No seas tan pesimista. —Ella me golpeó despacio con el codo—. Se resolverá.

Estuve a punto de reírme de nuevo, porque por primera vez en años parecía probable. La nieve se estaba despejando en la cima de las montañas. En pocos días, viajaríamos a Ginebra. Oliver sería libre y yo también.

Mientras cruzábamos la plaza hacia la carretera que llevaba a la casa de Geisler, Clémence preguntó:

—¿Ha sido tu primer beso?

Se me aceleró el corazón.

—No, ¿el tuyo? —le contesté.

—No. —Se limpió la boca con el dorso de la mano, luego sonrió—. Entonces, supongo que no siempre has sido así.

—¿Así cómo?

—Tan serio. Parece que alguna vez supiste cómo divertirte.

—Supongo que sí —dije, aunque si alguna vez lo supe ya lo había olvidado.

Clémence se estiró con una mueca de dolor y luego se frotó las costillas.

—¿Estás bien? —le pregunté.

—Sí, solo es que has sido demasiado apasionado para mi gusto, nada más.

Le dio una patada a una bola de nieve en el camino, que se deslizó y luego se estrelló contra el tronco de un árbol.

—¿Cómo se llamaba el primer chico al que besaste?

Durante un segundo, creí ver en su rostro la misma tristeza profunda que había visto en la expresión de Oliver. Pero desapareció enseguida como el vapor que empaña una ventana y dijo:

—Marco. Fue en París. Era actor. —Me miró de reojo—. ¿Y tú? ¿Cómo se llamaba la primera chica que besaste?

—Mary Godwin —contesté—. Bueno, ya no es más Godwin, está casada.

—¿Besaste a una mujer casada?

—Una mujer casi casada.

—Así que eras todo un aventurero. Entonces Mary Godwin, pero no Godwin. ¿Conoces su nuevo apellido?

Doblamos la esquina de la calle empedrada y pasamos al camino de tierra, que se había convertido en lodo con la nieve. Miré mis botas, que habían pasado de negro a marrón, e intenté silenciar mi corazón, que no había dejado de latir por ella en aquellos dos largos años.

—Si todo salió como ella esperaba, imagino que ahora se llama Mary Shelley.

La noche que besé a Mary hacía demasiado calor para estar en el mes de octubre. Era un calor otoñal, uno de esos días claros y dorados que, según mi madre, eran el preludio al frío. Pero era una bonita noche de otoño después de aquel verano sombrío y lluvioso.

La noche antes de que Geisler abandonara la ciudad. La noche antes de que Oliver muriera.

Estaba sentado en los escalones del apartamento a la luz del atardecer, volviendo a montar un reloj de bolsillo que había encontrado roto en la calle. Con la cabeza contra la pared, oía voces apagadas desde el otro lado: mi padre, mi madre y Oliver, acompañados por Geisler. Habían pasado dos días desde que se había escapado de la cárcel y había estado escondido en nuestra casa mientras la policía rastreaba el campo, creyendo que había huido de Ginebra. A la noche siguiente, cuando la búsqueda en la ciudad se reiniciara, él se marcharía hacia la frontera y volvería a Ingolstadt.

Se suponía que Oliver participaría en la fuga, aunque yo no sabía muy bien cómo. Había estado leyendo en los escalones, junto a mí, cuando nuestro padre lo había llamado para hablar de aquel tema. Creía que los gritos empezarían de un momento a otro, porque uno de los dos se enfadaría por algo tarde o temprano, pero no sucedió. Por alguna razón, esa quietud me alarmó más. Cuando el sol comenzó a hundirse en el horizonte, escuché que se abría la puerta, y antes de que pudiera girarme, Oliver se dejó caer en uno de los escalones y se llevó las rodillas al pecho.

—Van a mandarme lejos de casa.

Mi dedo quedó atrapado bajo los dientes de la rueda y sentí un pellizco.

—¿Qué?

Oliver miraba hacia la calle, con la boca tensa. Los rayos de la luz del sol caían sobre su pelo oscuro.

—Una vez que Geisler se haya instalado en Ingolstadt, mandará a alguien a buscarme, para que vaya a la universidad a estudiar con él. Él y nuestro padre siguen convencidos de que puedo ser un Aprendiz de Sombras.

Lo dijo muy tranquilo y sereno. Ni siquiera parecía disgustado, aunque había pasado mucho tiempo enfadado con Geisler y con nuestro padre. Solo parecía descorazonado.

Dejé escapar un suspiro, tan pesado e incrédulo que sonó como una risa. Él me miró.

—¿Y eso?

—Oliver, es que… —Tenía que decírselo: acababan de regalarle lo que yo había intentado conseguir, con esfuerzo, durante toda mi vida, sin que nadie lo notara—. Lo que yo quiero es estudiar con Geisler en Ingolstadt. Es lo que siempre he querido hacer.

—No. ¿Cómo vas a querer trabajar con ese doctor loco en su diabólica obra?

—No está loco…

—¿Y cómo lo sabes? Tú no ves lo que hace. No eres tú quien descuartiza cuerpos para él en la torre.

—¡Es ciencia!

—No, es una locura. Y no vengas a decirme que debería estar agradecido. Ya me lo han repetido muchas veces. Maldición, Ally, creí que te pondrías de mi parte.

—Estoy de tu parte —respondí—. ¡No quiero que te vayas!

—Pero tú irías, ¿no? Si él te lo pidiera.

—Oliver…

—No seas idiota, Ally. —Se puso de pie y bajó las escaleras. Saltó el último escalón y cayó sobre los adoquines. Después miró hacia atrás—. Qué demonios, pensaba que podía contar contigo.

Luego desapareció por la parte delantera de la tienda y, un momento después, oí la campanilla de la puerta.

Me quedé allí sentado mirando el lugar que Oliver había dejado vacío. Sentí angustia e ira y un poco de pánico, porque nunca había estado lejos de mi hermano más de una noche y estaba a punto de marcharse a Alemania. Al otro lado de la pared, escuché la voz de mi padre, luego la de Geisler y el ruido de pasos que se acercaban a la puerta. No quería hablar con ninguno de ellos, y no quería meterme en la tienda con Oliver. Solo podía pensar en una persona en aquel momento.

Me levanté tan rápido que las piezas del reloj de bolsillo se cayeron de mi regazo, luego corrí hacia la calle y crucé la plaza en dirección al lago.

Mary estaba sonriendo cuando salió a la puerta de la villa, pero la expresión en mi rostro debía delatar mi tristeza, porque su sonrisa se desvaneció enseguida.

—¿Qué ha pasado?

—Oliver se marcha —le dije—. Se va a Ingolstadt con Geisler.

Desde el interior de la casa nos llegó un grito, un sonido ronco y estridente. Era el alarido de una mujer. Algo se estrelló. Mary miró por encima de su hombro, luego puso la mano en mi brazo como para retenerme.

—Iremos a dar un paseo por la orilla. Quédate aquí, voy a buscar mi abrigo.

Tomamos el camino que atravesaba los viñedos y bajamos hasta el lago. Nos sentamos allí, descalzos, sobre el tronco de un cedro sin hojas que había caído al agua. Nuestros pies hacían ondulaciones en el agua oscura mientras le contaba lo que había sucedido.

—No deberías estar enfadado con Oliver —dijo cuando terminé—. Él no lo ha elegido.

—Pero él dice que es un trabajo perverso y que no debería interesarme.

—Pero te interesa y él no puede cambiar eso. Tú tampoco. —Mary pasó los dedos de los pies por la superficie del lago y se formó un dibujo como el que hacen las piedras al caer al agua. Las espadañas cantaron en la orilla cuando el viento sopló serpenteando entre ellas—. ¿Qué hace el doctor Geisler exactamente?

—Usa la mecánica para revivir a los muertos.

—Por el amor de Dios. No puede ser, digo, es imposible.

—Por ahora.

Parecía tan horrorizada que no me atreví a contarle que aquella idea, aquella posibilidad, me fascinaba, por miedo a que creyera que yo también estaba loco y que era perverso. Me pasé las manos por el pelo y temblé. El sol ya se había puesto y sentía el frío del otoño de nuevo.

—No quiero hablar de eso.

—No deberías guardártelo.

—Estoy bien. Háblame de otra cosa, recítame un poema o algo por el estilo.

—No quiero recitar, quiero hablar contigo.

Lo dijo en voz tan baja que tuve que mirarla de reojo para asegurarme de que no me lo había imaginado. Tenía los hombros encorvados y se apoyaba contra el tronco caído, el reflejo de las primeras estrellas en el lago salpicó su rostro de luz. Incluso en mitad de toda la ira que sentía en mi interior, podía percibir su presencia resonando dentro de mí como si golpearan un diapasón contra mis costillas. Me había pasado todo el verano enamorado de ella, pero no fue hasta ese momento que descubrí cuánto la quería. Alguien con quien hablar. Alguien a quien abrazar y acariciar. Tuve que hacer un esfuerzo para no tocarla en aquel mismo instante.

—Este sitio es muy tranquilo, ¿no? En la casa siempre hay demasiado ruido. Estar encerrada con todo ese bullicio me estaba poniendo nerviosa. Pero aquí me siento bien, estoy tranquila. —Poco a poco, apoyó su cabeza sobre mi hombro. Contuve la respiración—. Estoy en paz junto a ti.

—No te gusta estar en esa casa, ¿no? —le pregunté y de inmediato me arrepentí, porque ella levantó la cabeza.

—¿Qué?

—En la villa, no te gusta estar allí. Siempre te vas como si algo te ahuyentara.

—Sí me gusta —dijo ella, aunque su voz sonó más aguda cuando pronunció la palabra «sí».

—Entonces, ¿por qué siempre sales conmigo y con Oliver?

—¿Tan difícil es de creer que me gusta pasar tiempo con vosotros dos?

—¿Con los dos?

Me habría golpeado a mí mismo por lo decepcionado que parecí al pronunciar aquellas palabras. Sabía que entre Mary y Oliver no había un interés romántico: ambos me lo habían dicho, y no parecían estar interesados el uno en el otro más allá de las travesuras a las que se desafiaran. Pero aun sabiendo eso, de todas formas quería ser yo quien le gustara más, al menos por esta vez.

Ella me miró e hizo una mueca.

—Bueno, Oliver es divertido, pero es agotador. Tú eres diferente. Eres muy… simple.

Resoplé.

—Gracias.

—Lo siento, no quería decir que no seas inteligente. Eres muy inteligente, mucho más que yo.

—Ahora estás exagerando.

—Lo siento. —Ella lanzó una carcajada, corta y aguda—. Lo que quiero decir es que a veces tengo la sensación de que todos los que me rodean se esfuerzan demasiado por parecer complicados y esquivos durante todo el tiempo, pero tú eres sincero. Me recuerdas que las personas pueden creer en las cosas que dicen.

Luego, puso su mano sobre la mía y apretó su pulgar contra mi palma.

Una descarga eléctrica me recorrió, y cuando me giré y la vi, tan radiante y encantadora, tuve el impulso de cerrar los ojos porque mirarla era como mirar el sol. Y antes de pensarlo dos veces, antes de esperar a que la parte de mi cerebro que por lo general me impedía hacer cosas irracionales tuviera la oportunidad de opinar, me acerqué y la besé.

Apenas nos tocamos, supe que había sido un error esperar aquel beso todo el verano. No fue lo que yo esperaba, ni ardiente ni dulce, ni fuegos artificiales ni poesía. Los labios de Mary estaban fríos, y en el momento en que nos tocamos, se puso rígida como un cadáver. Luego me empujó.

—Basta.

Ella estaba tan mortificada que pensé en tirarme al agua y ahogarme.

—Lo siento —murmuré.

—Está bien.

—Por el amor de Dios, lo siento mucho, creí que tú también querías besarme.

—Alasdair, estoy casada.

Tardé un momento en entender sus palabras, pero cuando al fin las comprendí, me calaron hasta los huesos.

—¿Qué?

—Estoy casada —repitió—. Bueno, todavía no, pero cuando su esposa... —Una arruga apareció entre sus cejas—. Él tiene esposa, pero no la ama. Nos fugamos cuando yo tenía quince años, y hemos estado viajando mientras las cosas se tranquilizaran un poco. Por eso estoy aquí en Ginebra. Queríamos alejarnos.

—Eso es...

No sabía qué decir, así que solo la miré boquiabierto, pisando el silencio como si fuera agua. Me zumbaban los oídos, el crepúsculo ondulaba a mi alrededor como si lo estuviera viendo desde el fondo del lago. Me quedé mirando a Mary hasta que no pude soportarlo más y me dejé caer. Aterricé de rodillas en el lago helado y volví a la orilla.

—¡Alasdair! —me llamó, pero no me detuve. Agarré mis botas e intenté ponérmelas sobre la piel mojada mientras Mary rodeaba el árbol caído como si caminara sobre una cuerda floja para acercarse a mí—. Debería habértelo dicho.

Tiré las botas a la arena y la miré a la cara. Parecía tan pequeña, allí en la orilla delante de mí con los brazos cruzados y el pelo oscuro que le caía rizado sobre sus hombros.

—Sí. Deberías habérmelo dicho.

—Lo siento, no sabía lo que sentías.

—¿En serio no te has dado cuenta? —grité, y mi voz resonó en la costa vacía—. Si soy tan sincero tendría que haber sido evidente para ti. Y Oliver te lo dijo, lo sé.

—Sí —dijo ella en voz baja.

—¿Y le hablaste de tu casi marido? —Ella miró hacia otro lado, lo que fue suficiente respuesta para mí. Cerré el puño—. Dios.

—Se lo dije la semana pasada, porque nos vio a Percy y a mí en el mercado. Por favor, no te enfades con él, le pedí que no te dijera nada.

—Estoy enfadado con él y contigo. Me dijiste que estabas de viaje con tus amigos. ¿Qué demonios has estado haciendo con *dos chicos* todo el verano cuando en realidad estás prometida? Maldición, Mary, ¿por qué me has mentido durante todo este tiempo?

—Porque creí que si te enterabas ya no querrías pasar más tiempo conmigo —gritó—. En nuestro país, todo el mundo fue cruel con nosotros cuando decidimos viajar juntos sin estar casados. Esperaba que las cosas nos fueran mejor aquí, pero es aún peor. Percy y sus amigos tienen mala reputación, así que todos creen que pueden opinar sobre nuestra vida. Los periódicos publican historias vulgares sobre nosotros todas las semanas. La gente nos roba la ropa tendida. Los turistas alquilan telescopios para poder espiar por las ventanas de nuestros dormitorios desde la otra orilla, ¿lo sabías?

—Basta —dije—. No me importa, eso no justifica tu mentira.

—Bueno, es así: cuando te conocí, no sabías nada de ellos ni de mí. Sentí que era una oportunidad para ser libre y la aproveché.

La luna ya estaba bien alta en el cielo y bajo su luz pude verla en la playa: brazos cruzados, barbilla en alto, *señorita Mary para nada, muy obstinada*, desafiándome por haberme atrevido a juzgarla.

—Mary, te lo he contado *todo* sobre mí. Cosas que nunca le he dicho a nadie. Secretos que podrían costarme la vida. Entonces, ¿por qué no has podido decirme antes que estabas comprometida?

Nos miramos fijamente el uno al otro durante un buen rato, y en silenció deseé que dijera algo que nos devolviera la amistad, antes del beso, que me diera una razón para confiar en ella sin dudar y adorarla ciegamente. Pero cuando finalmente habló, lo único que dijo fue:

—Lo siento.

Agarré mis botas y me fui, descalzo y ofendido. La arena cedía bajo mis pies. Quería decir algo más, algo hiriente. Oliver habría sabido qué decir. Siempre lo sabía. Pero lo único que yo pude hacer fue alejarme, destrozado.

El apartamento estaba a oscuras cuando llegué a casa. Avancé a trompicones por la cocina y deslicé el edredón que dividía nuestra habitación del resto de la casa. Oliver estaba acostado sobre su camastro, mordisqueando la pipa apagada mientras leía a la luz de una vela. Levantó la vista cuando mi sombra cayó sobre él.

—¿Dónde estabas?

—He ido a dar un paseo —le contesté, mientras me quitaba la ropa.

—Te has mojado.

—No me digas.

Me arrojé sobre mi camastro de espaldas a él. Tenía demasiado calor para taparme con las mantas y estaba demasiado agotado para cambiarme.

Detrás de mí, Oliver preguntó:

—¿Qué pasa?

Estuve a punto de enfrentarme a él, darme la vuelta y demostrarle lo molesto que estaba porque, ¿cómo podía decir que Ingolstadt no era importante, que la obra de Geisler era diabólica? ¿Cómo había podido ocultarme que Mary estaba casada?

Pero me quedé callado, oculté lo que sentía y dije:

—Nada.

—¿Estás enfadado conmigo?

—No, estoy cansado.

Se quedó en silencio y luego dijo:

—Está bien.

Unos minutos después, la vela se apagó.

Esa fue la última conversación que tuvimos.

CAPÍTULO NUEVE

Al anochecer, los vientos de la tormenta se habían convertido en susurros. Los copos de nieve flotaban a través del patio y la luna delgada se asomaba entre nubes que parecían hechas de pluma. Durante la cena, Geisler anunció que nos iríamos a la mañana siguiente.

En lugar de estar eufórico ante la promesa de la vuelta a Ginebra para buscar a Oliver, localizar a mis padres y terminar con la pesadilla de los últimos dos años, me sentía como si tuviera algo clavado en el pecho y me resultó imposible apartar la sensación de que estaba haciendo algo mal. Seguí pensando en la lista que había encontrado en la oficina de Geisler y en las otras piezas de aquel raro rompecabezas que no conseguía encajar.

Geisler desapareció después de la cena, murmurando algo sobre unos formularios que debía rellenar, y Clémence lo siguió. Me quedé solo, con un fastidio profundo y persistente que me pinchaba en los pulmones. Intenté avanzar con *Frankenstein*, pero perdía la concentración al final de cada oración y me encontré leyendo los mismos párrafos una y otra vez sin entenderlos. Al fin, me di por vencido y me acosté temprano, pero pasé horas en la cama sin poder conciliar el sueño, mirando la ventana con los ojos muy abiertos.

La luna estaba alta cuando decidí que si no podía dormir, tenía que ponerme a trabajar. Necesitaba trabajar y lo necesitaba tanto que estaba dispuesto a poner en riesgo mi relación con Geisler y a enfrentarme a los autómatas con tal de volver al taller y terminar de montar los relojes que había roto.

Me vestí en la oscuridad. No me puse un chaleco, sino que, en cambio, me calcé el abrigo sobre la camisa y los tirantes. Recordé que había una chimenea vacía en el taller y guardé una caja de cerillas en el bolsillo por si acaso. Podría encender las velas al menos.

Caminé por la casa sin hacer ruido, observando cada esquina como un ladrón para asegurarme de que los autómatas no estuvieran cerca. Las llaves del taller estaban colgadas junto a la puerta trasera, y las saqué del gancho mientras contenía la respiración, con la esperanza de que no tintinearan. Las llaves no me traicionaron, pero la puerta de la cocina sí, que crujió cuando la abrí. Me quedé quieto un momento, convencido de que había escuchado el *tic-tac* de la maquinaria que se acercaba por el pasillo, y luego salí corriendo hacia la oscuridad. Había suficientes marcas en la nieve entre la casa y el taller para que mis huellas pasaran desapercibidas.

Abrí la puerta del taller y me asomé para cerciorarme de que no había nadie antes de entrar. La habitación estaba tan vacía y helada como antes. Sujeté la lámpara de Carcel de la mesa de trabajo y saqué una cerilla de la caja, pero mis manos temblaban tanto por el frío que era difícil encenderla. Cuando finalmente lo conseguí, la incliné sobre la mecha sin darme cuenta de lo cerca que estaba la llama hasta que mis dedos se chamuscaron.

«Maldición».

Dejé caer la cerilla al suelo y me metí el dedo en la boca. La llama de la mecha vaciló, pero se mantuvo erguida cuando volví a colocar la pantalla y la moví para ver mejor las herramientas. No había tantas como antes: casi todas habían desaparecido, salvo un par de llaves pesadas, cubiertas de óxido brillante en los bordes. Di una vuelta rápida, abrí los cajones y busqué más, pero se lo habían llevado todo menos los relojes rotos.

Maldije por lo bajo y luego agarré uno de los relojes y lo moví hasta la mesa que se encontraba más cerca de la ventana, a la luz de la luna. No tenía herramientas, pero, a riesgo de pellizcarme los dedos, todavía podía intentar repararlo. Moví la silla y me senté.

Y de pronto, estaba tendido de espaldas en el suelo. Mientras me recuperaba del golpe, me di cuenta de que la silla se había inclinado hacia atrás con mi peso y me había lanzado por los aires. Me puse de pie y analicé la silla, que estaba tendida en el suelo a mi lado. Solo tenía tres patas: la cuarta, que seguía clavada en el suelo, no era una pata. Era una palanca.

Me agaché para ver mejor. Había una fina grieta entre la base de la palanca y los tablones del suelo, pero cuando acerqué el ojo al hueco estaba demasiado oscuro como para poder ver lo que había debajo. Pasé los nudillos por el suelo de madera y golpeé fuerte. El sonido era hueco. Había un espacio vacío debajo del suelo, escondido.

No me detuve a pensar en lo que estaba haciendo. Tan solo sujeté la palanca y tiré.

De inmediato, el suelo bajo mis pies comenzó a temblar, acompañado por el ruido sordo de unos engranajes en movimiento. Luego, empezó a abrirse una trampilla oculta y dejó a la vista un cuadrado de medio metro de oscuridad total bajo la mesa de trabajo. El haz pálido de mi lámpara iluminó una serie de peldaños, pero no alcanzaba a ver nada más allá de las débiles manchas de luz. No podía saber qué profundidad tenía o lo que me esperaba al final.

Me aparté de la trampilla, con los ojos todavía fijos en ella, como si algo estuviera a punto de atacarme. Luego saqué la más pequeña de las dos llaves de la mesa de trabajo y la metí entre mis tirantes. No sabía qué había bajo el suelo, pero no podía dejar de pensar en los autómatas, y creí que una llave inglesa podría protegerme mejor de ellos que cualquier otra cosa. Lamenté no haber tenido los guantes de reanimación, pero los había dejado escondidos en la habitación.

Regresé a la trampilla y volví a mirar hacia abajo. La luz de la lámpara parecía más tenue, aunque quizás solo me estuviera engañando a mí mismo, por la falta de valentía. Antes de perder todo el valor, sujeté la lámpara y con cuidado apoyé un pie unos cuantos peldaños más abajo, para sumergirme en el agujero. Tenía la cabeza por debajo de los tablones cuando escuché un crujido. Los engranajes se habían reactivado para cerrar la trampilla. Durante un momento, el miedo me hizo querer volver a un sitio seguro, pero desterré aquella oleada de pánico. Los engranajes se encontraban allí abajo, y podía hacer que se movieran de nuevo si lo necesitaba. No podía quedarme atrapado.

El descenso fue breve, probablemente estas escaleras fueran de la mitad del tamaño que las que había en la casa de Geisler, pero el olor me asaltó de inmediato. Metálico y podrido, como a carne muerta. Lo reconocí por nuestro taller en Ginebra, pero este era más penetrante, más reciente. Descendí lentamente, dejando que mis pies exploraran la oscuridad un momento antes de buscar el siguiente peldaño.

Finalmente, llegué hasta un suelo de tierra. Cuando me incorporé, mi cabeza rozó una viga. Levanté la lámpara, intentando ver lo que me esperaba, pero su luz apenas alumbraba hasta el pie de las escaleras. No podía ver la habitación ni lo que había en ella.

«¿Hola?», grité. Mi voz resonó débilmente, pero no hubo más respuesta que el sonido constante del agua que corría por las paredes.

Me estiré hasta que encontré una pared de piedra húmeda y caminé siguiéndola. De pronto mis dedos sintieron lo que parecía un tubo frío y suave. Levanté la lámpara. Un cilindro de vidrio del ancho de mi puño sobresalía de la pared y tenía en su interior algo parecido a una vela gruesa. El tubo se extendía paralelo al suelo y desaparecía un poco más adelante en la oscuridad.

Apoyé la lámpara sobre el suelo y busqué las cerillas en mi bolsillo. Encendí una y la acerqué a la mecha a modo de prueba. Se encendió igual que una vela y ardió, aunque todavía demasiado tenue como para alumbrar la habitación. Pero su luz iluminó un interruptor que se encontraba en un extremo del tubo y que se conectaba a un caño oxidado que estaba justo encima. Lo giré. Hubo un *clic* parecido al de engranajes, seguido de un goteo lento. Luego, de pronto, con un ruido, la llama comenzó a extenderse a lo largo de la mecha hasta cubrir el perímetro de la habitación y bañarla toda con una luz rojiza.

La sala era sin duda el laboratorio de Geisler, pero no estaba repleta de engranajes y piezas mecánicas como yo imaginaba. Parecía una morgue, o una escena de algún calabozo medieval, más que un taller. Había extremidades humanas (extremidades humanas *frescas*, noté con un estremecimiento) que se pudrían sobre un banco ensangrentado. Algunas estaban cortadas por la mitad, con engranajes que asomaban entre las costuras como si las hubieran rellenado y no intentado reparar. Lo que sin duda eran órganos humanos se encontraban apilados en frascos sobre un estante y flotaban en un líquido amarillo y espumoso. Había pieles estiradas en una pared como cuero curtido. En el centro había una mesa de metal pesado, con sangre y óxido en los tornillos, que brillaban del mismo color carmesí.

El tubo de iluminación terminaba en un punto de la pared donde la oscuridad parecía volverse más densa. Di unos pasos antes de notar que era una celda con barrotes, como la de una prisión. Dentro, había dos cuerpos desnudos, uno boca abajo y el otro de lado, de espaldas a mí. Metí la llave inglesa entre los barrotes, enganché uno de los brazos y tiré. Yo esperaba que el cuerpo se desplomara, pero lo que ocurrió fue que el torso se separó de las piernas y se derrumbó. Le faltaba el pecho, la caja torácica no era más que tocones astillados y llenos de sangre, y el interior estaba completamente vacío. El cadáver estaba vacío.

Me tropecé hacia atrás, trastabillé y caí sentado sobre el suelo de tierra. De solo pensar en lo que podría haber tocado aquel suelo antes me levanté tan rápido que volqué la lámpara de un golpe y se apagó. Tuve que tomar aire para que se me pasaran las náuseas. Había visto cuerpos antes, los había destripado, desmontado y reconstruido; había visto el metal fusionado con el músculo y el hueso, incluso lo había hecho yo mismo; pero había algo en aquella situación, la brutalidad y la obsesión, que provocó que me mareara.

Tenía que salir de allí. Jamás olvidaría lo que había visto, pero ya no quería seguir mirando. Busqué a tientas a lo largo de la pared el interruptor con el que se encendía el tubo de vidrio y lo giré en la dirección opuesta. Al igual que la lámpara, la llama se apagó y desapareció con un ruido de engranajes. Me quedé completamente a oscuras. Avancé a tientas hasta que mi barbilla dio contra el peldaño inferior de las escaleras y comencé a subir, palpando el falso techo en busca de la trampilla. Mis dedos rozaron los engranajes fríos, y comencé a arañarlos para encontrar la palanca y el mecanismo que los haría volver a moverse y liberarme.

Entonces, oí que arriba se abría la puerta del taller.

Me quedé inmóvil, escuchando con atención. Algunos pasos recorrieron el suelo, pasaron por encima de mí y se detuvieron, seguidos de un sonido suave, como el que hace una tela pesada al golpear el suelo.

Me situé en el peldaño superior, intentando averiguar quién estaba en el taller y qué posibilidades tendría de salir sin que me viera. Estaba dispuesto a arriesgarme si era un autómata. Podría correr más rápido que ellos hasta la casa. Pero si no lo era, entonces debía ser Geisler, y no podía permitir que me descubriera husmeando en su laboratorio subterráneo.

Un golpe fuerte y seco al otro lado de los tablones provocó que me sobresaltara. Algo pesado se había caído. Luego escuché pasos lentos y el zumbido distintivo de la maquinaria. Lo más probable es que fuera un autómata. Si me escabullía por la trampilla y salía corriendo, conseguiría escapar.

Le di un tirón fuerte a los engranajes que estaban a mi lado y aparté la mano cuando empezaron a girar, mientras la palanca se movía como un pistón. La oscuridad pálida comenzó a crecer poco a poco a medida que se abría la trampilla. Esperé, con los músculos tensos como resortes, hasta que el espacio fuera lo bastante ancho. Entonces, subí al taller y eché a correr. Cuando llegué a la puerta, miré rápido por encima del hombro en busca del autómata que debía estar esperando.

Pero no era un autómata. Era Clémence.

CAPÍTULO DIEZ

Clémence estaba echada junto a la chimenea vacía. Se cubría con los brazos, pero noté que estaba desnuda de cintura para arriba. Su piel parecía tan blanca como un hueso en la oscuridad. En el suelo, su abrigo y su blusa formaban una pila, y la gran llave inglesa de la mesa de trabajo estaba junto a sus ropas.

Me detuve en seco, con una mano en la puerta. Clémence levantó la vista al mismo tiempo, y durante un momento nos quedamos boquiabiertos. Tuve que concentrarme para no dejar que mis ojos se apartaran de su rostro, en lugar de recorrer el resto: aunque tenía los brazos cruzados sobre el pecho, sus hombros desnudos bastaban para inundarme de calor.

—Clémence —dije.

Su nombre fue la única palabra que surgió en medio del asombro.

Ella no respondió, y me di cuenta de que cada vez que respiraba se estremecía y temblaba como un pulso estático.

Parecía una pregunta idiota, pero la formulé de todas formas:

—¿Estás bien? —Su pelo se balanceó sobre los hombros mientras negaba con la cabeza. Di un paso adelante—. ¿Puedo ayudarte?

Ella asintió, y yo crucé la habitación y me arrodillé a su lado. Cuando habló, su voz sonaba como el papel rasgado.

—¿Puedes repararme?

—¿Qué?

Entonces, movió los brazos y entendí lo que quería decir.

La piel que cubría su pecho no era piel, sino un panel de acero duro que se abría como una puerta y el interior era mecánico. Le faltaba la mitad de las costillas y, en su lugar, había varillas de acero y un conjunto de engranajes conectados a fuelles de papel engrasados que se inflaban y desinflaban mientras ella intentaba respirar.

Era mecánica, como Oliver.

Respiró de nuevo de forma ahogada y me di cuenta de que una de sus costillas de acero se había desarmado y estaba doblada hacia dentro en un ángulo raro que presionaba el fuelle y evitaba que se llenara correctamente. De milagro, no había perforado la piel ni el papel engrasado.

—Puedo arreglarlo —le dije—. Solo se ha soltado un perno.

Señaló la llave que estaba en el suelo.

—Tamaño equivocado —le dije, mientras sacaba la más pequeña de mis tirantes—. Tengo la correcta aquí. Lo siento.

—Así que es tu culpa —murmuró ella.

—¿Realmente has intentado arreglarlo con esta llave tan grande? Moví la llave grande con el pie. Clémence rio débilmente.

—Solo lo he empeorado.

—Sí. Quédate callada un minuto.

Era difícil ver en la penumbra, y lo que más deseaba era tener las gafas de aumento que seguramente estaban hechas triza en la tienda saqueada de mi padre. Con una mano busqué el perno caído bajo los fuelles y con la otra puse la costilla suelta en su sitio. Clémence tomó una bocanada de aire como si saliera a la superficie del agua.

Coloqué el perno y lo ajusté con la llave, mientras seguía sosteniendo la caja torácica.

—Todo irá bien —le dije.

Ella no respondió, pero sentí que su corazón palpitaba más lento. Era raro sentir el eco de sus latidos a través de su pecho, tan cerca que bien podría haber tenido su corazón en mi mano. Cuando reparaba a Oliver, siempre sentía el *tic-tac*, pero Clémence estaba viva, había carne sobre el metal.

Cuando terminé, respiró hondo varias veces, y su aliento parecía vapor blanco en el aire frío. Observé el movimiento de los fuelles, que se colocaban en su sitio con cada inhalación.

—¿Mejor? —pregunté.

—Sí —dijo ella, con voz aún suave, pero más clara.

Cerró el panel sobre su pecho y se puso de pie con un quejido. Miré hacia otro lado cuando ella sujetó el abrigo del suelo y se lo ató alrededor de la cintura. Durante un momento, creí que se marcharía sin decir nada y que guardaríamos el secreto, pero luego, con una mano todavía en su caja torácica, se echó de nuevo en el suelo y yo la seguí, hasta que quedamos sentados uno al lado del otro, con la espalda contra la pared.

No hablamos durante un rato. Tampoco nos miramos, solo clavamos la vista en la oscuridad. Entonces, Clémence preguntó:

—¿Quieres ser el primero?

—¿El primero en qué?

—En preguntar. Sospecho que eres más desconfiado que yo, así que espero que si te cuento mi historia tendrás más motivos para contarme la tuya.

—Está bien… Eh… —dudé porque tenía tantas preguntas que no sabía por dónde empezar, pero Clémence interpretó mi silencio de otra manera. Señaló el pecho con la barbilla y sonrió con tristeza.

—¿Tan espantosa soy?

—No —dije enseguida—, no es eso, en lo más mínimo. Creo que eres… increíble.

Cuando levantó la vista, un mechón de su pelo se enredó con un botón y cayó sobre su rostro.

—No hace falta que…

—Lo digo en serio —insistí—. ¿Cómo sucedió?

Respiró hondo y escuché que los fuelles se inflaban con un rumor en su interior. Ahora que sabía que estaban allí, no podía creer que no los hubiera escuchado antes.

—Nací en París, ya lo sabes —dijo—. Mi familia sobrevivió a la Revolución fabricando bombas para los jacobinos, y cuando la situación se tranquilizó, mi padre convirtió aquella empresa en un negocio de fabricación de minas explosivas, e hizo mucho dinero. Supongo que era una buena vida, si te gustan los zapatos incómodos y las conversaciones aburridas. —Ella se colocó el mechón suelto detrás de la oreja—. La primavera en que cumplí catorce años fui a Ginebra a ver a un amigo, sin el permiso de mis padres, aunque eso no tiene mucha importancia. Mientras estaba allí, el coche en el que viajaba tuvo un accidente y parte de mi cuerpo quedó aplastado. El Dr. Geisler me trató y me vio como una oportunidad para probar un experimento que había estado perfeccionando mentalmente durante años. Supongo que podríamos llamarlo «reparaciones internas».

—Conozco del tema.

—Me salvó la vida, pero cuando volví a París y se lo conté a mis padres, me echaron de casa.

—Por el amor de Dios. ¿No se alegraron de que no hubieras muerto?

—Para ellos, era lo mismo. Ser mecánica es igual que estar muerta y es incluso peor porque no puedo sobrevivir sin un mecanismo en mi interior. No conozco a nadie como yo. —Pensé en Oliver, pero no dije nada—. Así que era una chica sola en París sin hogar ni familia ni dinero cuando me enteré de que Geisler estaba buscándome. Quería que le pagara por sus servicios, y yo no tenía nada. Podría haber ido a la cárcel de deudores, pero era como desechar la segunda oportunidad de vida que había recibido. Así que Geisler me aceptó como su empleada, para que pagara mi deuda con trabajo.

—¿Cuánto tiempo dura tu contrato con él?

—Quince años.

—Entonces, ¿no eres su asistente?

Ella lanzó una carcajada frágil.

—No, no sé nada de mecánica ni de medicina. Estoy pagando lo que debo. A Geisler no le agrado y él no me quiere aquí. Pero aquí por lo menos estoy obligada a guardar silencio sobre las cosas que desea ocultar de su investigación. Supongo que mantener secretos es una gran virtud.

—Entonces, ¿por qué me dijiste que eras su asistente?

—No lo sé. —Frunció los labios en un gesto que comenzó como una sonrisa, pero terminó pareciendo una mueca de dolor—. Porque es una palabra más amable que «esclava».

Me llevé las rodillas al pecho y apoyé los codos sobre ellas. La sensación de frío estaba volviendo y empecé a temblar.

—¿Qué tipo de trabajo haces para Geisler?

—¿Quieres saber qué tipo de trabajo es el que hago ahí abajo? —Golpeó las tablas del suelo con los nudillos—. No tiene sentido fingir que no lo has visto.

Todavía sentía ese olor, penetrante y nauseabundo, en la garganta y resistí el impulso de escupir.

—¿Qué está intentando hacer?

—Ya lo has visto. Y si estabas en Ginebra hace dos años, ya lo sabes. Quiere revivir a los muertos.

Lo había adivinado, pero necesitaba escucharlo.

—Hace mucho tiempo que está obsesionado con esa idea —continuó—. Lo abandonó durante un tiempo cuando llegamos de Ginebra, y creí que lo había dejado para siempre. Pero desde que se publicó *Frankenstein*, está más maníaco que nunca. No entiendo por qué está tan molesto. Cree que el libro es un manual de instrucciones para la resurrección, pero es solo una historia estúpida.

—¿Estabas en Ginebra con Geisler? —le pregunté, y ella asintió—. Así que estabas con él cuando huyó.

—No, después de que lo arrestaran me escondí durante un tiempo en Ornex. Nos reunimos allí tras su huida y vinimos directamente aquí.

—Ah.

El nudo que se había comenzado a formar en mi pecho se aflojó. Ella no había estado con Geisler la noche en que se fue de la ciudad, no podía refutar mi historia sobre la muerte de Oliver. Todavía estaba a salvo. Ella arqueó una ceja.

—¿Por qué?

—Mi hermano murió aquella noche.

—¿Cómo murió? No me has hablado de ello.

—Es mejor que no sepas esa historia.

—Quiero conocerla, si tú quieres contármela.

Me miré las botas. De pronto, se me ocurrió que podía decirle la verdad. Por primera vez, podía contarle a alguien la verdadera historia de la muerte de Oliver. Clémence apenas me conocía, y yo apenas la conocía a ella. Probablemente nos separaríamos para siempre en unos pocos días, y lo que ella pensara de mí no tenía importancia. Había ensayado tantas veces mi mentira que había olvidado que podía decir la verdad.

—Geisler se escondió en nuestra casa durante dos noches después de escapar de la cárcel —comencé a explicar, sin estar muy seguro de qué versión estaba a punto de salir de mi boca: las dos comenzaban igual—. La policía lo estaba buscando, y habían reforzado la seguridad en las fronteras, así que creyó que sería mejor ocultarse en Ginebra antes de huir. La noche que se marchó, Oliver y yo lo acompañamos. La idea era que sirviéramos de pantalla y nos asegurásemos de que llegara al río sano y salvo.

Me detuve. Durante un momento, creí que iba a decirlo, que confesaría lo que había hecho. Pero entonces, de pronto, no pude. Las palabras quedaron atrapadas en mi garganta, demasiado cargadas de miedo y culpa para encontrar la salida. No había posibilidad de decir la verdad, me di cuenta, no por Clémence sino por mí. No podía decirlo en voz alta. Admitir la verdad era demasiado difícil. Así que volví a la misma historia que había contado a Oliver, a mis padres y a mí mismo una y otra vez durante los últimos dos años.

—Geisler nos llevó primero a la torre del reloj, donde estaba su laboratorio. Quería recuperar los cuadernos en los que tenía todas sus anotaciones sobre la resurrección. A Oliver no le gustaba aquel trabajo: había estado ayudando a Geisler como parte de su aprendizaje, pero creía que era una locura y estaba enfadado porque él quería seguir adelante. Comenzaron a discutir, Oliver atacó a Geisler, él lo empujó hacia el cristal del reloj, y se agrietó, y... Oliver cayó —terminé de decir con la voz quebrada.

—Así que Geisler mató a tu hermano.

—Fue un accidente —dije, alzando la voz sin querer—. Oliver cree que Geisler lo hizo a propósito, pero fue un accidente.

Ambos permanecimos en silencio durante un momento, luego ella dijo:

—Tu hermano murió.

Cuando levanté la vista, ella me estaba mirando con la cabeza inclinada.

—Sí.

—Entonces, ¿cómo ha podido decirte lo que piensa sobre su muerte?

Casi me echo a reír por mi propio error. ¿Cuántas veces había pensado que era cauteloso y estaba preparado para encarar cualquier pregunta que me hicieran? Pero había hablado sin pensar, igual que le había hablado en inglés cuando apenas nos conocíamos. Algo en ella me hacía bajar la guardia.

—No me he expresado bien.

—No creo que sea eso. —Analizó mi rostro durante un rato, como si intentaras encontrar una respuesta en mi expresión. Luego dijo—: Por eso Geisler te ha hecho venir hasta aquí, ¿no? Resucitaste a tu hermano, y él quiere que le enseñes cómo lo hiciste.

Cuando no lo negué, Clémence dejó escapar un largo suspiro y se hundió un poco más.

—¿Cómo se enteró? ¿Se lo contaste?

—No, lo leyó.

—¿Dónde?

—En *Frankenstein*.

—¿Quiere decir que…?

—Geisler cree que está inspirado en Oliver y en mí.

—¿Es así?

Tragué saliva. Decirlo en voz alta lo volvía más real que antes.

—Yo pienso lo mismo.

—Por el amor de Dios. ¿Eres un genio, entonces?

—No —dije enseguida—. Pero sé de mecánica. Eso es todo.

—Se necesita más que eso para devolverle la vida a alguien. Ni siquiera Geisler lo ha conseguido.

—Yo no sabía que él seguía intentándolo. Creía que había renunciado a la idea después de que estuvieran a punto de ejecutarlo.

—Está cada día más obsesionado. Y más brutal. Ya has visto el laboratorio. Intentó hacer el experimento en la universidad, pero le negaron su apoyo. Amenazaron con arrestarlo si no se detenía. Por eso hizo construir este sitio. La policía lo vigila, pero aún no lo han descubierto. —Hubo una pausa y luego ella preguntó—: ¿Te ha invitado a investigar con él?

—Sí. Quiere que estudie en la universidad. Me ha dicho que podría traer a mi hermano aquí si le enseñaba cómo hacer la resurrección.

—¿Cuánto le has contado?

—Solo que reanimé a Oliver, nada muy específico.

—¿Conoces bien al Dr. Geisler?

—No, era amigo de mi padre. Tuvimos nuestra primera conversación cuando llegué aquí. Oliver lo conoce mejor que yo.

Y a Oliver nunca le gustó, dijo una voz en mi cabeza.

—¿Te ha dado su discurso sobre los hombres buenos y los hombres inteligentes?

—Sí.

Sonrió, burlona.

—Es su frase típica favorita. Hace referencia a ella al comienzo de cada semestre. El Dr. Geisler es… —Hizo una pausa, mientras arrancaba algunos hilos del puño de su manga—. No es un buen hombre. Creo que una vez que le enseñes a resucitar personas ya no te necesitará. Ni a tu hermano, que, de acuerdo con lo que sé, tampoco es muy bueno. En cuanto a ti, todavía no me decido.

—¿Qué quieres decir?

—¿Eres bueno o eres inteligente?

No sabía qué responder. Había pasado tanto tiempo viviendo con la monstruosidad que había hecho que ya no me sentía ni bueno ni inteligente.

—Gracias —dije en lugar de responder—, por ser sincera.

—¿Sobre mi accidente?

—Sobre Geisler. Y, sí, lo otro también.

Ella metió las manos dentro las mangas y las apoyó sobre su abdomen.

—No sé mucho sobre ti, pero conozco a los Aprendices de Sombras, y supongo que para vosotros, en la vida, los secretos y las mentiras son tan necesarios como respirar. Creo que hay que confiar en las personas de vez en cuando, contarles algo que sea muy valioso, para que entiendan que no todos se volverán en su contra.

Sabía que ella lo decía porque quería ser amable, pero me consumía la culpa por haberle mentido sobre Oliver. Me puse de pie y le ofrecí la mano, la ayudé a levantarse con cuidado para no forzar su circuito mecánico.

—Creo que deberíamos entrar, ya casi está amaneciendo.

Levantó la camisa del suelo y me dio la espalda mientras se quitaba el abrigo y se la ponía.

—Vete tú, yo duermo aquí.

—¿Qué? ¿La casa es enorme y no te ha ofrecido un sitio en el que dormir?

—Cree que es todo lo que merezco.

—Hace mucho frío aquí.

Ella se encogió de hombros.

—Tengo un abrigo.

—Entra conmigo. Puedes dormir en mi habitación y luego escabullirte por la mañana antes de que nos marchemos.

—Qué buen plan, señor Finch.

—Entonces, dormiremos en el salón. Yo me quedaré contigo. Si Geisler nos encuentra, le diremos que estábamos hablando y nos quedamos dormidos.

—¿Y los autómatas?

—No entran a mi habitación, más razones para quedarse allí. Vamos, estaré pensando en ti toda la noche si no vienes. —Ella levantó una ceja para acompañar la sonrisa burlona y me puse rojo escarlata. Corregí lo que había dicho—: Me pasaré la noche pensando, preocupado. Por favor. Me quedaré aquí si no entras.

Me miró un momento, pero antes de que hablara supe cuál sería su respuesta.

—Está bien —dijo, y se puso el abrigo.

Mientras caminábamos de vuelta a la casa, sujeté su mano. Sus dedos estaban fríos y agrietados, sabía que los míos también, pero la sensación de su piel me dio calor. Hacía tiempo que no tenía a quién aferrarme, a quién acariciar, y era mejor de lo que recordaba. Me aferré a su mano, y ella hizo lo mismo.

Una vez en la casa, nos dirigimos hacia el salón, pero uno de los autómatas se encontraba allí frente al fuego y no parecía tener ninguna intención de moverse.

—Arriba —dije moviendo los labios, pero sin hablar.

Sacudió la cabeza e hizo un gesto para volver por donde habíamos venido, pero la arrastré hasta mi habitación y cerré la puerta.

El fuego se estaba extinguiendo, y tuve que emplear otro tronco y un poco de persuasión con el atizador para que volviera a prender bien. Cuando terminé de avivar el fuego, Clémence estaba de pie junto a mi cama, pasando los dedos por las sábanas.

Vio que la observaba y sonrió tímidamente.

—¿Te parece superficial que eche de menos la buena vida?

—No es superficial, es humano. —Miré a mi alrededor, de pronto parecía muy pequeña entre nosotros dos y la cama enorme en medio—. Duerme en la cama, si quieres.

—¿Y tú?

—Puedo acurrucarme a los pies, supongo.

—De ninguna manera. Acuéstate junto a mí.

Ella destapó la cama.

Sentí algo raro en el estómago.

—No puedo hacer eso.

—No tenemos que hacer nada —dijo con una sonrisa astuta que me hizo sonrojar hasta los huesos—. Solo es para no pasar frío. Vamos, ha sido idea tuya.

No podía discutir. Ninguno de los dos tenía ropa de dormir, así que nos quitamos los zapatos y nos metimos bajo las sábanas. Intenté mantener una distancia prudente, pero ella se acercó a mí y enterró la frente en mi cuello, tan cerca que podía sentir el latido de su corazón como si estuviera dentro de mí, palpitando al ritmo del mío.

Estar acostado a su lado, recuperándome del frío con su cuerpo cálido contra el mío, era, al mismo tiempo, la cosa más caballeresca y la menos caballeresca que había hecho en mi vida. A mi padre le habría dado un ataque si se hubiera enterado. Mary Godwin, por otro lado, con su espíritu moderno, habría aplaudido. *Habría querido ser aquella chica,* pensé, la chica con la que dormí pero con la que no pasó nada.

Hablamos un rato mientras el fuego se desvanecía de nuevo hasta que solo quedaron brasas. Clémence estaba encantada de saber que había aprendido francés en París, y no, como ella creía, en un elegante internado escocés. Le dije que Escocia no era la tierra de los internados elegantes. Ella se echó a reír y, a pesar de todo, sonreí.

—¿Vienes a Ginebra con nosotros? —le pregunté.

—Geisler quiere que os acompañe. Alguien tiene que cargar con su equipaje.

—Qué bien, me alegro.

Ella acercó su rostro al mío.

—¿Por qué te alegras?

—Me alegro de no tener que lidiar con Geisler solo.

—Ah.

Ella apartó la mirada y presionó la mejilla contra mi hombro de nuevo. Olía a humo y hierro, y ese leve perfume de metal trajo a Oliver a mi mente sin previo aviso. Intenté apartarlo y concentrarme en lo que Clémence decía, y después de un rato conseguí dejar de pensar en mi hermano y en Geisler y en los problemas que me esperaban por la mañana. Cuando aquellos pensamientos se alejaron, el agotamiento ocupó su lugar y comencé a quedarme dormido. Me di cuenta de que Clémence también se estaba durmiendo: no terminaba las oraciones y los dos parecíamos más incapaces que antes de encontrar las palabras que buscábamos, y mucho menos de encadenarlas correctamente.

Mis ojos estaban cerrados, el sueño había comenzado a atraparme, cuando la voz de Clémence flotó hacia mí como el vapor de una taza de té.

—¿Puedo decirte algo más? Ya que hemos dicho muchas cosas.

—Sí —respondí, aunque ya tenía un pie en el mundo de los sueños y solo entendía algunas de las palabras.

—Cuando te hablé sobre el primer chico al que besé, Marco, en la
compañía de teatro en París.

Ella se quedó callada.

—¿Sí? —dije yo para que supiera que no me había dormido.

—Te mentí. —Hubo un momento de silencio, y luego ella se echó
a reír con la suavidad de la brisa—. No conozco a nadie que se llame
Marco, y mi padre me habría asesinado si hubiera salido con actores.
La primera persona que besé no era un chico. —Su cuerpo se deslizó
contra el mío hasta que no quedó ni un centímetro entre nosotros, y
pude sentir su respiración, sus latidos, sus pulmones de papel—. Ella
se llamaba Valentine.

CAPÍTULO ONCE

C uando desperté a la mañana siguiente, el fuego se había convertido en cenizas y el lado de la cama de Clémence estaba frío. Me incorporé e hice mi mejor esfuerzo por distinguir qué parte de la noche anterior había sido real y qué parte había soñado.

Nada, me di cuenta abruptamente. No había soñado nada.

Y estaba a punto de viajar a Ginebra en busca de Oliver para la investigación desquiciada de Geisler. Me levanté de la cama y me puse la ropa con la que había llegado mientras analizaba las opciones que tenía, o más bien la única opción, porque ya era imposible dar marcha atrás. Tenía que ir a Ginebra: Geisler estaba descuartizando cuerpos en su sótano, así que sabía lo que me haría a mí si me interponía en su… ¿trabajo? Pero no tenía ni idea de qué haría una vez que llegáramos. Los últimos días que había pasado creyendo que Geisler me ayudaría a cuidar a Oliver habían sido fantásticos. Hacía años que no me sentía tan libre. Tener que abandonar aquella idea me daba ganas de volver a la cama y no levantarme jamás.

Salí de la habitación y atravesé el pasillo. Junto a las escaleras, una pequeña ventana daba al camino de entrada que conducía a la carretera. El carruaje de Depace estaba aparcado en la puerta y albergaba en su interior el doble de ataúdes que la vez anterior. Depace estaba apoyado contra el volante charlando con Geisler mientras Clémence, con su abrigo gris y su vestido azul, estaba en el asiento del conductor ajustando las cuerdas gruesas que mantenían los ataúdes en su sitio. Al principio creí que estaban descargando cuerpos para el laboratorio de Geisler, pero no tenía sentido que lo hicieran a plena luz del día y justo antes de que Geisler emprendiera el viaje hacia Ginebra. Eso y ver que Clémence parecía estar atando los ataúdes, no descargándolos, me hizo cambiar de opinión. Los observé hasta que mi estómago gruñó y fui en busca del desayuno.

Había bollos y café en la cocina, y me acomodé en la sala de estar para desayunar frente al fuego. La casa parecía estar completamente tranquila. El *tic-tac* constante de los relojes se confundía con el silencio y apenas podía notarlos.

Tenía menos apetito del que pensaba, y me dediqué a sacarles las pasas a los bollos en vez de comer. Después de unos minutos, oí que la puerta principal crujía; justo después, Geisler asomó la cabeza en el salón. Sonrió cuando me vio. Yo estuve a punto de vomitar.

—Estás despierto, bien —dijo—. Me gustaría salir en menos de una hora.

—Ya estoy listo —respondí, y luego agregué—: ¿Viajaremos con Depace?

Geisler se echó a reír.

—No, solo ha venido a hacerme un favor. Viajaremos con un poco más de estilo.

Más estilo resultó ser un trineo compacto pintado de verde y con propulsores mecánicos de vapor. Geisler me informó que sería más rápido que un carruaje después de la tormenta, y nos permitiría salir de la carretera si era necesario. A pesar de lo triste que me sentía, no pude resistir la tentación de agacharme para ver el motor.

Clémence dio una vuelta alrededor del trineo para asegurarse de que todo estuviera guardado y pasó por encima de mí.

—Por tu expresión, parece que la Navidad ha llegado antes.

Me puse de pie, frotándome las manos contra los brazos para darles algo de calor.

—Es asombroso. Nunca había visto nada igual.

—Lo ha fabricado el doctor. Nos lleva adonde es necesario y es más rápido que un carruaje. La única desventaja es que es no sirve durante tres de las cuatro estaciones del año.

Ajustó una de las correas de equipaje, y la recordé de pie en el carruaje lleno de ataúdes.

—¿Qué estaba haciendo aquí Depace? —le pregunté.

—Ha venido a recoger algo.

—¿Recoger algo? ¿Qué tiene Geisler para él?

Le dio una patada al trineo, y se desprendió un montón de nieve.

—No lo sé. Yo solo cargo y descargo.

—*Mademoiselle* Le Brey —escuché a Geisler gritar desde la puerta—. ¿Está todo listo?

—Casi. —Clémence miró por encima del hombro en dirección a la casa y luego en dirección a mí—. ¿Te encuentras bien? Pareces un poco cansado.

Hacía tiempo que no me sentía tan mal. No tenía ni idea de lo que iba a hacer una vez que llegáramos a Ginebra. Podría entregar a Oliver. La voz sórdida y espantosa que decía eso en mi interior era la misma que me había sugerido que fuera a Ingolstadt. Puede que Geisler no fuera un buen hombre, pero Oliver era valioso para él, demasiado importante como para que quisiera matarlo. Y yo había pasado mucho tiempo sin otra prioridad para mí que no fuera Oliver, sin prestar atención a lo que yo quería, intentando compensar mis acciones y sintiéndome aún peor. Si volvíamos a Ingolstadt con Geisler, yo podría estudiar en la universidad y Oliver no tendría que estar encerrado en el Château de Sang destrozando los muebles. Nuestra vida podía mejorar.

Pero entonces Oliver no sería más que la parte de un experimento, algo que estudiar, que poner a prueba y desarmar. Yo trabajaría en un proyecto interesante, pero él sería mi proyecto: Victor Frankenstein y su monstruo, en la vida real.

La otra opción era huir de Ginebra con Oliver antes de que Geisler pudiera ponerle las manos encima. Pero, si hacía eso, tendría que abandonar para siempre el sueño de estudiar en Ingolstadt con Geisler y de ir a la universidad. Volver a Ginebra era regresar a Oliver, a los años de cuidarlo a escondidas, de mirarlo y preguntarme dónde estaba mi hermano. Volvería al mismo lugar, solo, para cuidar de mi hermano salvaje y con un loco persiguiéndonos.

Entonces, ¿qué vas a elegir?, pensé. ¿Era igual que Geisler y Victor Frankenstein, o era capaz de elegir a Oliver?

¿Eres bueno o inteligente?, susurró aquella horrible voz dentro de mí.

A mis espaldas, Clémence lanzó un silbido.

—¿Vienes, Finch?

Respiré hondo. Quería quedarme allí para siempre, escuchando el *tic-tac* de la casa, sin que el tiempo pasara ni tuviera que tomar una decisión. Pero el motor rugía y el sol iluminaba la nieve, así que seguí las huellas y me subí al trineo junto a ella.

Clémence se sentó en la parte de atrás sin preguntar mientras Geisler se subía en la parte de adelante. Dudé, sin saber qué sitio me correspondía a mí, hasta que Geisler me llamó para que me sentara a su lado. Le lancé una mirada suplicante a Clémence, pero ella solo alzó las cejas, y me senté a regañadientes junto a él. Cuando partimos y dimos una vuelta por Ingolstadt, me giré y eché un último vistazo a la aguja de la universidad que se elevaba por encima de los tejados.

Geisler tomó una ruta diferente a la de Depace. Recorrimos caminos demasiado estrechos para un carruaje, mientras las ramas de pino susurraban y los búhos volaban bajo entre los árboles. Todos llevábamos gafas con cristales verdes para protegernos de la luz del sol que se reflejaba en la nieve con el brillo de un diamante, pero de todas formas no podía mantener los ojos bien abiertos.

Llevábamos estufas de vapor en los pies y pieles gruesas para cubrirnos, pero el viento aún conseguía encontrar todos los caminos posibles para colarse bajo mi abrigo y sentía frío hasta los huesos. Me había llevado *Frankenstein* con la intención de terminarlo, pero la idea de exponer las manos al frío, incluso con los guantes puestos, no era nada atractiva. Estaba adormilado por haberme pasado la noche hablando con Clémence, pero cuando intenté dormir recordé un libro que Oliver había leído cuando estábamos en la época de exploración polar en Bergen. El libro decía que, cuando alguien está a punto de morir congelado, comienza a sentir mucho sueño, y la muerte se presenta como una especie de sueño. No parecía probable que me congelara, pero la idea no me dejaba cerrar los ojos.

Eso y la charla de Geisler. Ahora que ya habíamos emprendido nuestro camino, una expedición científica en progreso, él se sentía con autoridad para interrogarme sobre Oliver y su resurrección. ¿Cuánto tiempo me había llevado? ¿Qué terraja había utilizado? ¿Cómo había tratado las arterias cortadas?

Esquivé las preguntas lo mejor que pude, diciendo: «No lo recuerdo» una y otra vez.

—Espero que recuerdes un poco más una vez que comencemos a trabajar —comentó de mala manera después de lo que parecieron horas—. O de lo contrario, no podrás cumplir con tu parte del trato.

—Lo siento, señor. Haré todo lo posible por recordarlo.

Él emitió un gruñido sin apartar la mirada del camino nevado.

—¿Se te ha ocurrido algo más sobre el autor de tus memorias?

Me fastidió que las llamará así, pero mi expresión no se alteró.

—Todavía no, señor, pero sigo pensando.

Después de aquello, un tenso silencio se instaló entre nosotros. Geisler estaba enfadado, pero era probable que se consolara pensando que pronto los tres (él, Oliver y yo) estaríamos en Ingolstadt y tendría la posibilidad de llevar a cabo un nuevo experimento.

Durante la cuarta noche de nuestro viaje, cruzamos a Suiza por un camino de viñedos sin huellas y nos detuvimos en una posada a pocos kilómetros de las murallas de Ginebra. Viajar me había dejado una profunda fatiga en todo el cuerpo, pero me daba miedo quedarme dormido. Solo había tenido pesadillas desde nuestra partida, y empeoraban cada noche. Clémence tampoco parecía tener ganas de acostarse, así que cuando Geisler se retiró, pedimos vino caliente y *chouquettes*, y nos quedamos en la sala común después de que la mayoría de los huéspedes se marcharan.

Después de tres tragos, comencé a sentirme más ligero y comencé a hablar sobre Oliver. No estoy seguro de cómo terminamos hablando de aquello, tal vez fuera por el vino, pero de pronto me descubrí contándole historias de cuando éramos niños, cosas en las que no pensaba desde hacía años y que jamás había compartido con nadie. Clémence escuchó, con las manos alrededor de la taza, y pasó un tiempo antes de que me diera cuenta de que en realidad ella no decía nada y me dejaba hablar sin cesar.

—Oliver siempre se metía en problemas estúpidos para hacerse el valiente, robaba dulces y se metía en sitios prohibidos. Tenía que tocar todo lo que nos decían que no tocáramos. Subirse a todo lo que dijera «No pisar». Esa clase de cosas. Empeoró con los años. Lo saqué de la cárcel en dos ocasiones. Y era muy impulsivo. Cuando vivíamos en Bruselas, Oliver y yo íbamos al colegio, pero nadie se portaba bien con nosotros porque sabían a qué se dedicaba nuestra familia. Una vez, un niño me tiró piedras en el patio, así que Oliver lo empujó por unas escaleras y el niño se rompió la clavícula.

—Por el amor de Dios —dijo Clémence.

No supe si lo decía horrorizada o impresionada.

Partí una *chouquette* por la mitad, pero no la comí.

—El director nos preguntó qué había pasado y Oliver dijo que habíamos hecho una representación de la Biblia, y a él le había tocado el papel de Dios.

Clémence se rio.

—No sé si fue valiente al protegerte o estúpido.

—Supongo que un poco de las dos cosas. Fue imprudente. Es un milagro que haya sobrevivido tantos años.

Me quedé callado y tomé un trago rápido, pero ese dolor profundo y permanente que me acompañaba cada vez que hablaba de Oliver había vuelto a aparecer con la misma intensidad de siempre. ¿Alguna vez dejaría de doler así?

—¿Estás bien? —preguntó Clémence.

—Sí, es que… —Me pasé las manos por el pelo—. ¿Te das cuenta de que de niño piensas que nunca vas a morir? Como has sobrevivido hasta ese momento, crees que va a ser para siempre. Nunca me sentí así. Siempre fui consciente de que no era indestructible, supongo que es una de las consecuencias de vivir en el mundo donde vivimos. Pero nunca se me ocurrió que Oliver pudiera morir. Él era la mitad de mi vida, y sin importar lo que pasara o a dónde fuéramos, sin importar lo jodidas que fueran las cosas, siempre estábamos juntos. Siempre ha estado conmigo. —La luz de las velas dibujó ondas en la superficie del vino cuando pasé los dedos por el borde de la taza—. La semana anterior a que nos marcháramos de París, Oliver se cortó los nudillos boxeando cuando un hombre arrojó una botella al ring. Se infectó, y los viajes y las noches que pasamos durmiendo en el suelo frío, sin suficiente comida, hicieron que empeorara. Cuando llegamos a Lyon, casi no podía mantenerse de pie de lo enfermo que estaba.

Recordé de pronto, tan claro como el agua, su palidez y sus escalofríos, la fiebre que le nublaba la vista. Había tenido que sostenerlo mientras hacíamos la cola para que sellaran nuestros documentos porque no nos habrían dejado subir al barco si hubieran sabido que él no se encontraba bien.

Cuando finalmente estuvimos a bordo, mi padre me llamó. Estaba muy serio.

—Llegaremos a Ginebra en unas pocas horas. Geisler nos dará alojamiento. Pero tienes que mantener a Oliver despierto hasta entonces. Él querrá dormir, pero no tienes que permitírselo.

—Díselo —le pedí, pero mi padre se negó.

—No me hará caso.

—No creo que...

—A ti sí te hará caso, Alasdair. Siempre te hace caso. —Me dio una palmada en el hombro como si fuera algo habitual, pero sus dedos me estrecharon un instante, y seguí sintiéndolos sobre la piel cuando ya había apartado la mano—. Mantenlo abrigado y despierto.

Oliver ya estaba bajo cubierta, acurrucado contra nuestros baúles, con una manta sobre las piernas. Cuando me senté a su lado, él hundió la frente en mi hombro. Tenía la piel hirviendo. Luego, como si hubiera alcanzado a oír la conversación que había tenido con nuestro padre, dijo:

—Estoy muy cansado, Ally.

Se me aceleró el corazón y enseguida dije:

—No te duermas. —Se quejó y yo agregué—: ¿Por qué no me recitas un poema?

—No se me ocurre nada.

—Mentira. Recita unos versos de *El paraíso perdido*. —Lo oí respirar, lentamente—. «¿Acaso te pedí, Creador mío, / que de la arcilla me moldearas hombre? / ¿O te solicité / que me arrancaras de lo oscuro?» —murmuró, antes de quedarse callado.

Cuando lo miré, tenía los ojos cerrados.

—Qué bonito —dije casi gritando—. Es de Shakespeare, ¿no?

Abrió los ojos.

—Es Milton, tonto.

Yo ya lo sabía, porque en aquella época no paraba de hablar de Milton, pero era la única forma de provocarlo. No recordaba haberlo visto tan enfermo y pálido como en aquel momento.

En algún lugar, tan distante que parecía otro mundo, escuché a Clémence decir:

—Alasdair, no es necesario que me cuentes estas cosas.

Me arrastré de nuevo hasta el presente y la vi al otro lado de la mesa. Ella me miraba como si tuviera miedo de que fuera a romperme.

—Nunca se me había ocurrido —le dije—, hasta ese momento en el barco, cuando fingía que lo estaba manteniendo despierto y en realidad lo estaba manteniendo con vida. Y de pronto me di cuenta de que algún día tendría que vivir en un mundo sin Oliver. Que uno de nosotros podía morir joven y que quizás fuera él. Muchas veces había pensado en mi muerte, pero nunca en seguir vivo sin él, y me dio mucho miedo.

Sentí que algo en mi interior comenzaba a colapsar, así que me sujeté la cabeza con las manos y la sostuve mientras respiraba lento y profundo. Tenía la garganta tensa, pero no me eché a llorar. Temía que, si empezaba a hacerlo, nunca me detendría.

Los dedos de Clémence rozaron mi brazo.

—Alasdair.

Hice lo posible por aparentar calma y recomponerme, pero cuando la miré todavía estaba temblando.

—No puedo dejar que Geisler experimente con mi hermano.

—¿Has estado pensando en eso todo el viaje? Deberías haberme preguntado, te lo habría dicho hace mucho tiempo.

—No seas tonta, no lo entiendes.

—Entonces, explícamelo.

Recorrí el borde de mi taza con el pulgar y me quedé contemplando la superficie oscura del vino.

—Lo único que siempre he querido en la vida es estudiar en Ingolstadt con Geisler. Y cuando reanimé a Oliver, tuve que renunciar a eso. Pero cuando escuché la propuesta de Geisler, creí que podía tenerlo todo: Ingolstadt y Oliver.

—Así que de verdad ibas a asumir el lugar que te corresponde como Victor Frankenstein.

—Olvida lo que te he dicho.

Empujé la silla hacia atrás con la intención de ponerme de pie, pero Clémence me sujetó por la muñeca.

—Lo siento, lo siento, no debería haber dicho eso. Siéntate. —Me quedé quieto, sin mirarla, hasta que ella dio un tirón y dejé que me arrastrara hacia abajo. Agachó la cabeza, mirando las *chouquettes*, y asintió una vez—. Está bien. Entonces, has decidido que no vas a entregarle a Oliver. ¿Qué te ha hecho cambiar de opinión?

Tomé un trago para no tener que responder de inmediato. No sabía cómo explicar que Oliver era un hombre bueno antes de morir, aventurero, impulsivo y absolutamente loco a veces, pero bueno. Cuanto más pensaba en él desde que me había ido de Ginebra, más lo recordaba. Y si quedaba algo de bondad dentro de él, valía la pena renunciar a Ingolstadt, a la mecánica y a estudiar con Geisler. Porque más que nada en el mundo, quería que Oliver volviera a ser el de antes: el chico que había robado fresas para mi cumpleaños, que patinaba conmigo y que le daba un puñetazo a un hombre cuando intentaba herir a un mendigo mecánico. Si había una posibilidad de que el antiguo Oliver siguiera allí, no podía dejar que Geisler lo desarmara en su laboratorio.

Pero en lugar de eso, dije:

—Es mi hermano.

En aquel momento, sentí que era suficiente. El reloj sobre la repisa de la chimenea dio las dos. La sala común estaba casi vacía. Clémence levantó la vista cuando una pareja se fue y luego me miró.

—Así que tu intención es ir a Ginebra y seguirle el juego a Geisler. Pero, en realidad, la idea es buscar a Oliver y huir los dos juntos. —Hasta allí llegaba mi plan, así que asentí—. ¿Y qué pasará con Oliver después? ¿Has pensado que tal vez tengas que dejarlo atrás?

—¿Quieres decir dejarlo solo? No puedo hacer eso, él es...

Me detuve al recordar que Clémence tenía engranajes, pero ella terminó la oración por mí.

—¿Un monstruo?

—No iba a decir eso.

—Ibas a usar una palabra más amable, pero con el mismo sentido.

—La gente no lo entendería. Nunca encontraría un sitio seguro para vivir solo, sobre todo después de *Frankenstein*. ¿Crees que alguien querría que el monstruo de Frankenstein les alquilara un apartamento o trabajara en su tienda?

—¿Alguna vez has pensado que tal vez Oliver solo actúa como un monstruo porque esa es la forma en la que lo tratas?

Yo fruncí el ceño.

—¿Qué quieres decir?

—Lo mantienes encerrado, lejos de todos. De esa manera, le has dado a entender que es un monstruo. Hay lugares en este mundo donde los hombres mecánicos pueden vivir a salvo. He oído que en Rusia están empleando personas mecánicas en los hospitales para curar a los heridos de guerra. Casi cualquier parte es mejor que Ginebra, así que sácalo de allí. Encuentra un sitio donde pueda instalarse. No tiene que estar lejos de ti, pero si está solo, no sentirá que debe ocultarse. Eso podría ser suficiente para que cambiara su temperamento.

—¿Y esto? —Saqué el libro del bolsillo del abrigo y lo coloqué sobre la mesa que se extendía entre nosotros—. Oliver no es como otros hombres mecánicos: la gente se dará cuenta de que es él donde quiera que vaya.

—Tal vez lo mejor sería que encontraras al autor. Que hablaras con él.

—Me preocupa que pueda ser Oliver.

—No lo creo. Sería el héroe de su propia historia, ¿no te parece? —Sujetó *Frankenstein* y lo revisó como si hubiera alguna pista oculta en la encuadernación—. Lo sorprendente de este libro es que todos opinan que es una declaración política, pero no creo que esa fuera la intención del autor. Creo que no es más que un relato. Con suerte, quizás la mayoría piense que es ficción.

Recordé las insignias para las personas mecánicas que se habían fabricado en Ginebra, las insignias de Frankenstein. La gente ya lo había tomado como un hecho.

—Es demasiado raro para ser ficción. Tiene que haber un motivo para que hayan escrito el libro.

—¿Y nadie más sabe lo que sucedió? ¿Estás seguro?

—Nadie. Solo Oliver, yo y…

Me detuve, pero Clémence se dio cuenta.

—¿Y?

—¿Y qué?

—Has dicho «y». Hay una «y». ¿Quién es «y»?

Suspiré.

—¿Recuerdas que te hablé de una chica, Mary Godwin? La primera chica que besé.

Lentamente, una sonrisa se le dibujó en el rostro.

—Alasdair Finch, ¿te jactaste de la resurrección para impresionar a una chica bonita?

—No, no fue así. Quiero decir que era, ella era bonita, y yo… —La sonrisa de Clémence se fue ensanchando y me detuve antes de hacer el ridículo—. Oliver y yo éramos amigos de ella en Ginebra. Cuando él murió, no tenía a quién pedirle ayuda y no podía hacerlo solo. Ella me acompañó a desenterrar el ataúd y a llevarlo a la torre del reloj. Lo vio todo.

—Entonces, es ella. Lo ha escrito ella.

—No.

—Tiene que ser ella.

—No —insistí—, Mary no ha podido escribir el libro.

—Sí, ha sido ella —respondió Clémence con la misma firmeza—. Pero tú te niegas a creerlo.

—¿Y eso qué quiere decir?

—Todavía sientes algo por ella y no puedes soportar la idea de que le haya revelado tu historia al mundo, así que te has convencido a ti mismo de que no hay posibilidad de que sea ella. Es mucho más fácil sospechar de Geisler o de Oliver o de alguien de quien no estás enamorado.

—Ella no lo escribiría.

—¿Por qué no?

—Porque cuando confías en alguien, no te traiciona.

—¿Y confiabas en ella?

—Sí.

—¿Todavía confías?

—Ella no lo escribiría —protesté—. Lo sabía todo sobre nuestra familia y lo que hacíamos, y nunca se lo contó a nadie. Prometió…

Me detuve. Mary había cumplido todas sus promesas, así había decidido recordarla. Durante dos años, solo había pensado en que se había ido y que yo la echaba mucho de menos, pero no en cómo se había marchado. Había olvidado el día que desapareció, la última vez que hablamos. La última promesa que me había hecho: la promesa que no había cumplido.

Habíamos llevado a Oliver hasta el castillo, y en aquellos primeros días parecía que no importaba lo mal que fueran las cosas, al menos tenía a Mary para que me ayudara. Entonces, cuando ella me aseguró que se quedaría despierta cuidando de Oliver para que yo pudiera dormir por primera vez en tres días, ni siquiera se me ocurrió pensar que era mentira. Me dormí con la cabeza apoyada en su hombro y me desperté acurrucado en el suelo de piedra fría, me encontré solo con mi hermano resucitado, y cuando fui a buscarla a la villa, un hombre me dijo que habían vuelto a Londres, así, sin dedicarme ni una triste palabra de despedida.

No quería que Mary fuera la autora porque no quería creer que era capaz de romper las promesas tan fácilmente. Pero ya lo había hecho, el día en que se marchó de Ginebra, mucho antes de *Frankenstein*.

—Es Mary Shelley —le dije—. Lo ha escrito ella.

Clémence se cruzó de brazos.

—Pensar que te besé cuando intentábamos investigar quién era el autor y en realidad tú has tenido esa respuesta durante todo este tiempo.

—Maldición. —Dejé caer la cabeza entre las manos con un quejido—. Qué idiota he sido.

—No digas eso. Es difícil creer que las personas a las que queremos puedan hacernos cosas malas.

—Pero ¿por qué lo ha escrito? —Sujeté el libro y lo hojeé como si
fuera a encontrar su nombre en algún lugar—. No es su historia. Ella
no hizo nada, solo lo vio todo.

—No importa. Lo importante es que sabes que es ella, y puedes
encontrarla y hablar. Saca a Oliver de Ginebra y encuentra a Mary
Shelley. Convéncela para que admita que ella es la autora y que nada
es verdad. Entonces, la gente dejará de buscar al hombre resucitado y
Oliver podrá recuperar su vida. Ambos podréis hacerlo.

Se me aceleró el corazón, pero me sentía bien. Al final de un camino largo y oscuro, parecía que por fin se veían los rayos tenues del sol
en el horizonte.

—Eso es lo que haré —le dije.

Clémence miró su taza y luego el reloj de la chimenea.

—Me voy a acostar —anunció—. ¿Te encuentras bien?

Asentí, aunque todavía estaba alterado. Clémence se puso de pie
y creí que se iba a ir, pero apoyó su mano sobre la mía desde el otro
lado de la mesa.

—No puedes cambiar a la gente para que sea como tú quieres,
Alasdair. A veces solo hay que querer a las personas por lo que son.

Y, después de aquellas palabras, se marchó, y yo estuve despierto
toda la noche.

Una vez que entendí que Mary había escrito *Frankenstein*, me sentí
como un idiota por no haberlo visto antes. Ella nos conocía. Sabía lo de
la resurrección y lo de Geisler, y lo suficiente de nuestras vidas como
para crear aquellas versiones tristes de nosotros en Victor Frankenstein
y su monstruo.

Y ella siempre había deseado ser escritora. En Ginebra, sus amigos la
habían alimentado con una dieta constante de historias góticas, y las

había devorado como dulces. Nos contaba algunas a Oliver y a mí, como la leyenda de un castillo escondido en las colinas a las afueras de la ciudad, que estaba abandonado desde hacía cien años y lleno de fantasmas.

Entonces, decidió que, por supuesto, teníamos que encontrarlo.

—No sé bien dónde está —confesó cuando comenzamos a caminar hacia los pinos—, pero mis amigos me han hablado sobre él.

—Si tus amigos te han hablado de él —gritó Oliver por encima del hombro mientras corría por delante de ella—, ¿por qué no vas con ellos?

Mary levantó su falda para que no se manchara de lodo.

—Ellos no hacen esas cosas.

—Entonces, ¿qué tipo de cosas hacen?

—Bueno, invocación de espíritus, exorcismos y adoración de demonios.

Me detuve en seco, al mismo tiempo que Oliver se volvió hacia ella y dijo:

—Qué dices, ¿estás de broma?

Ella se rio, pero no respondió.

La pendiente apenas había empezado a ascender en serio cuando se desató una tormenta, la clase de lluvia que había azotado la ciudad durante todo el verano. El camino empezó a llenarse de lodo y se volvió más resbaladizo, lo que provocó que patináramos en más de una ocasión. Insistí en volver, pero Oliver abría nuestra marcha y él nunca dejaba un plan a medias. Entre él y Mary, todo era un desafío. Todo era una competencia para ver quién se rendía primero. Ella no era temeraria como Oliver, pero era tan valiente que yo parecía un aburrido en comparación.

Cuando llegamos a la cima de la cresta final, los tres estábamos empapados. El castillo parecía materializarse en mitad de la noche grisácea: se veían ladrillos manchados de hollín envueltos en la niebla que se había levantado con la lluvia.

Tuve que quitarme el pelo empapado de los ojos para verlo bien.

—Bueno, ya lo hemos visto —grité mientras tronaba—. Ya lo hemos visto, ¿podemos irnos?

—Eres muy aburrido —dijo Mary—. Ya hemos llegado hasta aquí, ¿por qué no intentamos entrar?

No me gustaba la idea, pero Oliver se entusiasmó, y antes de que pudiera protestar, él ya se alejaba trotando y Mary iba detrás. Pensé en quedarme donde estaba y negarme a avanzar, pero Mary me miró por encima del hombro, y bastaron una mirada y media sonrisa para que la siguiera sin poder hacer nada, atrapado una vez más por su magnetismo.

Dimos una vuelta al castillo hasta que encontramos una puerta cerrada con un grueso candado. Mary sacudió el pestillo como si aquello pudiera ayudar.

—Está cerrado.

—Alasdair puede resolverlo —dijo Oliver.

Lo fulminé con la mirada, y él sonrió.

—¿Sabes abrir cerraduras? —me preguntó Mary, pero fue Oliver quien respondió.

—Es un experto en cerraduras. Podría ser un gran ladrón si quisiera.

—Yo no soy el que ha propuesto entrar a la fuerza en un castillo —murmuré mientras me agachaba para ver mejor el ojo de la cerradura.

De pronto, Mary se acercó y apoyó la mano en mi codo para no perder el equilibrio. Estuve a punto de caerme encima de ella.

—¿Me puedes enseñar? Siempre he querido aprender cómo hacerlo.

—¿Tiene aspiraciones de ladrona, señora Mary? —preguntó Oliver.

—Creo que algún día podría resultarme útil, nada más.

Le enseñé a Mary cómo abrir la cerradura, primero con las limas que tenía en el bolsillo y luego con una de sus horquillas. Cedió enseguida cuando yo lo hice, pero a ella le llevó algo más de tiempo. Oliver seguía refunfuñando a nuestras espaldas, quejándose de que estaba mojado y de que tenía frío, y preguntando qué hacíamos con nuestras manos. No le prestamos atención, pero la boca de Mary temblaba. Cuando la cerradura finalmente se abrió, ella se echó a reír de alegría.

—En serio me siento como una delincuente. Con vosotros, chicos, me siento más valiente —dijo, y fue la primera que avanzó hacia el pasillo de la entrada.

El castillo parecía un museo: todos los muebles de los últimos cien años todavía estaban en su sitio, pero vacíos y sin uso, cubiertos de polvo por las esquinas, y el moho asomaba por el empapelado descolorido. La lluvia hacía tamborilear sus dedos contra los techos abovedados y proyectaba sombras ondulantes sobre las losas mientras las gotas se deslizaban por los cristales de las ventanas.

Mary y Oliver se detuvieron después de dar unos pasos y echaron un vistazo alrededor como si hubiéramos entrado en una gran catedral. Me quedé detrás de ellos, exprimiendo la lluvia de mi chaleco. Ambos parecían tan impresionados que decidí no mencionar lo espeluznante que me parecía aquel sitio.

Se oyó un silbido, como un pistón detrás de nosotros, y todos nos giramos a tiempo para ver que la puerta se cerraba por sí sola. Oliver intentó abrirla, pero el picaporte no se movía.

—Maldita sea, se ha atascado.

—Por supuesto que se ha atascado, es una prisión —dijo Mary, y ambos la miramos.

—¿Una qué? —preguntó Oliver.

—Una prisión —repitió ella—. O lo fue, hace tiempo.

Oliver frunció el ceño.

—Podrías haberlo mencionado antes de que nos quedáramos encerrados, ¿no?

—¿No conocéis la historia? —preguntó Mary, y yo sacudí la cabeza—. Hace cien años, el hombre que vivía aquí mató a toda su familia, y las autoridades lo obligaron a cumplir su sentencia bajo arresto domiciliario. Querían que él viviera con los fantasmas de los muertos. Creo que se ahorcó antes de que pudieran ejecutarlo. El apellido de la familia era Sain. Se llama Château de Sain, pero todos lo llaman Château de Sang ahora.

—El Castillo de Sangre —dije, y podría haber jurado que toda la habitación se enfrió de pronto.

—Maldición —murmuró Oliver—. Tú y tus historias sombrías. ¿También crees que hay mazmorras con esqueletos que cuelgan de las paredes?

Parecía que estaba a punto de decir algo más, pero su mirada se clavó en mí. Me di cuenta de que yo estaba muy cerca de Mary, tanto que la tela de su falda húmeda me rozaba las puntas de los dedos cada vez que ella se movía. Una sonrisa burlona comenzó a aparecer en el rostro de Oliver, y me asusté, convencido de que él estaba a punto de decir algo socarrón que me haría sonrojar y la alejaría. Pero en cambio, giró sobre sus talones y comenzó a atravesar la habitación.

—Vosotros dos, quedaos aquí —gritó y me lanzó una mirada de complicidad por encima del hombro—. Voy a encontrar otra salida o a los fantasmas, lo que vea primero.

Ni Mary ni yo nos movimos cuando él desapareció por una puerta que estaba en el otro extremo de la habitación. Nos quedamos de pie, hombro con hombro, mientras la ropa mojada goteaba y el silencio se llenaba con el eco amortiguado de la tormenta. Podía sentirla a mi lado: una carga estática que latía junto a mí. Ella seguía contemplando las telarañas, el polvo y el empapelado con una expresión de asombro que hizo que me preguntara si ambos veíamos lo mismo.

—¿En qué piensas? —le pregunté.

Respiró larga y profundamente, como si fuera el preludio de un suspiro.

—«¡Tantos hombres, tan hermosos! / Y todos muertos yacían: / Y miles de criaturas repugnantes / Aún vivían, y yo también».

No entendí lo que quería decir, pero cuando la miré creí que estaba llorando, aunque tal vez solo fueran gotas de lluvia en sus mejillas.

—¿Qué pasa? —le pregunté.

—Es tan bonito —susurró ella—. Todo está vacío y roto. Me dan ganas de…

Ella se dio cuenta de que la miraba y dejó de hablar. Sentí que mis mejillas ardían, pero no aparté la mirada. Su mirada era ferviente, tan intensa que parecía una caricia.

—¿Te dan ganas de qué? —le pregunté, con la voz repentinamente ronca.

Acercó sus dedos, escondidos entre los pliegues de la falda, a los míos. Tenía la piel húmeda por la lluvia, pero de todas formas era muy cálida. Sentí como una especie de descarga eléctrica de su mano en el brazo y en todo el cuerpo. Nuestras muñecas se rozaron como cables cargados y saltaron chispas.

—Me dan ganas de escribir.

CAPÍTULO DOCE

Me preguntaba cómo íbamos a entrar en la ciudad cuando Geisler y yo probablemente fuéramos los dos hombres más buscados de Ginebra y viajábamos con una chica mecánica, pero él no parecía preocupado. Me dio varios documentos falsos que me identificaban como el estudiante Dieter Hahnel de Ingolstadt. En los documentos de Clémence aparecía su propio nombre, aunque me imaginaba que en realidad también eran falsos, porque no mencionaban que fuera mecánica.

Geisler decidió que lo mejor era separarnos por si alguien nos reconocía, así que se marchó en dirección a la ciudad en cuanto terminamos de desayunar; Clémence y yo esperamos casi hasta el mediodía. La cola que serpenteaba a lo largo de las murallas de la ciudad hasta el puesto fronterizo era larga cuando llegamos, y esperamos cerca de una hora, avanzando paso a paso mientras a nuestro alrededor todos estaban nerviosos. La nieve fangosa empapaba mis botas y mis pies, así que los movía para que no se me congelaran los dedos. A mi lado, Clémence tenía las manos en los bolsillos y la mirada puesta al frente. Parecía muy tranquila. Cuando a la chica que teníamos delante se le cayó la bufanda, Clémence la rescató de la nieve y la llamó dando un ligero toque en su hombro. La chica se volvió y sonrió mientras la sujetaba.

—¡Ah! *Merci.*

—*De rien* —respondió ella, y bajó la cabeza cuando la chica se dio la vuelta.

Clémence se sonrojó y siguió mirando la nuca de la joven mientras avanzábamos.

Llegamos al puesto antes de lo que había previsto. Tenía parte del rostro cubierto por la bufanda y la gorra tejida sobre la frente cuando le entregué mis documentos a un oficial alto. Los miró, luego me miró a mí, luego a mis papeles. Contuve la respiración.

—*Parlez-vous français?* —preguntó.

Se suponía que Dieter Hahnel era alemán. No sé si hablaba francés, así que mantuve la boca cerrada y la expresión en blanco, como si no entendiera lo que me decía. El soldado me observó un momento con las cejas levantadas, luego se encogió de hombros y pasó a la segunda página.

Estaba buscando su sello cuando apareció otro oficial y le dio una palmada.

—Tu turno ha terminado —dijo en francés—. Estoy aquí para relevarte.

El primer oficial apartó la vista de mis documentos.

—Fantástico.

Todavía sostenía el sello, pero parecía que no pensaba usarlo hasta que la conversación hubiera terminado. Tuve que morderme el interior de la mejilla para no gritar: ¡Sella los documentos de una maldita vez!

—¿Qué ha pasado con la protesta? —preguntó.

—Todo resuelto —respondió el segundo oficial—. Unos pocos arrestos, pero ningún herido.

—¿Han sido los Frankenstein otra vez?

De pronto, estaba contento de estar allí y poder escuchar aquella conversación. Pero el oficial eligió justo ese momento para sellar la segunda página de mis documentos y devolvérmelos.

—*Danke, Herr Hahnel* —dijo con una sonrisa, y me indicó que siguiera hacia delante.

No tenía ni idea de cómo responder en alemán, así que respondí en francés con falso acento:

—*Merci, monsieur.*

Él se echó a reír, y yo seguí sonriendo como un idiota mientras pasaba junto a él y Clémence ocupaba mi sitio. Estaba empezando a relajarme cuando alguien me sujetó por el brazo y me di la vuelta. Era otro oficial. Seguramente había escuchado que su compañero me hablaba en alemán y, como él no manejaba la lengua, me hizo señas para que extendiera los brazos. Había pasado por el puesto fronterizo muchas veces y nunca antes había tenido que hacer algo así. Tal vez me habían reconocido.

Mantuve una expresión relajada mientras extendía los brazos a los lados y me preparaba para lo que pudiera pasar. Pero el oficial no intentó arrestarme: recorrió mi silueta con las manos, con los dedos a unos centímetros de mi cuerpo. No entendí lo que pasaba hasta que los botones de hojalata de mi abrigo se movieron, y entonces me di cuenta de que llevaba puestos unos guantes magnéticos. Estaba buscando partes metálicas ocultas.

Resistí la tentación de mirar hacia atrás a Clémence. Yo cruzaría la frontera sin problemas, pero ella no. Y con *Frankenstein* en la mente de todos, los pulmones mecánicos eran más peligrosos que una simple insignia de latón.

Después de una rápida revisión, el oficial le hizo señas a Clémence para que avanzara. La observé desde no muy lejos. Ella le dijo algo al oficial que no comprendí, pero él se rio. Ella sonrió, con una sonrisa diferente a todas las que yo había visto. No era un gesto burlón, sino una sonrisa encantadora que acompañaba un movimiento elegante de los brazos, como si estuviera aleteando. Siguieron charlando mientras él pasaba las manos por sus brazos y su espalda. Una mano se detuvo un momento en la cintura antes de deslizarse hacia abajo para revisar las rodillas. Yo esperaba que él se salteara las partes de su cuerpo que atraerían los imanes, pero cuando sus dedos recorrieron la clavícula, hicieron vibrar su abrigo. Él frunció el ceño.

Pero antes de que él pudiera decir algo, Clémence comentó con esa misma sonrisa dulce:

—Ay, ¡mi colgante!

Metió la mano bajo el abrigo y sacó una pequeña cadena de oro con un colgante pesado. El colgante se tambaleó en el aire, desafiando a la gravedad mientras se movía hacia los dedos magnéticos del guardia.

—Quizás por eso le parezca tan atractiva —dijo, y le guiñó un ojo como una colegiala tonta.

El guardia sonrió.

—No es la única razón, *mademoiselle*.

Él despegó el colgante de los guantes, y ella volvió a ponérselo y lo escondió bajo el cuello del abrigo.

—Puede continuar —dijo, y señaló hacia donde yo esperaba.

Clémence le hizo una rápida reverencia y luego se alejó trotando para reunirse conmigo.

—Has tenido suerte —le dije cuando nos habíamos alejado lo suficiente del punto de control y nadie nos escuchaba.

—No ha sido suerte —respondió Clémence—. Lo había planificado con mucho cuidado.

—¿Sabías de los imanes?

—Geisler me lo dijo. Se enteró en Francia.

—Cuando nosotros viajamos no había ningún control de este tipo.

—Tal vez ha pasado algo.

Los oficiales habían hablado de una protesta. Y de *Frankenstein*. Me estremecí.

—¿El colgante es tuyo? —le pregunté mientras Clémence se quitaba la cadena y la metía en el bolsillo.

—No, anoche se lo robé a una mujer en la posada. Creí que podría venderlo y conseguir algo de dinero.

Y luego sonrió, con la mueca burlona de siempre.

—¿Por qué no sonríes más? —le pregunté.

—Sonrío todo el tiempo.

—No como le has sonreído a ese guardia.

Ella golpeó el talón de la bota contra la base de una antorcha industrial para quitarle la nieve.

—Algunos hombres creen que una sonrisa es una invitación para poner sus manos donde quieran.

—Pero él no. —Clémence resopló—. ¡Estaba coqueteando contigo! Y tú estabas coqueteando con él. Solo digo que la sonrisa te queda bien. Es atractiva.

—No quiero ser atractiva —respondió ella—. No quiero sonreír, ni que me digas que tengo que hacerlo. No quiero recibir atención de hombres como él.

—Pero sí te gustaría que la chica de la bufanda te prestara atención, ¿no?

Me sentí mal mientras lo decía, pero no di marcha atrás. Clémence se puso roja como una fresa, luego se envolvió en el abrigo.

No hablamos mientras cruzábamos el río hacia el centro de la ciudad. Las calles estaban ajetreadas, la nieve pisoteada por los compradores y las ruedas de los autobuses y los carruajes. Abrí el camino, intentando elegir principalmente las calles laterales y los callejones para evitar las multitudes. Ya casi estábamos en Navidad, me di cuenta cuando un grupo de mujeres que llevaban muérdago en el pelo pasaron junto a nosotros, cantando *C'est le jour de la Noël* con aroma a vino. Todo había cambiado tanto que me parecía imposible que solo hubiera estado lejos de casa unas semanas.

Encontramos una casa de empeños en Vieille Ville y me detuve junto a Clémence en el mostrador mientras ella negociaba el valor del colgante con el comerciante de ojos saltones. Mientras él contaba las monedas de la caja, la puerta de la tienda se abrió y dejó entrar una ráfaga de aire frío. Antes de que pudiera volverme para ver quién entraba, una niña pequeña con el pelo negro azabache que asomaba bajo la gorra se detuvo entre Clémence y yo.

—Ten —me dijo, y me entregó un panfleto.

El comerciante dejó caer las monedas que había estado contando y cruzó el mostrador haciendo un gesto con las manos para espantarla.

—¡Fuera de mi tienda! ¡Fuera!

La niña le dio otro folleto a Clémence y se fue caminando con esfuerzo por la tienda. Su cabello voló al viento cuando salió por la puerta. El comerciante se detuvo en la entrada y la fulminó con la mirada, luego volvió al mostrador con la cabeza baja.

—Os pido disculpas —murmuró.

Eché un vistazo al papel arrugado que la chica me había puesto en la mano. Allí estaba impresa la ilustración de un hombre, mitad mecánico, mitad humano. El dibujo de su pecho parecía un reloj abierto, y una larga cicatriz corría a lo largo de su cara. Sobre la ilustración, en letras gruesas y negras, decía: ¡EL MONSTRUO DE FRANKENSTEIN ESTÁ VIVO!

A mi lado, Clémence ahogó un grito. Levanté el folleto para que el comerciante lo viera.

—¿Qué sabe de esto?

Él no levantó la vista de la caja.

—Le he dicho que no venga, pero sigue acosando a mis clientes.

—¿Trabaja para alguien? —le pregunté—. ¿O sabe...?

El comerciante cerró la tapa de la caja con tanta violencia que las monedas que guardaba tintinearon. Luego depositó el dinero que nos correspondía sobre el mostrador y se dirigió hacia la habitación de atrás.

—Con vuestro permiso.

No esperé a Clémence. Salí corriendo de la tienda y miré a ambos lados de la calle en busca de la niña de pelo negro. La vi a algunos metros de distancia, mientras les daba folletos a los peatones. Detrás de mí, la campana sonó cuando Clémence me siguió.

—Alasdair, ¿qué estás...?

—¡Oye, tú! —grité y empecé a caminar por la calle.

La niña levantó la vista y, durante un instante, creí que iba a echar a correr, pero en lugar de eso, levantó las manos, sin soltar los folletos. Corrí hasta ella, con Clémence pisándome los talones.

—No corras —grité mientras nos acercábamos.

—No puedo —respondió ella.

—¿No puedes?

Miré hacia abajo. Uno de sus pies descalzos estaba envuelto en tiras de tela fangosa. El otro era de metal deslustrado, conectado a la articulación de su tobillo con un perno que estaba naranja por el óxido.

—No puedo —repitió ella—. Es demasiado rígido. Pero me llevaré el folleto si no lo quieres. La impresión sale cara.

Clémence apareció junto a mí.

—Esta niña necesita un mecánico —me dijo mientras miraba el pie oxidado. Luego, le preguntó a la niña—: ¿Dónde están tus padres?

—En su tumba —respondió ella con expresión seria.

—¿Vives en el orfanato?

—No me aceptan allí. —Golpeó el pie de metal contra el suelo para resaltar lo que decía—. La mujer me dijo que solo se permiten niños humanos.

—Qué demonios.

Metí el folleto en el bolsillo y me quité los guantes.

—Siéntate, deja que te examine el pie.

Ella no se movió.

—No puedo correr, pero sí gritar.

—No te hará daño, es un Aprendiz de Sombras —dijo Clémence—. Se ocupa de gente como tú.

La niña nos miró un momento con la barbilla erguida y luego se sentó en la calle helada. Me agaché y sujeté su pie entre mis manos. La articulación del tobillo se había endurecido y el óxido había comenzado a extenderse hacia su pierna e invadir la piel. Clémence miró por encima de mi hombro, aunque no sé si entendía lo que veía.

—¿Qué necesitas? —me preguntó.

Necesitaba mis herramientas, mis limas y mis gafas de aumento, todo lo que habían destrozado en nuestra tienda. Necesitaba saber por qué esta chica que parecía tan débil estaba entregando folletos con la imagen de mi hermano.

—Vinagre: quita el óxido. No es lo ideal, pero funcionará.

—Hay un mercado a la vuelta de la esquina —dijo la chica, y enseguida añadió—: No tengo dinero.

—Yo sí —dijo Clémence—. No os mováis, volveré pronto.

Ninguno de los dos dijo nada durante un rato después de que Clémence se marchara. La niña se mordía el labio inferior mientras hacía dibujos con el dedo en el banco de nieve fangoso que estaba a su lado. Tenía las uñas sucias, y las grietas que había causado el frío decoraban sus nudillos.

—Si sigues haciendo eso, se te caerán los dedos —le dije.

Ella me miró y luego hundió la mano hasta la muñeca en la nieve. Suspiré y miré hacia arriba, a los tejados y las nubes doradas que se asentaban sobre las chimeneas. Al final del callejón, sobre las casas y las tiendas, podía ver el contorno de la torre del reloj contra el sol.

—¿Sabes qué día es hoy? —le pregunté.

—¿Tú no?

—Si lo supiera, no preguntaría —respondí con los dientes apretados.

—Veintidós de diciembre —respondió ella.

Sus ojos siguieron los míos hasta el reloj.

—El reloj marcará de nuevo la Nochebuena. ¿Lo sabías?

—Sí.

Alejé mi mirada de la torre del reloj y en su lugar saqué el folleto del bolsillo y lo desplegué sobre mi rodilla.

—¿Por qué vas por ahí entregando esto?

—Me lo han pedido.

—¿Quién?

Ella se cruzó de brazos.

—No puedo decírtelo porque no estás hecho de metal. No eres como yo.

—Si reparo tu pie, ¿me lo dirás?

Se quedó pensando, mientras se seguía mordiendo el labio inferior. No dijo que no.

Clémence volvió unos minutos después con una botella de vinagre. Vertí un poco en mi guante y froté la articulación oxidada hasta que volvió a moverse de nuevo. Había que reemplazarla y todo el pie necesitaba una buena limpieza, pero no tenía los medios para hacer ninguna de las dos cosas. La niña me miró con los codos apoyados sobre las rodillas y arrugó la nariz por el olor.

—Necesitas zapatos —le dije.

—No tengo dinero.

—Entonces, tienes que envolver mejor tus pies. Cuando el metal se moja, se oxida, y el óxido entra a la piel.

—Y luego tu pie se caerá y probablemente tu pierna también —dijo Clémence

No me había dado cuenta de que era una broma, pero la niña soltó una risita.

Los engranajes de su pie friccionaban, y yo pasé el dedo a lo largo de ellos varias veces para devolverlos a su lugar antes de soltarlos. La niña enderezó la pierna tan rápido que casi me da un golpe en la cara.

—Puedo mover los dedos de los pies —dijo—. Es la primera vez.

—Ten, guarda esto. —Le entregué la botella de vinagre—. Úsalo si se oxida de nuevo.

Ella metió la botella bajo su sombrero, y los dedos se le enredaron en el cabello negro.

—Soy Mirette —dijo.

—Alasdair —contesté—. Y ella es Clémence. Y sería magnífico si pudieras decirnos para quién estás repartiendo los folletos.

Mirette dobló el pie y lo observó con la cabeza inclinada hacia un lado. Estaba tan sucia y era tan frágil que parecía una muñeca de porcelana llena de tierra.

—Me dijeron que para poder quedarme con ellos tenía que colaborar en algo.

—¿Dónde?

—¿Qué lugar? —preguntó Clémence al mismo tiempo.

—La Maquinaria —respondió Mirette.

Clémence me miró y le expliqué:

—Es una fábrica que está en el barrio norte de la ciudad. Hacen las piezas mecánicas de los carruajes y los autobuses.

—Ahí es donde vivo —dijo Mirette—, con los Frankenstein.

—¿Qué significa eso? —le pregunté.

Ella me miró, y durante un momento creí que no me diría nada más, pero luego volvió a mirarse el pie.

—La gente no nos trata bien, así que vamos a obligarlos a que lo hagan. Ya no queremos que nos maltraten. —Parecía que estaba recitando algo que había oído, palabras que significaban poco para ella, aunque conocía el sentimiento que las motivaba—. Este hombre vendrá a buscarnos y será nuestro líder. Así le demostramos que estamos listos para su llegada, y él vendrá a salvarnos.

Señaló la ilustración del hombre resucitado que aparecía en el folleto.

—*Frankenstein* es un libro —dije mientras le lanzaba el folleto a Mirette—. Este hombre no es real. Es un personaje de ficción.

Ella sacudió la cabeza.

—Te equivocas. Lo estamos esperando, los Frankenstein y yo.

Sus palabras me dieron frío y me hicieron temblar. No podía decidir qué era más injusto: que aquella niña pequeña y pálida no tuviera a dónde ir, o que quisieran utilizar a Oliver para cambiar la situación. Doblé el folleto y me lo guardé en el bolsillo mientras me ponía de pie.

Mirette jaló de la manga de mi abrigo para levantarse. Resistí el impulso de sacudirla.

—No puedo contarle a nadie lo de la Maquinaria —dijo.

—Lo mantendremos en secreto —respondió Clémence.

Mirette volvió a jalar de mi manga y miré hacia abajo.

—Gracias por arreglar mi pie, Aprendiz de Sombras.

Me apretó la mano y luego se alejó trotando por la calle, con pasos grandes y ligeros sobre los resortes limpios de su pie.

La vi marcharse, mientras mis dedos jugaban con el folleto en mi bolsillo y pensaba en todo lo sucedido. Olvidé que Clémence estaba allí hasta que me dio una palmada en el brazo.

—Ten.

Abrí la palma y ella dejó caer la mitad de las monedas que había obtenido al empeñar el collar.

—¿Para qué es esto?

—Para que comas algo, no tienes buen aspecto.

—Por supuesto que no tengo buen aspecto —respondí bruscamente—. Al parecer, todas las personas mecánicas de Ginebra están esperando que mi hermano resucitado lidere su levantamiento.

—Lo dices como si fuera algo malo.

—¿No lo es?

—Se están defendiendo. Es un acto de valentía.

—Es muy estúpido.

—Lo dice un chico que no tiene piezas de metal y nunca se ha visto en la calle por ello. —Se quitó el cabello de la cara y me miró tan enfadada que aparté la mirada—. ¿Sabes dónde tenemos que encontrarnos con Geisler?

—Sí.

—Está bien, te veré allí, entonces.

—¿Qué? —Levanté la vista, pero ella ya se alejaba con las manos en los bolsillos en la misma dirección que Mirette—. ¿A dónde vas?

—Tengo que hacer algo —me dijo sin darse la vuelta.

Pensé en perseguirla y exigirle que me explicara qué tenía que hacer, pero todavía estaba molesto con ella sin razón, y me gustaba la idea de pasar unas horas solo después de tantos días juntos. Entonces, giré en la dirección opuesta y comencé a caminar. En mi bolsillo, las monedas bailaban junto al folleto arrugado.

Geisler había elegido una posada venida a menos, junto al Ródano, como punto de encuentro. La puesta del sol se derramaba sobre las colinas cuando llegué y la oscuridad ya comenzaba a ocupar su sitio sobre los tejados de cobre. Geisler ya estaba allí, terminando de cenar en una mesa junto al fuego.

—¿Sin problemas? —preguntó mientras me sentaba en el banco de enfrente.

—Ninguno.

—Bien, yo también he cruzado sin problemas. Tal vez la seguridad de la ciudad no sea tan estricta como dicen. —Echó un vistazo a su alrededor—. ¿Dónde está *mademoiselle* Le Brey?

—Nos… hemos separado —le dije—. Tiene que estar a punto de llegar.

—Tengo que encargarle una tarea.

—Usted sabía lo de los imanes —dije sin pensar.

Levantó la mirada del plato.

—Por supuesto.

—Podrían haberla descubierto.

—Pero eso no ha pasado. Alasdair, ¿hay algún problema?

—¿Es por *Frankenstein*?

Arrugó la frente.

—No se me había ocurrido. ¿Has escuchado algo?

—No —dije enseguida—. Me preguntaba si usted sabía algo al respecto.

Frunció el ceño y, durante un momento, creí que había detectado mi mentira. Luego, volvió a levantar el cuchillo y agregó:

—¿Quieres cenar? Pareces medio muerto de hambre.

—Yo no…

—Ve a buscar algo de comer. Tus padres nunca me perdonarían que te dejara desfallecer.

Él volvió a atacar el plato, y me quedé callado hasta que decidí ponerme de pie y dirigirme hacia la barra. Me sentía tan mal que no estaba seguro de poder comer, pero no quería volver junto a Geisler, así que me quedé mirando la pizarra durante un rato. Sentí que el tabernero me clavaba la mirada.

Al cabo de un rato, oí que se abría la puerta de la posada, pero no me di la vuelta para ver quién era hasta que una mano me sujetó por el brazo y empezó a alejarme de la barra. Grité de sorpresa y me di la vuelta, listo para pelear o correr. Pero era Clémence.

—¿Qué haces? —le susurré, pero ella no respondió.

Me llevó a un rincón, me puso las manos en los hombros y me hizo girar de pronto, hasta que quedé de espaldas a la puerta. Tenía las mejillas muy sonrojadas.

—¿Qué demonios ha sido eso? —pregunté.

—No te des la vuelta.

Hablaba rápidamente, en voz muy baja, y echaba miradas por encima de mi hombro mientras hablaba.

—¿Qué pasa? ¿Dónde has estado?

—Mantente de espaldas a la puerta.

—No, dime qué está pasando.

Comencé a girarme, pero ella me sujetó la cara y no me dejó que me moviera.

—Alasdair, confía en mí —dijo mientras ponía su mano en mi mejilla.

Tragué saliva y le sostuve la mirada. Parecía más seria que nunca.

—De acuerdo.

Nos quedamos mirándonos un momento. Luego, sentí una ráfaga de aire frío cuando la puerta se abrió de nuevo.

Clémence miró hacia la entrada y me apretó el brazo. A nuestro alrededor, se hizo un silencio, como si todo el mundo hubiera interrumpido lo que hacía y contuviera la respiración. No podía ver lo que estaba pasando, pero yo también contuve la respiración. Entonces, detrás de mí, oí a alguien decir:

—Dr. Basil Geisler, queda bajo arresto.

De pronto, se me aceleró tanto el corazón que ya no conseguía escuchar más que mis propios latidos. Geisler respondió algo que no alcancé a entender. Luego, oí el ruido de un banco que se arrastraba sobre los tablones. Alguien cerca de nosotros ahogó un grito.

—No se resiste —dijo Clémence en voz baja—. Se va con ellos.

Unos pasos pesados avanzaron entre las mesas y pasaron por nuestro lado. Miré de reojo y vi las espaldas de dos policías que se llevaban a Geisler. Parecía sobresaltado, y algo viejo e inofensivo entre los dos hombres altos con gabardinas que llevaban rifles colgados a los hombros. En la puerta, miró hacia atrás y sus ojos nos encontraron a Clémence y a mí. Que la policía lo hubiera arrestado era algo bueno, porque parecía querer correr para desollarnos vivos.

Salieron a la calle y la oscuridad se los tragó. Llegó una ráfaga de ruido, las voces alzadas de otros oficiales, el silbido agudo de un carruaje de vapor, hasta que uno de los agentes cerró la puerta de la posada y se duplicó el ruido en el interior. Respiré hondo y Clémence dejó de apretar mi brazo. No había notado lo fuerte que me sujetaba hasta que me soltó. Nos quedamos en silencio, respirando con dificultad. Luego ella dijo:

—Estás temblando. —Y me di cuenta de que era verdad—. ¿Necesitas sentarte?

Ella no esperó mi respuesta y me llevó de la mano hasta un banco que estaba contra la pared, y nos dejamos caer. Todos estaban alterados a nuestro alrededor. Uno de los mozos que servía las mesas parecía estar a punto de desmayarse, y el tabernero seguía diciendo:

—Geisler, el Dr. Geisler, ¡aquí! ¡Y yo le he servido un trago!

—Lo has entregado —le dije a Clémence.

Ella se encogió de hombros.

—La esclavitud no engendra lealtad.

—Por el amor de Dios.

Yo todavía estaba un poco mareado, y me sujeté la cabeza con las manos.

—Creí que simplificaría las cosas. —Hizo una pausa y luego agregó—: Para los dos.

—Sí, ha sido... —Levanté la mirada hacia ella—. Eres realmente especial.

—Me gusta pensar que sí. Maldición, creo que nos han visto.

Seguí su mirada a través de la habitación. Uno de los mozos se había inclinado sobre el mostrador para hablar con el tabernero y apuntaba en nuestra dirección.

—No tenemos mucho tiempo —siseó ella—. Geisler nos devolverá el favor a la primera oportunidad que tenga y le hablará a la policía sobre nosotros, probablemente también les hablará de tu hermano. Tenemos que sacar a Oliver y a ti de Suiza.

—¿Y mis padres? Creo que están en prisión aquí. Necesito ayudarlos.

—Yo me quedaré y veré lo que puedo hacer.

—No hace falta.

—No corro el mismo peligro que tú en Ginebra.

—No, quiero decir... No hace falta que lo hagas por mí. Son mis padres, no los tuyos.

Ella jugueteaba con un hilo suelto en la manga del abrigo y luego dirigió la mirada hacia el falso techo.

—Tengo que decirte algo. Pero tienes que prometerme que no me odiarás.

—Creo que te debo demasiado para odiarte.

—No hagas promesas todavía. —Arrancó el hilo y luego escondió las manos dentro de las mangas y respiró hondo.

—Solo dilo.

—Arrestaron a tus padres por mi culpa.

Me quedé paralizado.

—¿Qué?

—Bueno, no fue directamente culpa mía... Fue de Geisler. Me dijo sus nombres y me dijo que debía entregarlos a la policía cuando llegara, y luego encontrarte. Quería estar seguro de que no tuvieras ningún motivo para quedarte en Ginebra. Lo siento mucho, Alasdair, solo seguí sus órdenes. —Me quedé callado y me dio un codazo—. Te advertí que te enfadarías.

Una parte de mí quería sentir ira: un puño ardiente me estrujaba el pecho. Habría sido fácil perder los modales. Pero tenía tan pocos aliados en aquel momento que me pareció una tontería alejarla. Y había entregado a Geisler y evitado que la policía me encontrara, y ahora me miraba con las cejas fruncidas y la boca apretada, con la expresión más sincera que había visto en su rostro, como si no supiera qué pasaría si yo me marchaba y la dejaba.

Y seguía allí. No había huido de mí.

—Estoy enfadado, pero no contigo.

—¿Estás seguro?

—El culpable es Geisler. Tú trabajabas para él, lo entiendo. Hiciste lo que te pidió. Por lo menos, hemos podido devolverle el favor.

Su boca dibujó media sonrisa.

—Ese bastardo ha recibido lo que merecía.

—Algo así.

—Me gustaría ayudarte a sacar a tus padres de la cárcel. No puedo deshacer mis acciones, pero al menos puedo hacer eso. —Cuando no dije nada, ella añadió—: Sé que no estás acostumbrado a que la gente esté a tu lado, pero yo sí. Lo juro. —Puso su mano sobre la mía, y cuando la estrechó, el puño que me estrujaba el pecho comenzó a aflojarse—. Deberías comer algo.

—No, estoy bien. Tengo que ir a ver a Oliver.

—¿Cuándo fue la última vez que comiste?

—No sé, ¿en Alemania?

Aparte de las *chouquettes* de la noche anterior, no podía recordar la última comida.

—Cenaremos algo y luego iremos a ver a tu hermano. Te sentirás mejor una vez que hayas comido.

No me gustaba la idea de perder tiempo, pero no parecía probable que Clémence se echara atrás.

—Sí, madre —murmuré.

Ella se rio. Salimos de la posada y seguimos el curso del Ródano mientras se abría camino por la ciudad, por Vieille Ville. Nos encargamos de evitar los braseros y la música que salía del mercado navideño. Sobre la plaza, las manecillas negras de la torre parecían sombras de títeres en el cristal iluminado del reloj.

Casi todo, excepto el mercado navideño, estaba cerrado, pero encontramos a un hombre que vendía unas salchichas con repollo de dudoso olor en un carrito en los límites del distrito financiero y nos sentamos en los escalones de una iglesia para comer. No tenía apetito, pero me lo comí todo porque Clémence me observaba para asegurarse de que no me dejara nada. Me sentí mejor después, pero no se lo dije.

—La subida al castillo es larga —sentencié mientras terminábamos—. No es necesario que vengas.

—Pero quiero hacerlo.

—Oliver no es… —No estaba seguro de cómo explicárselo, así que solo dije—: No está acostumbrado a ver gente. Puede que reaccione mal.

Ella se lamió la grasa del pulgar y me miró.

—Tu hermano cree que es el único hombre mecánico de su clase, y tal vez yo no haya vuelto de entre los muertos, pero él y yo somos diferentes al resto de la gente mecánica. Es muy incómodo vivir sin un brazo o una pierna, pero puedes sobrellevarlo. Oliver y yo… —Ella vaciló, y sus dedos acariciaron la placa de metal que tenía debajo de su abrigo—. Nosotros estaríamos muertos sin maquinaria. Es de lo que estamos hechos. Tal vez si me conoce, si descubre que hay alguien como él, no se sentirá tan solo. También sería bueno para mí, pero no sé si eso importa.

Agachó la cabeza cuando lo dijo, así que una cortina de pelo blanco cayó entre nosotros y no pude ver su rostro. Entendí con un profundo dolor que había estado tan preocupado por mis asuntos desde que habíamos llegado que casi no me había detenido a pensar lo que significaba para ella estar aquí y saber que Oliver existía, una chica con engranajes bajo la piel, que hasta entonces creía que nadie más en el mundo vivía y respiraba gracias a la mecánica. Tenía ganas de disculparme, pero no sabría qué decir si me preguntaba por qué. Así que dije:

—Ven conmigo entonces.

Cuando retomamos la caminata, las primeras estrellas empezaron a brillar entre las nubes delgadas.

—¿Deberíamos bajar por el río? —preguntó Clémence cuando nos acercábamos al puesto fronterizo—. Quizás sea más seguro.

—No creo que vayamos a tener problemas.

El sendero del río sería más lento, y de pronto me entraron ganas de salir corriendo hasta el castillo. Estábamos tan cerca que parecía irreal.

Contuve la respiración mientras pasábamos por el puesto. Los oficiales de turno levantaron la vista, pero ni nos detuvieron ni parecieron interesados en nosotros.

Cuando llegamos a las colinas, el camino se volvió empinado. Me preocupaba que Clémence, con sus pulmones dañados, no pudiera subir, pero no se quejó ni pidió ayuda ni descanso. Era difícil ver, y la oscuridad se hizo más profunda en el espesor del bosque. No podía evitar mirar hacia atrás cada vez que una sombra se movía. Me paré en seco dos veces cuando tuve la sensación de escuchar pasos a nuestras espaldas, que hacían crujir la nieve. Clémence también se detuvo.

—¿Qué pasa? —preguntó.

—He escuchado algo.

Ambos nos quedamos quietos un momento, y el silencio de las colinas lo inundó todo. Intenté ver en la oscuridad, pero con las sombras de los pinos y los acantilados era difícil distinguir nada.

Entonces, Clémence dijo:

—Alasdair, ahí no hay nada.

—He debido imaginarlo —respondí, aunque estaba seguro de que no.

Comenzamos a escalar de nuevo, pero no pude convencerme de que estábamos solos en la noche. Los versos del poema de Coleridge aparecieron en mi mente: «pues sabe que un demonio muy temible / sigue sus pasos bien de cerca».

Cuando llegamos a la cima de la colina y el Château de Sang apareció contra el cielo negro, Clémence finalmente se detuvo, y yo también, aliviado de tener una excusa para recuperar el aliento.

—¿Ya hemos llegado?

—Sí.

—Es precioso. ¿Vivía alguien aquí?

—Durante una época. Luego, fue una cárcel.

—¿Y ahora qué es?

Me envolví en el abrigo.

—Vamos, vamos.

La guie a través del patio abandonado y por la parte de atrás hasta la entrada de servicio por la que solía entrar. Después de unos segundos, me di cuenta de que habían forzado la puerta. Me incliné para mirar la cerradura y pasé los dedos por el pestillo. Era difícil de ver con la escasa luz de la luna, pero palpé los rasguños en la cerradura, las marcas que alguien torpe había dejado al abrirla a la fuerza.

—¿Qué pasa? —murmuró Clémence.

—Creo que alguien ha estado aquí —le contesté—, o puede que Oliver se haya marchado.

—¿Cuál es la mejor opción?

—No tengo ni idea.

Metí la llave en la cerradura y abrí la puerta. Por alguna razón, la oscuridad parecía más profunda que antes. Me aseguré de que Clémence me siguiera.

Subimos las escaleras desde la cocina hasta el pasillo desierto del vestíbulo. Rara vez había visitado a Oliver por la noche, y me sorprendió lo sombrío y silencioso que era el lugar.

Los techos abovedados desaparecían en la oscuridad y cada paso resonaba como una avalancha. Yo estaba nervioso, pero si Clémence tenía miedo, no lo demostraba. Solo se sobresaltó cuando su pie atravesó una viga podrida en las escaleras y tuve que sujetarla de la mano para que no se cayera.

—Lo siento, las escaleras son un poco traicioneras. Debería habértelo advertido.

—Habría estado bien.

Seguimos subiendo. Luego oí su voz a mis espaldas:

—Ya puedes soltar mi mano.

—Ah.

Me sorprendió advertir que todavía la sujetaba, y me sorprendieron aún más las pocas ganas que tenía de soltarla.

—¿Crees que tal vez…?

Me detuve, pero ella entendió lo que yo estaba a punto de decir. Sus dedos se entrelazaron con los míos.

—Sigamos —dijo, y continuamos subiendo, sujetados de la mano. Cuando llegamos al segundo rellano, señaló—: Huele a pólvora.

—Es del sótano —le dije—. Las autoridades de la ciudad guardan explosivos aquí.

—Me recuerda a París.

—No recuerdo que París oliera a pólvora.

—Mi padre era fabricante de bombas, ¿recuerdas? La pólvora me recuerda a mi casa.

Al final de las escaleras y al fondo del pasillo, vi una puerta abierta. La luz dorada del fuego se asomaba desde el interior. Las tiras de empapelado que se desprendían de la pared parecían espinas a la sombra.

La habitación era una antecámara grande y abierta que se conectaba a lo que alguna vez había sido un dormitorio. Las ventanas con barrotes dominaban desde la altura los tejados iluminados por la luna, y a lo lejos se veía el reloj brillante en la torre, como si fuera el halo de un ángel en un cuadro de la Anunciación. El fuego ardía en el hogar, las llamas saltaban hacia la chimenea, y se veía una figura recortada contra la luz. No era Oliver. Era una mujer. Se volvió cuando entramos y el fuego enmarcó su perfil oscuro, así que no supe quién era hasta que habló.

—Alasdair —dijo, y al oír su voz todo en mí se aquietó.

—Mary Godwin —contesté.

CAPÍTULO TRECE

Mary dio un paso hacia mí y el fuego la iluminó, así que la vi con claridad, como una aparición que se materializaba entre el humo. Estaba… distinta. Fue la única palabra que se me vino a la mente. La Mary que había conocido dos años atrás tenía el rostro redondo, las mejillas rosadas y los labios carnosos, y una figura que ni siquiera un vestido holgado podía ocultar.

Pero aquella mujer, el espectro de mujer que tenía ante mí, había envejecido mucho más de lo que yo creía posible en dos años. Tenía las mejillas hundidas, ojeras oscuras y parecía asustada, algo que nunca antes había visto en Mary.

—Alasdair —repitió, y dio otro paso hacia mí.

Dirigió la mirada a las manos de Clémence y las mías, entrelazadas, y la satisfacción de la venganza se mezcló con mi sorpresa.

—¿Qué haces aquí? —le pregunté.

—He venido a verte. Te dije que vendría a Ginebra, en la carta.

—Nunca llegué a leerla.

—Ahora lo sé —dijo ella, y se me hizo un nudo en el estómago.

—¿Dónde está Oliver?

—Aquí.

Hubo un chirrido en la oscuridad y Oliver se acercó al fuego. Su pipa, encendida y humeante entre los dientes, arrojaba una luz sangrienta en su rostro y hacía que sus ojos parecieran negros.

—Has vuelto.

—¿Creías que te había abandonado?

—Era la única conclusión lógica. —Echó un vistazo a su alrededor, a Clémence, a Mary y a mí—. Bueno, es la primera vez en dos años que tengo tantas visitas. Es casi una fiesta.

—¿Qué hace Mary aquí?

No estaba de humor para bromas. Quería saber qué estaba pasando y cuánto tiempo pasaría antes de que Oliver estallara.

Aspiró una larga bocanada de la pipa, luego echó la cabeza hacia atrás y lanzó el humo al aire. El mecánico que había en mí, el Aprendiz de Sombras que siempre sería el creador de Oliver, se estremeció al pensar en el daño que la pipa le haría a sus pulmones de papel engrasado.

—Cuando vi que pasaban varios días sin que aparecieras por aquí, creí que por fin te habías cansado de jugar a ser el padre de tu creación y me habías dejado encerrado, para que muriera.

—Ya he vuelto.

—¿Para deshacerte de mi cadáver antes de que alguien encontrara al hombre que resucitaste?

Apreté el puño dentro del bolsillo. No esperaba que estuviera contento de verme, pero tampoco que fuera tan hostil.

—He vuelto para sacarte de aquí.

Oliver se cruzó de brazos y me miró fijamente. Su pipa se movió cuando apretó la mandíbula.

—Entonces, ¿a dónde fuiste?

Miré a Clémence, preguntándome si valía la pena mentir, y de pronto arrepentido por haberla traído.

—A Ingolstadt. Arrestaron a nuestros padres y Geisler me ofreció protección.

—Ah, bien, así que además te has hecho amigo de mi asesino.

—Necesitaba ponerme a salvo en alguna parte —lo interrumpí—. No te he abandonado nunca, Oliver, siempre he tenido la intención de volver. Y he vuelto.

—¿Has venido a buscarme para que el doctor loco experimente conmigo? —Antes de que yo pudiera decir que no, él entrelazó las manos en un gesto de alegría fingida. Los engranajes de la mano mecánica rechinaron—. Ah, ¡y mira quién ha venido a visitarte mientras estabas de viaje! Mary Godwin, la poetisa perdida del año en que morí. Su carta dulce y tierna estaba entre las páginas de uno de los libros que me trajiste y decía que vendría de visita. Eso me ayudó a recordarla. Ella —dijo señalando a Mary con un dedo plateado— creía que yo no recordaba nada, pero todo estaba ahí en alguna parte de mi memoria, a la espera. He podido recordar que vosotros dos solíais coquetear, y que cuando ella se marchó te pusiste triste. —Él miró a Clémence—. Sin embargo, parece que al fin lo has superado.

Sentí que la mano de Clémence intentaba liberarse de la mía, pero me aferré a ella. Tenía miedo de desplomarme si no encontraba a qué sujetarme.

—¿Por qué has venido? —le pregunté a Mary.

Ella miró a Oliver, y él extendió las manos.

—Adelante, díselo.

—Me pasé por la tienda —respondió Mary con voz temblorosa—, y todo estaba destrozado. Creí que si habías conseguido huir, estarías aquí con Oliver, así que vine a buscarte. Pero no estabas, y luego ya no pude salir. —Miró de reojo a mi hermano—. Ninguno de los dos ha podido.

—Esta prisión es perfecta, Ally —agregó Oliver—. No evita que la gente entre, pero sin duda impide que salga.

No le presté atención a Oliver y le pregunté a Mary:

—¿Cuánto tiempo llevas aquí?

—Cuatro días.

—Es buena compañía —Oliver volvió a interrumpir, como si no pudiera tener la boca cerrada más de un segundo—, la primera en años. La señora Shelley, ¿sabías que es la señora Shelley? —Sujetó a Mary por la muñeca y levantó su mano para que el anillo de oro que llevaba reluciera a la luz del fuego. Ella se sobresaltó—. ¿Estás destrozado?

Estaba agradecido de que la oscuridad ocultara mis mejillas enrojecidas: me ardían tanto que creí que mi rostro iba a incendiarse.

—Basta —dije bruscamente, pero Oliver solo se rio.

Soltó la muñeca de Mary y se dejó caer en la silla que estaba bajo la ventana, con las piernas mal cruzadas por sus articulaciones mecánicas.

—¿Por qué estás enfadado conmigo?

—¡Porque te fuiste! —gritó, con voz cortante, y me lanzó su pipa. La esquivé, pero de todas formas algunas hebras de tabaco caliente me tocaron las mejillas—. ¡Me dejaste aquí para que me muriera, para que me pudriera!

—No fue así. ¡No tenía alternativa! Allanaron la tienda, la policía me perseguía. Tenía que irme de Ginebra. ¿Por qué iba a abandonarte? ¡Tú eres mi vida!

—Al parecer, tienes otra vida que yo no conocía. —Hundió el dedo de metal en un montón de tabaco ardiente que había caído en el brazo de la silla para que quemara el tapizado—. Durante todo este tiempo creía que estabas trabajando en la tienda, pero estabas ocupado con tus actividades literarias.

—¿Actividades literarias? —repetí, mientras el miedo crecía—. ¿Qué quieres decir?

—¿Creías que no me daría cuenta? Qué insultante.

Oliver sujetó un libro que estaba junto a la silla y me lo lanzó. Sabía qué libro era, pero fingí sorpresa mientras miraba el lomo: *Frankenstein o el moderno Prometeo,* con un espacio en blanco bajo el título, donde debería haber estado el nombre del autor. Así que sí lo había olvidado allí.

—¿Para qué me das el libro? —dije con voz vacilante, a pesar de mis esfuerzos, y reprimí las ganas de mirar a Mary.

—Quería pedirte un autógrafo —respondió—. Dicen que los libros valen mucho más dinero cuando están firmados por el autor.

Esta vez miré a Mary. Ella esquivó mi mirada.

—Yo no lo he escrito —dije.

Oliver continuó con su discurso como si yo no hubiera hablado.

—Al principio, pensé que era de Geisler. No podía creer que un chico con relojes en la sangre pudiera escribir algo tan elegante. Nunca me has contado que fueras escritor. —Me miró como si estuviera esperando a que me rompiera y confesara. Cuando no respondí, dejó caer la cabeza hacia atrás sobre el brazo de la silla con un suspiro—. Vamos, Ally, ¿realmente no vas a admitir que eres tú?

—Yo no lo he escrito —repetí.

—Claro que sí. ¡Somos nosotros! —gritó, y de pronto cruzó la habitación y se detuvo delante de mí, imponente. Nunca me había dado cuenta de lo alto que era hasta aquel momento. Me agarró por el abrigo y me apartó de Clémence de un tirón, casi me levanta en el aire. Vi la cicatriz irregular que recorría la línea de su cabello como una vena en su frente tensa—. Se trata de mí, y de ti, y me devuelves la vida, ¡habla sobre nosotros!

Detrás, Mary dijo en voz baja:

—No ha sido Alasdair.

—¿No? —aulló Oliver—. ¿Es una gran coincidencia? Un joven que resucita a los muertos para llamar la atención de una universidad famosa y lo único que consigue es crear un monstruo. ¿No suena eso un poco como nuestro Alasdair Finch? Y qué casualidad: ¡sucede en Ginebra e Ingolstadt, y habla de mi vida!

Me empujó y tuve que aferrarme a la ventana para no caer. Miré a Mary y luego a Clémence. Las dos me observaban y advertí que, en aquella habitación, Oliver era el único que no sabía la verdad.

Cuando hablé, mi voz vaciló al ritmo de mi corazón.

—Sé que habla sobre nosotros, Oliver, pero te lo juro, no lo he escrito yo.

—Me están buscando —dijo, sacudiendo los hombros—. Mary me lo ha contado todo. Han organizado una cacería para encontrar al hombre resucitado. La policía está arrestando a todas las personas mecánicas que encuentra por la calle, para asegurarse de que no soy yo. Y las personas mecánicas quieren que lidere su rebelión. La gente hace motines en mi nombre.

Di un paso hacia él, sin saber qué decir, pero seguro de que él no me creería.

—Oliver, no he escrito…

Todo sucedió tan rápido que no anticipé que se estaba moviendo hasta que su puño me dio en el rostro. Hizo uso de la mano mecánica, me golpeó tan fuerte que me desplomé, y vi estrellas mientras caía.

Nunca antes me había golpeado. Al menos no desde que éramos niños y no conocíamos otra forma de resolver las peleas.

Mary lanzó un alarido. Me preparé cuando Oliver vino de nuevo hacia mí, pero retrocedió de pronto con un grito de dolor. Clémence había agarrado su brazo mecánico por la articulación y lo había retorcido. Él se sacudió, y golpeó a Clémence en la barbilla con el codo. Ella trastabilló y un hilo de sangre brotó de su labio, pero se limpió la boca y se volvió para mirarlo, con las rodillas flexionadas como si estuviera lista para una pelea.

Oliver se volvió hacia ella y comenzó a avanzar. Intenté ponerme de pie, pero se me nubló la vista y caí sentado.

—¿Y tú quién eres? —preguntó mientras daba otro paso en dirección a Clémence—. No nos han presentado.

Ella no retrocedió.

—Soy alguien como tú —respondió ella.

Oliver soltó una única carcajada.

—No hay nadie como yo en todo el mundo.

—Sí, yo.

Clémence agarró a Oliver del brazo mecánico y lo golpeó contra su propio pecho. Se oyó un ruido hueco, metal contra metal.

Oliver se sorprendió, y levantó la vista para mirar a Clémence a la cara.

—Qué demonios.

Con una mano todavía alrededor de la muñeca de Oliver, Clémence bajó el escote de su vestido y le mostró el panel de metal brillante que había debajo.

—No estás solo en este mundo —dijo en voz baja.

Durante un momento, Oliver la miró como si estuviera a punto de besarla. No había entendido lo solo que estaba hasta que vi esa alegría en su rostro, las mejillas radiantes de pronto y con un color que no habían tenido en años.

—Así que no eres su novia —dijo—. Eres su experimento.

—No soy de Alasdair. No pertenezco a nadie.

—Pero alguien te creó.

—Geisler —respondió ella—. Deberías enfrentarte a él, no a Alasdair.

—Mi querido hermano —dijo Oliver, y se atragantó con las palabras— se ha vuelto en mi contra.

Finalmente, pude ponerme de pie.

—No, Oliver, lo juro.

—No te creo.

—Él no ha escrito el libro —dijo Clémence.

—¿Cómo lo sabes?

Había comenzado a gritar de nuevo, y su voz rebotaba contra el falso techo alto y resonaba en toda la habitación.

—Si no ha sido Alasdair, ¡dime quién ha sido!

—He sido yo —admitió Mary.

Oliver se quedó helado, mirándola con la boca deforme entreabierta. Yo también me paralicé: la esperanza de que pudiéramos marcharnos sin heridas se había hecho trizas. Había confesado para defenderme, lo sabía, pero no podría haber elegido un peor momento para hacerlo. Me había quitado el poco control que yo tenía sobre Oliver.

Mary pareció tomar el silencio como una señal para seguir hablando, porque comenzó a explicar, imprudente y a toda prisa.

—Tras marcharme de Ginebra, lo anoté todo, todo lo que podía recordar sobre la resurrección, y se lo enseñé a mi marido.

Cállate, le supliqué en silencio. *¡Cállate, por favor!* Pero ella no se detuvo.

—No iba a hacer nada, pero luego… —se le entrecortó la voz—. Oliver, lo siento. No me detuve a pensar.

Oliver no dijo nada durante un momento. Se quedó quieto. La luz del fuego se reflejó en sus partes mecánicas, y me pareció ver el esqueleto plateado a través de la piel, barras y más barras que se unían como afluentes de un río para darle esa forma retorcida.

—Nos has vendido —dijo Oliver, en voz tan baja que tuve que esforzarme para entenderlo entre el crepitar del fuego.

—Lo siento —susurró Mary. Unió las palmas de las manos como si estuviera rezando—. Por favor, mi intención nunca ha sido la de hacerte daño. No me detuve a pensar…

Sus palabras se convirtieron en un alarido cuando Oliver se lanzó hacia ella, tan rápido como antes, pero esta vez no me tomó por sorpresa. Salté hacia adelante y lo sujeté por los hombros, intentando retenerlo, pero él me levantó del suelo.

Mi peso bastó para detenerlo, y se detuvo, demasiado lejos de Mary para alcanzarla con un golpe. Luego se dio la vuelta bruscamente, y caí al suelo. Mi codo golpeó la piedra y una punzada aguda de dolor me recorrió el brazo. Clémence comenzó a avanzar: la veía con el rabillo del ojo, pero no parecía querer detener a Oliver. Se movía sin dirigirse a nadie en especial.

Oliver sujetó a Mary por los hombros, la empujó contra la pared y la inmovilizó con su brazo mecánico. Él le gritaba palabras feroces a todo volumen que yo no alcanzaba a entender, y ella lloraba ríos de lágrimas. Oliver levantó el puño, y la luz del fuego captó el destello de un objeto en su mano. Cuando su brazo comenzó a descender sobre Mary, me puse de pie y salté para interponerme entre ellos, para que su puño cayera sobre mi hombro y no sobre el de ella.

No entendí que me había apuñalado hasta que vi que la sangre comenzaba a acumularse en mi clavícula. Los dos vimos la mancha oscura que comenzó a estirar sus dedos sobre mi camisa. Oliver levantó la vista y creí ver un atisbo de pánico o remordimiento, una chispa de alguien que no había visto desde su muerte. Durante un momento, pareció casi humano.

Puede que durara más de un instante, pero entonces sentí el dolor, agudo y repentino, y me desmayé. Mary me atrapó antes de que mi cabeza diera contra el suelo, y nos desplomamos juntos. Todos los ruidos se apagaron, como si estuviera en un túnel silencioso. Miré a Mary. Sus labios se movían, y comprendí que pronunciaban mi nombre.

—¡Alasdair! ¡Alasdair, quédate aquí conmigo!

Ella me sostenía por la nuca. Yo quise decirle que no pensaba marcharme, pero en cambio murmuré:

—Lo siento.

Fue lo único que pude decir. Intenté incorporarme, pero mi cabeza pesaba demasiado. Mary me ayudó a levantarme y me sostuvo mientras descansaba la mejilla sobre su hombro. Ella seguía repitiendo mi nombre, como si no recordara ninguna otra palabra.

Oliver todavía estaba de pie junto a mí, con la mano mecánica apoyada en la frente y la boca retorcida. La mano sana, la mano de carne y hueso, sostenía unas pinzas, y gotas de sangre caían de la punta. Eran mis pinzas, las que había dejado allí en mi última visita. Mis pinzas, y mi sangre.

Solo Clémence mantuvo la calma. Vino a mi lado, se quitó la bufanda y la presionó contra mi hombro. No fui consciente de que me había quejado hasta que ella dijo con dulzura:

—Cállate, sé que duele.

Sentía los latidos de mi corazón en toda la piel, como una corriente eléctrica, mientras bombeaba para compensar la sangre tibia que estaba perdiendo sin parar. Retumbaba y retumbaba en mi cabeza, en mis tímpanos, en cada centímetro de mi cuerpo como si yo fuera un tambor.

De pronto, cuando Oliver y Clémence miraron hacia la puerta, entendí que no era solo el ruido de mi corazón.

—¿Qué ha sido eso? —dijo ella.

Sonaba a engranajes y maquinaria, como si hubieran encendido un motor en las entrañas del castillo, y cobrara fuerza poco a poco. Se acercaba. Oliver sujetó las pinzas con fuerza, y se detuvo frente a la puerta.

Entonces, de pronto, la habitación se llenó. Unas formas oscuras inundaron el cuarto, y reconocí su vacilar, su caminata rígida, sus rostros inexpresivos. Eran los autómatas, los autómatas de Geisler: seis de ellos avanzaban hacia nosotros. Y en medio estaba el propio inventor, el Dr. Geisler, con el jefe de policía Jiroux a su lado, que hizo una entrada triunfal, vestido con su gran abrigo y un tricornio negro. El sonido de los engranajes que se movían dentro de los autómatas parecía amplificarse por el falso techo alto de la habitación, pero conseguí escuchar a Geisler decirle a Jiroux:

—Es él, inspector. Ese es el monstruo de Frankenstein, el hombre resucitado.

A mi lado, Clémence insultó por lo bajo; luego apartó la mano de mi hombro para levantarse. Yo también quería estar de pie, no quería enfrentarme a ellos desde el suelo, pero Mary se aferró a mí y la oí susurrar:

—Todo irá bien —dijo como si creyera que vendrían a salvarnos.

No, nada irá bien, pensé. Nada iría bien porque la policía y los autómatas de Geisler estaban allí, y yo los había llevado directamente hasta Oliver.

Era posible que Oliver no recordara a Jiroux, pero reconoció a Geisler. Lo noté en su postura: enderezó los hombros, flexionó las rodillas. Luego dijo, en una voz muy baja que era más aterradora que sus gritos:

—Aléjate de mí.

Geisler dio un paso adelante y levantó las manos como si se estuviera acercando a un perro salvaje.

—No hemos venido a hacerte daño, Oliver.

—No, has venido para sacarme de aquí y desarmarme en tu laboratorio.

Geisler dio otro paso. Oliver sujetó una silla que estaba junto a la chimenea y la alzó para usarla de escudo. Jiroux buscó su pistola, pero Geisler sacudió la cabeza.

—No es necesario hacerle daño.

—Entonces, ¿vas a sacarme de aquí? —gritó Oliver—. ¿O has venido para matarme de nuevo y terminar con el asunto de una vez por todas?

Mi corazón se aceleró cuando Geisler le respondió:

—Yo no te maté, Oliver. —Oliver lanzó una risa, aguda y estremecedora—. Y estoy contento, muy contento de que estés vivo.

Jiroux resopló a su lado.

—Dese prisa, doctor.

—Mírate —continuó Geisler, alzando su voz sobre la de Jiroux—. Eres una maravilla, una maravilla de la ciencia.

Oliver estrujó la pata de la silla, y la madera se astilló bajo la presión de la mano mecánica.

—No soy ciencia, doctor.

—Es una amenaza para la seguridad de esta ciudad —interrumpió Jiroux.

—¡No sabes nada de mí! —aulló Oliver.

—Sé que eres una creación que va en contra de la naturaleza y una abominación —respondió Jiroux—. Si no vienes por tu propia voluntad, recurriremos a la fuerza.

—No es necesario hacerle daño —repitió Geisler.

Intentó alejar la mano de Jiroux de la pistola, pero él lo evitó.

—Haré lo que sea necesario, doctor.

—No es lo que hemos acordado.

—¿Cuándo? —dijo Jiroux—. ¿Usted cree que tiene algún tipo de poder? Es un criminal.

Geisler se volvió hacia Oliver, con los brazos extendidos.

—Te lo juro, Oliver, no van a hacerte daño.

—¡Usted no tiene poder! —rugió Jiroux al mismo tiempo que Oliver gritó:

—¡Mentiroso! —Y arrojó la silla, que se estrelló contra la pared cuando Geisler la esquivó.

Geisler y Jiroux se acobardaron.

Oliver intentó correr hacia la puerta, pero solo había avanzado unos pocos pasos antes de que Jiroux sacara su pistola y disparara dos veces. El primer disparo erró, pero el segundo le dio a Oliver en el pecho con un sonido metálico y lo arrojó contra la pared. Grité, pero Oliver volvió a ponerse de pie en un instante y salió corriendo de nuevo.

De un golpe, Geisler le arrancó la pistola, que se deslizó por el suelo.

—¡Le dije que no disparara! —Luego se dirigió a los autómatas—: ¡Traédmelo!

Los autómatas se activaron y comenzaron a avanzar. Se detuvieron frente a Oliver y lo alejaron a empujones de la puerta. Creía que ya lo tenían acorralado, pero Clémence intervino.

Uno de los autómatas intentó apartarla de un golpe, pero ella levantó las manos antes de que pudiera tocarla. Se produjo un destello de luz y el autómata se desplomó con la barbilla contra el pecho y los brazos muertos a los lados.

Clémence mantuvo las manos en alto y vi las placas brillantes en las palmas: llevaba puestos los guantes de reanimación.

—Quédate detrás de mí —le gritó a Oliver, y volvió a hacer uso de los guantes.

Se produjo otro destello, y dos autómatas más cayeron. Lo intentó de nuevo, pero en aquella ocasión solo se produjo un parpadeo estático. Se frotó las palmas, rápido y con fuerza, pero los autómatas se estaban acercando. Oliver golpeó a uno en el pecho y lo hizo volcar. Otro atrapó a Clémence y la agarró por la garganta. La levantó del suelo, pero ella apoyó sus manos en las sienes plateadas, y una luz pálida se dibujó en el esqueleto de metal. El autómata se tambaleó, y ella consiguió liberarse.

Entonces el brazo del autómata se levantó de pronto y la golpeó en la cara. Ella perdió el equilibro, se llevó la mano a la mejilla, y el autómata le dio un puñetazo en el pecho. Se oyó el ruido del metal sobre el metal. Clémence salió volando por el golpe, y cayó al suelo con un grito ahogado. *Levántate*, pensé, pero se quedó inmóvil donde había aterrizado.

Oliver se había quedado solo contra ellos, y retrocedió hasta un rincón gritando como un animal. Jiroux, Geisler y Oliver gritaban, y los engranajes de los autómatas rechinaban, y el ruido me abrumó.

Yo había perdido demasiada sangre y ya no entendía lo que sucedía. Sentía cada vez más frío en la habitación, y el tiempo parecía saltar como si estuviera soñando: algunos segundos se detenían y luego se adelantaban de pronto, me latía la cabeza y el corazón me reverberaba por todo el cuerpo hasta los dientes. Del dolor, tuve que cerrar los ojos.

Desde algún lugar, que parecía estar a kilómetros de distancia, oí hablar a Jiroux:

—Seden a la criatura y asegúrense de que esté bien atada antes del traslado. Doctor, ¿le importaría hacerse cargo de eso?

Los engranajes de los autómatas traqueteaban con el movimiento y los pasos de metal sobre las losas sonaban como disparos, pero la voz de Geisler todavía se dejaba oír entre el ruido.

—Lo superaremos juntos, Oliver, tú y yo. Te protegeré. Debes confiar en mí.

Escuché a Oliver lanzar un grito de batalla, y abrí los ojos de nuevo, justo a tiempo para verlo arrancarse a dos autómatas que lo sujetaban, empujar a Geisler contra la pared y enterrar las pinzas en su garganta.

Tal vez fue aquello lo que me llevó hasta el límite, no lo sé. Pero en aquel instante caí de espaldas sobre Mary, y perdí el conocimiento.

CAPÍTULO CATORCE

Solo me había desmayado una vez en toda mi vida.

Sucedió al comienzo del verano, en Ginebra, cuatro días después de conocer a Mary (es raro que lo recuerde), y durante el primer día del juicio a Geisler. Los que estaban a favor y en contra habían llevado a cabo protestas a lo largo de toda la mañana, y cuando terminaron los procedimientos en el juzgado, las cosas empezaron a ponerse difíciles. La policía tenía las manos ocupadas intentando evitar que estallaran disturbios en cada calle.

Oliver y yo fuimos a ver el juicio, y camino a casa terminamos en mitad de una protesta. La policía vino a disolverla, y un oficial me golpeó con su porra cuando pasó y me dejó sin aliento. Recuerdo que me detuve en la calle, escuché que alguien venía corriendo a mis espaldas y me di la vuelta. Cuando volví a despertar estaba acostado en mi camastro y me latía la cabeza. Estaba oscuro, y Oliver estaba sentado a mi lado como si estuviera velando por mí. Tenía la mano en mi muñeca, para sentir mi pulso. Había estado esperando que me despertara, pero yo no me moví, así que nos quedamos así, lado a lado, hasta que salió el sol.

No tuve sueños. Ni siquiera me di cuenta de que estaba inconsciente. Fue como cerrar los ojos en un momento y abrirlos en otro lugar al siguiente. La segunda vez fue igual. Me había caído de espaldas en el Château de Sang, y cuando desperté, una luz pálida y constante hundía sus dedos bajo mis párpados hasta que los abrí de golpe. Ahogué un grito.

Sol. Estaba despierto y vivo, y había sol, y Mary estaba a mi lado con su mano fría contra mi mejilla.

—Mary.

Intenté sentarme, pero apoyó su mano sobre mi pecho para que no me incorporara.

—No hagas ningún esfuerzo.

Solo estaba tratando de sentarme, pensé, pero entonces un dolor palpitante en el hombro comenzó a crecer. Y me acordé de todo. Giré la cabeza todo lo que pude y vi el vendaje blanco que envolvía mi clavícula y mi pecho. De pronto, el dolor me apuñaló tan violentamente que se me nubló la vista y tuve que cerrar los ojos.

—Toma, bebe esto.

Volví a abrirlos. Mary me ofrecía una taza.

—¿Qué es?

—Té.

Me llegaron volutas de vapor amargo.

—¿Qué tiene?

—Té. —Mary miró su regazo—. Láudano.

—No lo quiero.

—Alasdair, tienes que descansar. Calmará el dolor.

—No me duele nada —dije e intenté ocultar una mueca mientras miraba la habitación.

Era simple y con aspecto de hospital: paredes de piedra cubiertas de cal y una sola ventana con barrotes que dejaban entrar la luz del sol. En un rincón, había una chimenea cubierta de brasas y cenizas, y también estaban mi cama y la silla de Mary. Habían perforado la pared por varios sitios para colocar ganchos de metal.

—¿Estoy en la cárcel? —pregunté.

—Algo así —respondió Mary—. Estás en una cárcel. Y puede que haya cadenas. —Su mirada se dirigió a mis pies. Tenía un grillete de hierro atado al tobillo y la cadena estaba sujeta a uno de los ganchos de la pared, para que no pudiera moverme—. Y hay un guardia fuera, en la puerta, así que ten cuidado con lo que dices. Pero no estás arrestado, al menos no todavía.

—Maldición. —Me froté los ojos, intentando disipar la niebla que me nublaba la mente—. ¿Cuánto tiempo he estado inconsciente?

—Casi un día y medio. Tenías mucha fiebre cuando te trajeron hasta aquí y has perdido mucha sangre. —Se frotó las manos en la falda como si estuviera intentando limpiarlas—. ¿Cuánto recuerdas?

—Demasiado. Geisler…

—Está muerto.

La imagen de Oliver clavando las pinzas en la garganta de Geisler pasó delante de mis ojos y me dio náuseas.

—¿Y Oliver?

—Se ha escapado.

—¿Consiguió salir? —pregunté, y ella asintió—. Maldición, ¿y los autómatas? ¿Y el jefe de policía?

—Huyó con tu amiga, en realidad —dijo Mary, con la voz repentinamente entrecortada—. ¿Cómo se llamaba?

—Clémence.

—Sí, Clémence. Se escapó con ella.

—Qué demonios.

Comencé a quitarme las vendas del hombro, pero Mary me sujetó la mano. Un temblor me recorrió el brazo.

—¿Qué haces?

—Quiero ver si el cirujano de la cárcel ha hecho bien las suturas.

—No las ha hecho un cirujano de la cárcel, sino tu padre.

—¿Mi padre? ¿Está aquí?

—Lo trajeron para que te atendiera, y se lo llevaron a su celda en cuanto terminó.

—¿Y mi madre?

Ella negó con la cabeza.

—No lo sé.

—Quiero ver a mi padre.

—Necesitas descansar —contestó ella, con un tono autoritario que recordaba muy bien—. Duerme ahora, mientras puedas. No sé si te dejarán en paz una vez que sepan que te has despertado.

—No puedo dormir —dije, cuando por fin conseguí sentarme con la ayuda del marco de la cama—. Tengo que encontrar a Oliver.

—Alasdair. —Su mano atrapó la mía, y me miró muy seria. Podía sentir la banda fría de su alianza de boda contra la piel—. No dejarán que te marches.

Se produjo un fuerte golpe en la puerta; un momento después, entró un hombre fornido con uniforme azul de policía. Vio que estaba sentado en la cama, vio la mano de Mary en la mía y se aclaró la garganta.

—Me han enviado a buscar al señor Finch una vez que estuviera despierto.

Mary frunció el ceño.

—Necesita descansar.

—El inspector Jiroux quiere hablar con él.

—Bueno, el inspector puede esperar.

Ella le lanzó una mirada furiosa, y él pareció acobardarse un poco.

—Me han enviado a buscar al señor Finch una vez que estuviera despierto.

—No está en condiciones…

—Estoy bien —dije, y ambos me miraron como si hubieran olvidado que estaba presente.

El oficial pareció aliviado cuando cruzó la habitación y desató la cadena de la pared. Mary se puso de pie, sin dejar de fruncir el ceño.

—Necesita descansar —insistió ella.

—Ha dicho que está bien. —El oficial dejó caer la cadena con un ruido—. Tu ropa está debajo de la cama —dijo mientras se iba—. Vístete. Vuelvo en un minuto.

Mary me ayudó a ponerme la camisa y me ató un cabestrillo alrededor del brazo para que no se abrieran los puntos que tenía en el hombro. Mis botas ya no estaban, y tuve que caminar descalzo junto al robusto oficial mientras me llevaba por el pasillo y cruzábamos la enfermería. No me había quitado el grillete del tobillo, y con cada paso arrastraba la cadena, que hacía ruido contra el suelo.

El oficial me guio hasta una habitación sin ventanas y cerró la puerta. En las paredes oscuras había manchas aún más oscuras, pero no quise pensar de qué eran, y había una sola silla en el centro, antigua y gastada, pero de aspecto sólido. Estaba atornillada al suelo.

Me senté aunque no me lo pidieron. El oficial sujetó la cadena de mi tobillo a uno de los tornillos.

—Lo siento —murmuró—. Es parte del procedimiento.

—No importa —le dije—. No tengo intención de salir corriendo.

Pasaron tan solo unos minutos antes de que la puerta se abriera y el inspector Jiroux entrara dando pasos largos, vestido con un abrigo oscuro y botas altas y negras que me dieron envidia. Se detuvo delante de mí con las manos detrás de la espalda. Su pelo canoso estaba revuelto y tenía el rostro demacrado y pálido, como si no hubiera dormido bien. Sentí una oleada de satisfacción cuando lo imaginé recorriendo las colinas de arriba abajo en busca de Oliver, pero sin encontrarlo.

Agotado o no, cuando habló, su voz era alegre y fuerte.

—Buenos días, señor Finch. —Cuando no contesté, él agregó—: ¿Cómo está su hombro?

—Bien —dije.

—No está de humor para comentarios amables, ¿verdad?

—Me gustaría saber qué va a pasar conmigo. Eso es todo.

Me observó un momento, con una sonrisa tan tensa que le temblaban los labios.

—Qué directo —dijo, y comenzó a caminar lentamente en círculos—. No sé si lo recuerda, pero llegué a conocer a su hermano antes de que muriera. O debería decir que había oído hablar de él. Tenía mala reputación entre los oficiales. Lo arrestamos en una ocasión por pelearse en algún bar. ¿No es así? —Me miró por encima del hombro, y yo asentí—. Se necesitaron tres hombres para poder llevarlo hasta el cuartel de la policía. Tan solo pretendíamos que pagara los daños, pero fue muy descarado. Mordió a uno de mis oficiales, así que lo retuvimos toda la noche. —Se detuvo delante de mí, con las manos todavía detrás de la espalda—. ¿Lo recuerda?

—Sí.

—Usted tiene un temperamento mucho más tranquilo.

—No soy mi hermano.

—Eso me queda claro. Aunque, considerando el incidente que tuvo lugar hace dos noches, creo que su hermano ya no es más su hermano. —Comenzó a caminar de nuevo, de un lado a otro, como un péndulo. La cruz en la cadena de su reloj rebotaba contra su chaleco con cada paso—. Cuando escuché por primera vez los rumores sobre el hombre resucitado los ignoré creyendo que eran desvaríos de fanáticos. Incluso leí ese libro, *Frankenstein*, ¿no se llama así? Pensé que no había ninguna posibilidad de que fuera real. Ninguna acción puede ser tan antinatural como la resurrección de un ser humano mediante mecanismos de relojería y circuitos.

Hice un ruido sin pensar, entre una risa y un gruñido.

Jiroux se detuvo de nuevo y me miró por encima del hombro.

—¿Va a misa, señor Finch? —Cuando no contesté, él asintió y dijo—: No, no esperaba que alguien como usted fuera a misa.

Dijo «alguien como usted» sin un rastro de ironía. Daba la sensación de que se estuviera compadeciendo de mí. Me mordí el interior de la mejilla.

—Espero que al menos conozca la historia de la creación —continuó—. «En el sexto día, Dios creó al hombre a su propia imagen». Entonces, ¿por qué usted y los otros que comparten su trabajo creen que pueden mejorar el diseño divino con piezas mecánicas? ¿Cree que es como Dios? —Frotó la cruz de oro y me miró a los ojos—. La Biblia es clara sobre el tema, señor Finch: los hombres con partes mecánicas y quienes los fabrican escupen en el rostro de Dios. Están condenados.

Pensé que era un razonamiento de mierda, de alguien que nunca había visto un cuerpo despedazado, pero no me atreví a decírselo encadenado a una silla.

—No hemos podido capturar a su hermano ni a la joven que lo ayudó a escapar —continuó Jiroux—, pero estamos seguros de que han vuelto a Ginebra. No podemos permitir que Oliver Finch se mueva libremente por la ciudad. Es una amenaza para la seguridad y un incentivo para un subconjunto ya ingobernable de nuestra población. Si el pueblo advierte la presencia del monstruo de Frankenstein, es probable que se produzca una ola de pánico.

—No sé dónde está Oliver —dije, pero siguió hablando como si no me hubiera escuchado.

—Nuestra fuerza policial nunca antes se ha enfrentado a algo similar. El Dr. Geisler nos dijo que las piezas mecánicas le habían dado a su hermano algunas cualidades sobrehumanas que nos harían más difícil capturarlo y detenerlo, pero yo no esperaba…

—Geisler no sabía nada —lo interrumpí, el veneno crecía en mi voz.

—Nos llevó hasta ustedes —respondió Jiroux, e hizo una mueca. Podría haber sido una sonrisa, pero en su rostro parecía un gesto de burla—. Parece que no era del todo ignorante.

Por supuesto que Geisler nos había delatado, tal como Clémence había anticipado. Me maldije por no haber sido más cuidadoso cuando nos dirigíamos hacia el castillo, no haber confiado en el instinto de que alguien nos estaba siguiendo.

—No hay forma de encontrar a Oliver —le dije—. Es solo un hombre que huye.

—Bueno, ahora tenemos a los Romperrelojes…

—¿Los qué?

—Los soldados autómatas de Geisler. Los confiscamos cuando lo arrestamos. Nos dijo que los llamaba Romperrelojes.

Un escalofrío me recorrió al oír el nombre.

—¿Va a utilizarlos para atrapar a Oliver?

—Geisler nos informó que los diseñó específicamente para capturar y restringir a los hombres mecánicos, en caso de que sus experimentos se descontrolaran. Pero ahora que Geisler ha muerto, los Romperrelojes son propiedad de la policía. No tengo ninguna duda de que serán muy valiosos para nuestra fuerza, tanto para detener a su hermano como para mantener a raya a la población mecánica de la ciudad.

Pensé en el carruaje de Depace aparcado fuera de la casa la mañana que nos marchamos. No había cadáveres en los ataúdes, sino autómatas, Romperrelojes fabricados para Oliver.

—Entonces, ¿qué quiere de mí? —le pregunté—. Ya tiene soldados mecánicos. ¿Qué puedo hacer?

—Los autómatas no pueden encontrar a su hermano por nosotros. Sin su ayuda, no tenemos una manera eficaz de localizarlo. A pesar de sus protestas, lo conoce mejor que nosotros.

La herida en mi hombro latía.

—No sé dónde está Oliver, e incluso si pudiera encontrarlo, no se entregaría gracias a mí.

—¿Está seguro? —Jiroux metió la mano en el abrigo, sacó un trozo de papel arrugado y me lo enseñó. Era el folleto que estaba en mi bolsillo: la ilustración del hombre con el texto ¡EL MONSTRUO DE FRANKENSTEIN ESTÁ VIVO!—. Creemos que su hermano se ha refugiado con el grupo de extremistas que se llaman a sí mismos «los Frankenstein». Han sido una espina en el pie de la policía durante algunas semanas, pero tememos que, con el apoyo adicional de su hermano, tengan la inspiración para multiplicar sus acciones. Y parece que usted también ha estado en contacto con ellos. —Reprimí el impulso de maldecir—. Así que no sabemos dónde están y no sabemos dónde está su hermano. Pero sospecho que usted sí, y si nos ayuda, lo recompensaremos por sus servicios.

Mantuve la boca cerrada, esperando que me explicara a qué recompensa se refería, pero se quedó mirándome, esperando que yo se lo preguntara. Tragué y luego dije:

—¿De qué está hablando?

—Si somos capaces de capturar a su hermano y reprimir esta rebelión gracias a la información o la ayuda que nos brinde, lo liberaremos y a su padre también. Les daremos tiempo para salir de la ciudad, sin ningún tipo de antecedentes. Será libre.

Mi corazón dio un vuelco, pero mantuve una expresión neutra.

—¿Y si no lo hago?

—Como un Aprendiz de Sombras condenado, lo mejor que su padre puede esperar es la cadena perpetua. Con las pruebas de que usted ha ayudado a su hermano, me imagino que sería mucho peor en su caso.

Me matarían si no los ayudaba, eso es lo que estaba diciendo. Pero matarían a Oliver si lo hacía.

—¿Cómo sé que puedo confiar en usted? —le pregunté—. Hizo un trato con Geisler que claramente nunca tuvo intenciones de cumplir.

—Geisler era un idiota —vociferó Jiroux—. Su trato no fue más que una súplica desesperada hecha por un hombre desesperado. Pero confiará en mí por la misma razón que él: porque es su única alternativa.

Miró deliberadamente la cadena que tenía en el tobillo. Me esforcé por no hacer lo mismo.

—¿Cuánto tiempo me dará para encontrar a Oliver?

—Veinticuatro horas deberían bastar.

—¿Un día? ¿Nada más?

—Tengo la sensación de que no sabe tan poco como dice, y espero que una fecha límite lo aliente a trabajar rápido antes de que la rebelión tenga la oportunidad de actuar. —Cruzó los brazos y entrecerró los ojos mientras me analizaba—. Sé que no tiene una buena opinión de mí, señor Finch, pero espero que pueda ver que estoy intentando hacer lo mejor para la ciudad que me han encargado proteger. Sin duda, entiende que su hermano y su rebelión son una amenaza para el bienestar de Ginebra, y espero que podamos contar con su ayuda para contrarrestar esa amenaza.

Me miraba como si esperara una respuesta, pero yo no tenía ni idea de qué decir. Parecía una trampa. Me pedía que eligiera entre Oliver y mi padre, así que, sin importar lo que decidiera, perdería a alguien importante. La propuesta era tan injusta que hizo que me hirviera la sangre.

Tuve que tragar saliva varias veces antes de recuperar la voz.

—¿Puedo ver a mi padre?

Jiroux hizo un gesto de asombro.

—¿Cómo dice?

—Quiero ver a mi padre —le dije, esta vez más fuerte—. Él está aquí, ¿no es así?

—Así es. —Se quedó pensando un instante y luego se dirigió al oficial robusto que seguía junto a la puerta—. Adelante, Ottinger, llévalo al sótano. Cinco minutos, señor Finch —me instruyó mientras Ottinger se acercaba para soltar la cadena—. Luego, continuaremos con esta conversación.

Tenía los pies tan entumecidos por el suelo de piedra fría que estuve a punto de caerme cuando intenté levantarme. Ottinger me agarró por el brazo sano.

—Tranquilo.

—Estoy bien —murmuré, mientras movía los pies para que mi sangre volviera a circular.

—Listo.

Ottinger echó un rápido vistazo a la puerta para asegurarse de que Jiroux se había ido, luego se agachó y soltó el grillete de mi tobillo.

—Gracias.

Se encogió de hombros.

—De esta forma no harás ruidos metálicos durante todo el camino.

Salimos de la sala de interrogación y bajamos por una estrecha escalera de piedra. Durante el camino me di cuenta de que estábamos en el cuartel de la policía. No era una cárcel, pero había celdas bajo tierra y salas de interrogación arriba. Y, al parecer, yo tendría el privilegio de visitar los dos sitios.

Ottinger caminaba un par de metros detrás de mí, y a mi lado cuando los pasillos eran lo bastante amplios. Me sostenía por el codo, pero su agarre no era fuerte. Cuando lo miré, me di cuenta de que no podía ser más que unos años mayor que yo, tal vez de la misma edad que Oliver.

De pronto, comencé a echar de menos a Oliver. Quería que estuviera conmigo, a mi lado, abrazándome y guiándome como siempre lo había hecho cuando éramos jóvenes. No el Oliver que había apuñalado a Geisler en la garganta, el Oliver con el que había crecido. El Oliver al que había matado y había querido resucitar. Sentí el profundo dolor de su ausencia dentro de mí, la parte de mí que le pertenecía y estaba rota y enterrada. Estuve a punto de echarme a llorar justo en aquel momento de tanto dolor.

Bajamos por un tramo corto de escalones que daba a un pasillo oscuro, con celdas a cada lado. Ottinger se detuvo frente a una puerta al final de la fila.

—Solo puedo darte cinco minutos —dijo mientras la abría—. Pero a veces mi reloj se retrasa.

Sonrió y yo intenté devolver la sonrisa, pero creo que terminé haciendo algo más parecido a una mueca.

El interior de la celda estaba vacío y en sombras, la única luz provenía de una ventana con barrotes en la pared opuesta. Había paja apelmazada por todo el suelo y un banco de madera en un rincón cubierto con una manta deshilachada. Me quedé quieto un momento, para que mis ojos se acostumbraran a la oscuridad.

Entonces, desde una esquina, llegó una voz:

—¿Alasdair?

Me di la vuelta y vi a mi padre. Parecía enfermo y pálido, pero se puso de rodillas cuando me vio.

—¡Padre!

Tuve miedo de que se desplomara si intentaba ponerse de pie, así que me dejé caer a su lado.

—Por el amor de Dios, Alasdair.

Tenía las manos encadenadas, pero de alguna manera consiguió hacer una maniobra para darme un abrazo. Era la primera vez que me abrazaba desde que era un niño, y mi cuerpo se quedó rígido por la sorpresa un momento antes de relajarse.

—No sabía lo que te había pasado —le dije.

—Estoy bien. —Se inclinó hacia atrás y me inspeccionó el rostro—. Y tú también. ¿Cómo está tu hombro?

—Bien.

—¿Qué ha pasado?

Dudé. No sabía cuánto de lo sucedido le habían explicado.

—Alguien me apuñaló.

No me hizo preguntas. Solo asintió, como si fuera algo normal, y dijo:

—He estado muy preocupado por ti.

—Bueno, no estés tan aliviado, estoy en la cárcel.

—Sí, pero pensaba… Podría haber sido peor. Al menos estás vivo.

—¿Y mi madre?

—Consiguió escapar —respondió—. Morand pudo venir a verme, está con él en Ornex. Está a salvo.

—Debería haberla ayudado —dije sin pensar—. No debería haber huido cuando te arrestaron, debería…

—Hiciste lo correcto —interrumpió—. Siempre… siempre haces lo correcto. —Su rostro se ensombreció. Me senté a su lado. Estaba intentando reunir el valor para decirle lo que pasaba, pero él habló antes de que yo pudiera hacerlo—. La señorita Godwin vino a verme.

—La señora Shelley —lo corregí.

—Sí, la señora Shelley. Ella me contó que Oliver está vivo. —Gesticuló y las cadenas que apresaban sus muñecas chocaron unas contra otras—. Estaba muerto, y lo resucitaste, eso me dijo. —Se detuvo un momento, como si estuviera esperando que le dijera que era mentira, pero no hablé. De pronto, me había quedado sin aliento. Mi padre hundió la barbilla contra el pecho, con los ojos bajos. Luego dijo—: Eso es increíble, Alasdair.

No eran las palabras que imaginaba.

—¿Qué?

—Lo resucitaste. Hiciste lo que ni siquiera Geisler pudo.

—Pero ya no es el mismo —dije—. Hice algo mal y lo arruiné. Lo convertí en un monstruo.

—Lo dudo mucho. Por lo que dijo la señora Shelley, hiciste un ser humano. Y los humanos son monstruosos por naturaleza. —Se volvió como si quisiera mirarme a los ojos, pero cambió de opinión en el último segundo y se recostó contra la pared para poder mirar al techo—. Parece que nadie lo entiende. Ni siquiera estoy seguro de que Geisler lo comprendiera. Todos llevamos un monstruo en nuestro interior, los hombres mecánicos y nosotros también. Nadie se convierte en algo que no es.

—Debería habértelo contado. Lo siento. No sabía cómo explicarlo.

Él asintió una vez.

—Oliver siempre ha sido como una bomba de relojería a punto de explotar, eso lo sabíamos. Pero tú… siempre he podido contar contigo.

Y luego se acercó, con una torpeza que atribuí a las cadenas, y puso su mano en mi rodilla.

No supe qué decir, probablemente no podría haber hablado ni aunque lo intentara. Solo conseguía pensar en las cosas que podía decirle para que cambiara de opinión: que había abandonado a Oliver para huir a Ingolstadt, que había estado a punto de entregárselo a Geisler para sus experimentos, la razón por la que había muerto. Todas las cosas horribles que había hecho entre aquel día y ese. Al menos debería haberle hablado de la oferta de Jiroux y preguntarle qué debía hacer, ese era el motivo de la visita. *No cuentes conmigo*, pensé. *Te decepcionaré.*

Pero no quería estropear el momento.

Entonces, me miré los pies descalzos mientras él me observaba, podía sentirlo. Podía sentir, también, que cada vez nos quedaba menos tiempo para estar allí juntos, pero no podía pensar en nada que decir.

Tras un largo minuto, mi padre dijo:

—Necesitas un corte de pelo, Alasdair. —A pesar de todo, me reí. Estaba débil, pero igualmente me reí, y escuché la sonrisa en su voz cuando habló de nuevo—. Tu madre se enfadará conmigo si vuelves desaliñado.

Esa esperanza imposible me dolió en lo más profundo, y se me hizo un nudo en la garganta. Sentí que el hombro de mi padre rozaba el mío.

—Mírame, Alasdair —dijo. Le hice caso, y cuando nuestras miradas se encontraron, me di cuenta, quizás por primera vez en mi vida, que sus ojos eran del mismo color que los de Oliver—. Estaremos bien. *Todos* estaremos bien.

Era una promesa estúpida, de esas que no se pueden cumplir, y creo que ambos lo sabíamos. Pero, en ese momento, no tenía importancia. Me aferré a sus palabras.

CAPÍTULO QUINCE

M e dejaron salir aquella misma tarde. Jiroux fue a la enfermería con Ottinger y explicó claramente las condiciones de mi liberación: tenía veinticuatro horas para decidir lo que haría y encontrar el escondite de Oliver y los rebeldes, y luego entregar esa información a la policía. Si atrapaban a Oliver y se sofocaba la rebelión gracias a mí, mi padre y yo seríamos puestos en libertad y podríamos salir de Ginebra. Si no, los dos seguiríamos encarcelados y probablemente nos ejecutarían. Si no volvía antes de que terminara el tiempo que me habían asignado, matarían a mi padre.

Era veinticuatro de diciembre, Nochebuena. El día de Navidad tendría que decidir a quién vendería.

La última estipulación, y lo único que pude pedir, fue que devolvieran mis botas.

Caminé descalzo junto a Ottinger hasta la sala de espera donde estaba Mary, envuelta en una capa forrada de piel, con el pelo recogido bajo el sombrero y mis botas desgastadas en sus manos con guantes. Verla de nuevo hizo que mi corazón diera un vuelco. Sujeté las botas sin decir una palabra, y se quedó a mi lado mientras yo luchaba por ponérmelas y luego atármelas, con un brazo inútil en el cabestrillo. Ottinger se dio cuenta y se agachó para ayudar, y yo me quedé de pie como un idiota mientras un oficial de policía me calzaba las botas igual que a un niño. Pero me dolía tanto el hombro que no se lo impedí.

Cuando terminó, me entregó mi abrigo y salí de la estación sin ponérmelo. No le dije nada a Mary, pero escuché que sostenía la puerta para seguirme.

El día era gris y brumoso, estaba cubierto por un velo de neblina brillante que difuminaba la luz del sol y hacía que la nieve pareciera plateada. Las calles estaban repletas de gente que había salido a hacer compras de Navidad, y se escuchaban cascabeles de trineo por el camino. *Hoy es Nochebuena*, pensé de nuevo, y vi la torre del reloj recortada contra el cielo. Comencé a caminar por la calle, con la mano sana en el bolsillo y la cara protegida del viento por el cuello del abrigo. Oí a Mary decir mi nombre:

—Alasdair. —No me detuve. Los tacos de sus botas resonaban contra los adoquines—. Alasdair, espera.

Se las arregló para alcanzarme y de pronto apareció delante de mí para interponerse en mi camino. El pelo oscuro que asomaba bajo su sombrero parecía el hilo de un cometa. Me detuve.

—¿Qué quieres?

Ella se cruzó de brazos, su aliento como humo blanco en el aire.

—¿Cómo está tu hombro?

—Está bien.

—Si me estás mintiendo, te desollaré vivo.

No pude evitar reírme, pero estaba tan cansado y dolorido que mi risa sonó más cruel de lo que era. Mary frunció el ceño.

—¿Por qué te ríes de mí?

—Porque me resulta muy gracioso que tú hables de mentir.

—¿Y qué quieres decir con eso?

—Lo sabes muy bien. Mary…

Me callé y aparté la mirada. Los dos años que habían pasado eran una carga que llevaba sobre mi espalda: todo lo que nunca nos dijimos pesaba tanto que estuve a punto de caer sentado allí mismo. Estaba enfadado con ella por *Frankenstein* y por la forma en la que me miraba, como si no entendiera lo que yo sentía; por todo aquel enredo, por Oliver, porque estaba seguro de que había algo en su interior que valía la pena salvar, pero que también había sido capaz de clavar las pinzas en la garganta de Geisler.

Mary apartó la vista y miró hacia la torre del reloj que se dibujaba en el cielo como un camafeo, luego hacia los adoquines y la nieve fangosa que se congelaba entre las grietas.

—Lamento lo de tus padres. Y lo de Oliver. Y… todo —dijo sujetando mi mano durante un instante, y la estrechó. Un rayo me recorrió, que era al mismo tiempo helado y eléctrico, y yo retiré la mano. Mary levantó la vista—. Necesito contarte lo que pasó.

—Ya sé lo que pasó. Nos utilizaste a Oliver y a mí para escribir un libro. Nos convertiste en monstruos a los dos. No sé qué más me quieres explicar.

—No, Alasdair, esa jamás fue mi intención…

—Mary, no tengo tiempo ahora mismo para hablar contigo.

—Bueno, ¡quizás sea yo la que necesite hablar! —me gritó, y durante un segundo volví a ver a la misma mujer apasionada y hermosa que me había fascinado dos años atrás. Luego miró hacia abajo, con el rostro ensombrecido, y la perdí de nuevo—. ¿Puedes escucharme, por favor? Hay algunas cosas que necesito decirte.

Solo tenía un día. Parecía muy poco tiempo, como si no tuviera un segundo para desperdiciar en Mary Shelley, pero necesitaba respuestas, ya fuera en ese momento o después. No era el mejor sitio para hablar: estábamos a unas casas del cuartel de la policía, en cualquier esquina de Ginebra el día de Nochebuena. Pero la verdad era que no sabía si existiría un buen lugar para mantener aquella conversación.

Suspiré y me senté en la entrada de una relojería. Mary vaciló y luego se acomodó a mi lado. Se quitó el sombrero para que pudiera ver su rostro y su cabello oscuro cayó sobre los hombros. Nuestros brazos se rozaron. Durante un momento, nos quedamos completamente inmóviles, mientras los carruajes y los peatones pasaban frente a nosotros. Las campanas de la catedral cantaban desde la plaza.

Luego Mary dijo en voz muy baja:

—La razón por la que pasé tanto tiempo con Oliver y contigo aquel verano es la siguiente: toda mi vida había creído que era una chica temeraria y valiente que no tenía miedo a nada, pero luego me trasladé hasta aquí con Byron y Shelley, y ellos eran mucho más temerarios que yo. Con ellos, todo parecía tan real y peligroso: el sexo y el opio. Vivíamos como si estuviéramos en un cuento de terror. Tenía miedo de las cosas que hacían, y comencé a acobardarme, a sentir que yo no era quien creía. Quizás no era valiente. Pero luego os conocí a Oliver y a ti, y vosotros erais... diferentes. Hacíais cosas peligrosas, pero nunca me sentía en peligro. Os acompañaba en vuestras travesuras y vosotros parecíais sorprenderos, y conseguisteis que me sintiera temeraria sin hacer cosas que me asustaran en serio. En particular, contigo: siempre me sentía más aventurera a tu lado. Y te quise por eso, porque gracias a ti me encontré a mí misma cuando me sentía perdida. —Ella se llevó dos dedos al puente de su nariz y cerró los ojos como si estuviera rescatando los recuerdos desde lo más profundo de su ser—. Pero luego Oliver murió y fue muy difícil y complicado, y lo más real que he visto en mi vida. Me asusté, aunque yo no hubiera hecho nada directamente, estuve ahí. Fui cómplice. Por Dios, Alasdair, no sé si eres consciente de lo que hiciste: alteraste las reglas del universo. Creo que estabas tan concentrado en llevarlo todo a cabo que no te diste cuenta. Pero yo sí, y no sabía qué hacer con eso. Después, te negabas a hablar del tema, y yo no podía contárselo a nadie, así que busqué la manera de darle sentido. Intenté dejarlo atrás, volví a Londres, pero lo sucedido todavía me perseguía y no encontraba la manera de huir de ello. Es imposible esconderse de lo que se encuentra en el interior de nuestra cabeza. Por eso lo escribí, para intentar liberarme. Comenzaba con la resurrección de tu hermano.

—«Una lúgubre noche de noviembre» —dije, citando la primera línea de la escena de la resurrección en *Frankenstein*.

Ella hizo una mueca, como si hubiera recibido un puñetazo.

—Pero entonces mi marido encontró el manuscrito. No pude decirle que era real, así que le dije que me lo había inventado. Todos escribían historias de terror mientras estábamos aquí, y le dije que el texto era mío. Y le gustó tanto que me pidió que escribiera más. Si me hubiera negado, habría tenido que explicar por qué, así que seguí escribiendo. Y la sensación fue maravillosa. Era como si finalmente estuviera haciendo las paces con lo que habíamos hecho.

—Deberías haberlo quemado.

—No pude. Soy su creadora, igual que tú eres el creador de Oliver.

Odiaba esa palabra, «creador». Quería escupir sobre ella y pisotearla. Yo no había *hecho* a Oliver. Se había hecho él a sí mismo.

—Luego, Percy se lo enseñó a su editor —continuó Mary—, y le dijeron que querían publicarlo, y yo no sabía qué hacer. Así que intenté disimular tu historia lo mejor que pude. —Me miró—. La escribí porque no podía guardarla dentro de mí. A ti siempre se te ha dado bien eso, pero a mí no. Necesitaba averiguar cómo funcionaban las reglas de Dios, el hombre y la creación después de que resucitaras a tu hermano. ¿Conoces la historia de Prometeo? —preguntó, y yo negué con la cabeza. Levantó las piernas mientras un grupo de gente pasaba arrastrando los pies y cantando villancicos por lo bajo—. Es de la mitología griega. Es un titán que hizo a la humanidad a partir del lodo. Es un mito de la creación, una forma de explicar el origen del hombre.

—Sé lo que es un mito de la creación —le respondí bruscamente.

—Entonces, entiendes que *Frankenstein* es el mío, mi mito de la creación de los hombres hechos de metal y engranajes. La única forma que encontré para darle sentido y explicar todo lo que pasó. Sin embargo, no es tu historia —agregó—. Así comenzó, pero no tuve constancia de nada de lo que sucedió tras marcharme de Ginebra. El resto me lo inventé.

—No importa que no sea verdad, Mary, porque somos nosotros. Soy yo y es Oliver, así comenzó, y la gente se dará cuenta. Ya lo han hecho. —Ella hundió la barbilla en el cuello de su abrigo y no dijo nada—. ¿Y tú apareces en la novela? Creí que tal vez eras la esposa de Victor Frankenstein, pero ya no.

—Creo que al principio era Henry: el observador, el mejor amigo, el menos inteligente de todos. —Pisó la nieve con la punta de su bota y dejó una mancha—. No lo sé. Quizás yo sea el monstruo. Tal vez todos lo somos.

Cerré los ojos, intentando convencerme de que hablarle a Mary era una forma de liberar el veneno que fluía de mis venas, pero aún era veneno y ardía.

—¿Crees que soy una persona horrible? —le pregunté.

—¿Qué?

—Victor Frankenstein es horrible. Es arrogante, cobarde y pone su propia inteligencia por encima del resto. ¿En serio crees que yo soy así?

Ella no dijo nada, y su silencio me dolió.

—Aquella noche —dijo lentamente—, no eras tú mismo. Estabas obsesionado con reanimar a Oliver porque sabías que podías. Me lo repetías una y otra vez: «Sé que puedo hacerlo». No te importaba la creación ni la moral ni nada de eso. Y eso me dio miedo, porque ya no supe quién eras. Aquella noche, creí que os había perdido a los dos. —Contuvo la respiración un momento y luego preguntó—: ¿Sabes dónde está Oliver?

No podía decir nada, así que solo asentí.

—Y vas a decírselo a la policía.

Parecía tan convencida que levanté la vista.

—¿Opinas que debería hacerlo?

—¿Tú no?

—Es mi hermano, Mary.

—¿En serio crees que sigue siendo tu hermano? Ese hombre que te apuñaló, que mató a Geisler y me atormentó durante días. Conocía a Oliver, y esa criatura no es él. —Su voz se apagó y se llevó un dedo a los labios antes de continuar—. Él nunca llegó a volver de la muerte, Alasdair. Ambos lo sabemos.

Algo se quebró dentro de mí cuando escuché sus palabras, y me cubrí los ojos con las manos. Sentí que sus dedos recorrían suavemente mi columna.

—Tienes que decirle a la policía dónde está —dijo—. Puedes salvarte y salvar a tu padre. Si vuelves a ver a Oliver, te matará.

—Bueno, tendrá que esperar, ya que Jiroux también parece estar muy interesado en mi muerte. —Me puse de pie—. Tengo que encontrar a Oliver. Tengo que estar seguro de que voy a hacer lo correcto antes de tomar una decisión.

Mary también se levantó y se sacudió la falda.

—¿Puedo convencerte de que no lo hagas?

—No.

—Entonces ven a verme después, de ese modo sabré si estás bien. Me hospedo en la villa de Cologny de nuevo.

—No puedo irme de la ciudad.

—Entonces podemos vernos en otra parte. Te buscaré una habitación para pasar la noche. Reúnete conmigo en el mercado navideño. —Sujetó mi mano nuevamente, y esta vez no la retiré—. Por favor, ten cuidado —dijo, y cuando el pulso recorrió sus dedos, los míos respondieron con una chispa.

Nos separamos en la esquina. Mary volvió por donde habíamos venido, hacia la puesta de sol, y yo fui en la otra dirección, hacia la Maquinaria. Era el único lugar donde se me ocurría buscar a Oliver. Si no estaba allí, no sabría qué hacer.

Crucé el Ródano hasta Rive Droite, el barrio norte de la ciudad donde se encontraban las fábricas. Allí los edificios eran todos de ladrillo industrial, teñidos de negro por el hollín y la suciedad, y las chimeneas vomitaban vapor hacia el cielo y condensaban el aire. Las antorchas industriales no estaban cubiertas de vidrio, solo las llamas abiertas arañaban el cielo. Todo olía a humedad y podredumbre, y las sombras parecían estirarse y formar volutas como el humo.

Si Oliver y Clémence habían ido a la ciudad, como pensaba Jiroux, sin duda era para llevar a Oliver hasta los rebeldes de los Engranajes. Pero, aunque lo encontrara allí, no tenía ni idea de qué haría. Cada vez que cerraba los ojos, lo veía clavando las pinzas en la garganta de Geisler y el puñal en mi hombro, y no podía reconciliar esas imágenes con las del chico que se había criado conmigo, aventurero e imprudente, pero bueno hasta la médula. Tal vez Mary tuviera razón y fuera una estupidez por mi parte volver a intentarlo. Tal vez mi hermano ya no existía.

La Maquinaria era una construcción de un solo piso, amplia, hecha de piedra gris y con ventanas sucias. La puerta estaba bloqueada, así que mis habilidades para forzar cerraduras eran inútiles, pero conseguí abrir una de las ventanas sin mucho esfuerzo. Me las arreglé para alzarme usando solo el brazo sano, dando las gracias por primera vez de ser tan delgado, y caí sobre el suelo de la fábrica tras tropezar. La sala a oscuras parecía extenderse por kilómetros, hecha de sombras amenazantes y formas infranqueables. Los contornos negros de las mesas de trabajo cubiertas con sierras y herramientas de fábrica destacaban en la penumbra, que relumbraban con los restos pálidos del carbón que aún ardía en las fraguas. El aire era denso y metálico, tan intenso que casi olía a sangre.

Comencé a avanzar con cautela, con el brazo extendido para no chocarme contra nada. El óxido y las virutas de metal crujían bajo mis pies. Mi corazón latía como un pistón, y creí que alguien me sorprendería. Si tenía suerte, me cortarían la garganta allí mismo y ya no tendría que solucionar el desastre en el que me había metido.

Pero no había nadie. La fábrica parecía completamente desierta. Caminé de punta a punta, pero no encontré nada ni a nadie que me diera indicios de la revolución que en teoría se había iniciado allí. Ni rastros de los rebeldes. Ni rastros de los hombres mecánicos. Ni rastros de Oliver.

Cuando estaba a punto de darme por vencido, encontré unas escaleras de caracol rodeadas por unas rejas que conducían al sótano. Al pie de las escaleras parpadeaba una luz pálida. Salté las rejas y corrí hacia abajo, un poco inestable sin poder apoyarme en el pasamanos.

Las escaleras daban a un almacén que ocupaba un cuarto del piso de arriba. El aire era diferente allí, sulfuroso y calcáreo en lugar de metálico. En el centro de la habitación había una lámpara de Carcel con una pantalla de vidrio (no una pieza fina, pero demasiado delicada para una fábrica) y la llama proyectaba una luz blanquecina en los techos bajos y en el suelo de piedra agrietada. Junto a la lámpara había unas hojas sueltas de papel, y cuando recogí una, me di cuenta de que era un folleto, el mismo que Mirette nos había dado a Clémence y a mí. El papel estaba teñido de negro con algo que parecía hollín, pero que resultaba áspero al tacto. Luego observé que el suelo estaba ligeramente cubierto de polvo, como si algo se hubiera derramado. Pasé los dedos sobre la pantalla de la lámpara. Un poco de polvo flotó hacia la llama, que lanzó chispas con un fuerte estallido. Lo entendí de inmediato y di un salto hacia atrás. Era pólvora.

Solté el folleto y me agaché en el centro de la habitación subterránea, intentando averiguar qué debía hacer, pero solo podía pensar en

Oliver con su corazón temerario y aclamado por revolucionarios a su disposición, listos para seguirlo por Ginebra. Volví a mirar el folleto, con polvo negro acumulado en los pliegues: ¡EL MONSTRUO DE FRANKENSTEIN ESTÁ VIVO!

Escuché un suave golpeteo detrás de mí, como pies que se arrastraban sobre la piedra. Levanté la vista justo cuando un engranaje de bronce del tamaño de mi puño apareció en la oscuridad y cayó al suelo justo a mi lado.

—¿Hola? —grité.

Silencio. Entonces, una vocecita respondió:

—Te conozco, Aprendiz de Sombras.

Y de un rincón salió Mirette, con el pelo negro iluminado por los rayos de la lámpara y otro engranaje en la mano.

Pateé el que estaba en el suelo.

—¿Me lo has arrojado?

—La idea era que te golpeara.

—Pésima puntería.

—Pesa mucho. —Permaneció en silencio mientras se acercaba con la cabeza inclinada y el cabello enredado le barría los hombros—. ¿Has llorado?

—No.

—No sabía que los hombres lloraran.

—No estaba llorando…

Y luego me detuve, porque la lámpara había alumbrado parte de su rostro y me di cuenta de que ella sí tenía lágrimas en las mejillas.

—¿Qué te pasa?

—Me han dicho que me mantuviera escondida aquí, pero quería ayudar. Entonces oí a alguien arriba y creí que era la policía que venía a buscarme. —Se pasó la mano por las mejillas y dio un resoplido y luego agregó—: Estabas equivocado, ¿sabes?

—¿En qué?

—El hombre resucitado. —Señaló el dibujo de uno de los folletos—. No es un personaje de ficción. Es real. Lo he visto con mis propios ojos.

Me incorporé.

—Entonces, ¿ha estado aquí?

—Ha venido para liderarnos. Ya te dije que eso pasaría.

—¿Dónde están? ¿A dónde se lo han llevado?

Mirette se mordió el labio inferior.

—No puedo decirlo.

—Es importante, Mirette, por favor.

Se apartó de mí, y su rostro quedó a la sombra. Me acerqué a ella sin levantarme y puse la lámpara entre nosotros.

—¿Cómo está tu pie?

—Todavía puedo mover los dedos —respondió ella y me lo demostró. Lo había envuelto en harapos para cubrir la articulación que estaba fundida en su piel—. Y voy a robar un par de zapatos en cuanto pueda. Lo arreglaste bien.

—Me gustaría poder hacerlo mejor. —Levanté uno de los folletos y se lo enseñé—. El hombre resucitado es mi hermano. Estoy intentando encontrarlo. Por favor, Mirette, ¿vas a ayudarme?

Mirette hundió con fuerza el pie de metal en el suelo, que dejó una huella clara en el polvo negro. Luego dijo:

—Primero fuimos al castillo.

—¿El castillo?

—En la cima de las colinas. Me dejaron ir para que sujetara el farolillo.

—Está bien, ¿y luego?

—Luego trajeron las cajas de madera.

—¿Qué cajas?

—Las cajas, todas las cajas. Eso fue ayer.

—¿Qué había en las…? —Y entonces lo entendí. Oliver estaba con Clémence, la hija de un fabricante de bombas, habían vuelto al Château de Sang por la pólvora que estaba en el sótano y habían dejado un rastro entre las piedras del sótano—. Mirette, ¿a dónde han ido?

—A la torre. El reloj volverá a anunciar la hora en Nochebuena, esta noche.

Sentí deseos de abrazarla en señal de agradecimiento, pero me preocupaba que me arrojara otro engranaje si lo intentaba, y era un objetivo mucho más fácil a solo unos metros de distancia.

—Tienes que prometerme que te quedarás aquí esta noche. No te acerques a la torre del reloj.

—Pero quiero ayudar.

—No puedes ayudar. Tienes que quedarte aquí.

—¿Tú vas a ir? —preguntó ella. Mi vacilación sirvió de respuesta, y ella jaló de la manga de mi abrigo—. ¡Llévame a mí también!

—No, es peligroso.

—Pero *tú* vas a ir. No es justo.

—Mirette, si me sigues, le diré al hombre resucitado que has sido tú quien me ha contado dónde estaban él y sus hombres, y eso te causará problemas.

Su puño retorció la manga de mi abrigo, tan fuerte que me hizo daño.

—¡No, por favor, no lo hagas!

—Entonces prométeme que te quedarás aquí y te mantendrás escondida.

Hizo un gesto de decepción.

—Está bien, me quedaré aquí.

—Bien. Y, por el amor de Dios, apaga la luz antes de que todo explote por los aires.

Mirette giró el interruptor que se encontraba junto a la lámpara y la llama se extinguió. Se fue antes de que yo consiguiera ponerme de pie (escuché que sus pasos se desvanecían en la oscuridad) y fui en la dirección opuesta, buscando a tientas las escaleras mientras los restos de pólvora de las bombas de mi hermano crujían bajo mis pies.

Salí de la Maquinaria y crucé corriendo el barrio norte hasta que llegué al río y volví a entrar en el distrito financiero. Todo mi cuerpo temblaba. Sabía que debería haber ido primero a la policía, pero no tenía tiempo. Solo conseguía pensar en Oliver y en su ejército mezclado entre la multitud, cerca de la torre del reloj, esperando para actuar; y en Mary que estaba allí también, esperándome a mí, sin saber lo que podría suceder.

Los ruidos de la plaza se oían a calles de distancia, el sonido del mercado y las voces alegres que conversaban y cantaban villancicos. Cuando doblé la esquina hacia la plaza, encontré la Place de l'Horloge llena. Los puestos del mercado navideño estaban rodeados por toda la gente que compraba, comía y reservaba un lugar para ver el reloj por primera vez en años. El aire helado estaba perfumado por el *wassail* y el humo dulce de las hogueras. Me abrí paso a través de la multitud a empujones hasta el pie de la torre, con la esperanza de encontrar a alguien que pudiera reconocer: Ottinger, Oliver o, ante todo, Mary, para sacarla de allí.

Recorrí un mar de rostros, enrojecidos por el frío, que miraban hacia arriba y vi a Clémence al otro lado de la plaza.

Estaba de pie justo en el centro de todo el ajetreo, mirando al frente en lugar de mirar el reloj como todos los demás. Tal vez percibió mi mirada, porque giró la cabeza y pude ver su perfil izquierdo, donde el magullón del golpe del autómata estaba pasando de rojo a morado. Creí que me estaba mirando, pero luego vi que le prestaba atención a alguien más. Se llevó dos dedos a los labios a modo de saludo o señal y comenzó a moverse. Cambié de rumbo y la seguí.

Clémence era más pequeña que yo y se movía fácilmente a través de la multitud. Yo recibía una y otra vez codazos, golpes con bolsas de compras y latigazos de las bufandas que se colocaban sobre el hombro. Dejé de disculparme cuando estuve a punto de perder de vista a Clémence por haberle pisado el pie a un hombre.

Se alejó de los puestos del mercado y trotó alrededor de la torre, lejos de la multitud. La seguí, pero cuando doblé la esquina, ella ya no estaba, como si se hubiera desvanecido en el aire. Allí solo estaba yo, junto al borde del río, intentando averiguar hacia dónde se había marchado ella.

Luego, en lo alto, se produjo un destello como un rayo de sol repentino, acompañado por un chirrido. Una ovación se elevó desde la plaza y miré hacia arriba. Alguien le había dado pulso al reloj, y se escuchaba el movimiento de los engranajes, los péndulos que se hundían y se alzaban sobre las pesadas cadenas cuando las campanadas empezaron a repicar. Lo escuché todo, y lo sentí dentro de mí, como si mi propio corazón se sincronizara con el reloj.

Luego, un murmullo recorrió la multitud y la ovación se convirtió en un grito ahogado al unísono. Algo no iba bien.

Volví corriendo hasta la entrada del mercado y miré el reloj. La manecilla de los minutos, lista para moverse cuando el mecanismo se iniciara, había retrocedido.

Entonces las puertas del *glockenspiel* se abrieron, y la plataforma comenzó a desplegarse. Las figuras de relojería que debían estar allí habían desaparecido, y en su sitio había un hombre, en cuclillas. Lo reconocí antes de que se alzara. Se puso de pie y contempló la ciudad como una grotesca gárgola desde el contrafuerte de una catedral.

Era Oliver.

Solo llevaba puestos unos pantalones, y parecía un milagro que sus articulaciones de metal no se hubieran congelado a esa altura con el frío. Levantó la barbilla mientras el viento jugaba con su pelo oscuro y la luz del reloj lo bañaba como si dibujara vetas de oro. Se enderezó y exhibió su cuerpo mecánico retorcido.

Durante un momento, la multitud pareció no darse cuenta de que la extraña forma de bronce que brillaba en lo más alto de la torre no era una figura de relojería, sino un hombre vivo, hecho de suturas y piezas metálicas. Entonces, la gente comenzó a señalar y gritar. Alguien lanzó un alarido, fuerte y agudo.

—¡Ginebra! —gritó Oliver, su voz sobre el viento, el río y la multitud—. Has intentado silenciarnos, pero nadie podrá callarnos.

Un hombre que estaba delante de mí salió corriendo y me golpeó el hombro al pasar. Sentí un ardor en la sutura.

—¿Qué está pasando? —gimió una mujer.

—Los monstruos se han desatado —gritó, alzando los brazos como si estuviera en un espectáculo—. Y han venido a por los hombres que los golpearon y los humillaron.

Miró hacia abajo, y la multitud siguió sus ojos hasta las arcadas que estaban al pie de la torre. Había sombras que salían de la oscuridad y entraban en la plaza. Eran personas mecánicas, me di cuenta, con sus miembros metálicos a la vista de todos. Hombres y mujeres con piernas de bronce y puños de hierro, hombros y rodillas de plata, con los pantalones, las faldas y las mangas enrolladas para exhibir sus extremidades. Caminaron hacia la multitud, mientras Oliver gritaba desde lo alto, recitando:

—«Buscaste mi destrucción para que no pudiera causar más desgracias; pero mi tormento era superior al tuyo, pues el aguijón amargo del remordimiento no dejará de clavarse en mis heridas hasta que la muerte las cierre para siempre».

Era *Frankenstein*. Estaba citando a *Frankenstein* con la voz de oratoria que solía adoptar cuando él y Mary leían a Milton en voz alta a orillas del lago Lemán, y espantaban a los pájaros de la hierba.

Entonces, la multitud comenzó a dispersarse mientras su ejército avanzaba. Una mujer dio un paso hacia atrás, cayó sobre mí y estuve a punto de perder el equilibrio. Alguien me empujó por detrás. La gente había empezado a correr.

Y, de pronto, se activó la primera explosión. En algún lugar, al fondo de la multitud se produjo un estallido y un destello, y los gritos se multiplicaron. Uno de los puestos del mercado comenzó a incendiarse, y vi lenguas de fuego ardiendo en el aire. Luego se produjo una segunda explosión detrás de mí, y una ráfaga de aire caliente y sulfurosa me golpeó con tanta fuerza que tropecé.

Todo el mundo corría, tosía y gritaba. Era difícil distinguir algo en medio del ruido, aunque habría jurado que todavía podía escuchar a Oliver recitar a *Frankenstein*, como si leyera el testamento, a todo volumen. Los hombres mecánicos avanzaban ante la multitud, con picas, martillos y puños listos para la pelea.

Entre la bruma, alcancé a ver a policías con uniformes azules que se abrían paso entre la multitud. Levantaron sus rifles y apuntaron hacia la torre, pero la barrera de personas mecánicas los detuvo. Se produjeron disparos. Más gente comenzó a gritar. Vi una salpicadura de sangre en el río, que se borró enseguida con la corriente.

Me ardían los ojos por el humo y me costaba mantenerlos abiertos. Delante de mí, las llamas color ámbar rasgaban el aire, y saltaban de puesto en puesto por las guirnaldas. Me tambaleé hacia adelante y tropecé con algo. Había un cuerpo tendido a mis pies, y la sangre corría por las grietas entre los adoquines. Me detuve en seco durante un momento, demasiado conmocionado para moverme, pero sabía que no tenía tiempo que perder. Mary estaba en alguna parte, en medio del tumulto. Mi hermano juraba venganza contra su libro utilizando sus propias palabras, y tenía que encontrarla.

—¡Mary! —grité, sin saber si alguien más que yo podía oír. Comencé a avanzar a empujones, hacia la base de la torre del reloj. Luché para no quedar atrapado por el remolino y que no me pisaran. La multitud se dirigía hacia las bocas de las calles para cruzar el puente, que estaba tan repleto que nadie se movía.

»¡Mary! —grité de nuevo, tan fuerte que sentí que se me rasgaba la garganta—. ¡MARY!

Y, milagrosamente, escuché a alguien gritar «¡Alasdair!» en respuesta. Me di la vuelta. Mary estaba luchando para llegar hasta mí, con la bufanda levantada hasta la nariz y lágrimas en las mejillas. Estiró la mano e intenté alcanzarla, pero solo se rozaron las puntas de nuestros dedos. La segunda vez, conseguí sujetarla y tiré de ella. Nuestros brazos se enredaron, mientras me abrazaba a ella lo más fuerte que podía e intentábamos de abrirnos camino a la fuerza.

Nos arrastraban hacia uno de los laterales, lejos de la plaza y en dirección a la torre del reloj. Una hilera de policías había formado un perímetro alrededor de una de las arcadas; estaban hombro con hombro con los rifles apuntados hacia adelante, pero sin disparar.

—¡Despejad el camino! —gritó alguien detrás de nosotros, y Mary me arrastró a un lado cuando otro batallón de oficiales avanzó violentamente entre la multitud, con Jiroux a la cabeza.

Levantó la mano y sus hombres se detuvieron, con los rifles levantados, pero en silencio.

—¡Quédate ahí o será peor! —escuché a alguien gritar, y parecía que era Clémence.

A pesar de todo, me detuve y me volví a mirar. Era ella, de pie bajo la torre del reloj con el rostro iluminado por una antorcha en la mano. Estaba rodeada por otras personas mecánicas, todas firmes de cara a la policía. A la luz de su antorcha, alcancé a distinguir barriles y cajas que formaban filas apretadas a lo largo de las paredes.

El ejército de Oliver había llenado la torre del reloj con explosivos.

La policía dejó de acercarse, pero mantuvo los rifles en alto.

—¡Bajad vuestras armas! ¡Atrás! —gritó Clémence.

—¡Dispárale! —gritó uno de los policías.

—¡Si le disparáis, la torre explota! —gritó uno de los hombres mecánicos que estaba detrás de Clémence.

—¡No! —gritó Jiroux—. No podemos arriesgarnos. ¡Haced lo que ella dice! Bajad las armas y haced lo que ella dice.

Los cañones de los rifles comenzaron a descender. Jiroux puso su propio rifle en el suelo y dio un paso adelante, con los brazos en alto. Clémence no bajó la antorcha, pero se acercó para encontrarse con él.

—Hablo en nombre de la rebelión —gritó. Tuvo que gritar, e incluso entonces casi no alcancé a escucharla—. Nos guía Oliver Finch, el hombre resucitado. El reloj está andando en sentido contrario, y si no cumplís con nuestras exigencias cuando complete una rotación, se detonarán los explosivos y el corazón de la ciudad quedará hecho trizas.

—¿Qué exigencias? —respondió Jiroux.

Clémence le sostuvo la mirada. No estaba asustada, pero tampoco confiada. Solo parecía convencida, como alguien con una misión que cumplir.

—Queremos que Mary Shelley, la autora de *Frankenstein*, se entregue para que podamos hacer justicia.

Los dedos de Mary estrecharon los míos.

—No entregaremos una vida inocente para apaciguaros —gritó Jiroux—. Os detendremos antes de que tengáis la oportunidad de actuar.

—Podríamos causar grandes daños, inspector —respondió ella—. Puede asumir los riesgos que quiera, pero tiene que saber que nada va a detenernos. Le dispararemos a todo el que se acerque a la torre. Solo Mary Shelley podrá entrar.

Jiroux le sostuvo la mirada un momento, luego se dirigió hacia la hilera de abrigos azules que había detrás de él.

—¡Evacuad la plaza! ¡Es necesario que todo el mundo salga!

La multitud no necesitaba que se lo dijeran, pero los oficiales se giraron y comenzaron a empujar a los rezagados hacia las calles tan rápido como pudieron. Me giré hacia Mary y la sujeté por el hombro.

—Tienes que entregarte —le dije—, así podremos entrar en la torre y hablar con Oliver.

Ella negó con la cabeza.

—Alasdair, no puedo.

—Podemos hacer que entre en razón. ¡Podemos ponerle fin a esto, por favor, Mary!

—¡Muévase, señor! —gritó un oficial detrás de mí—. Hay que evacuar la plaza.

No me moví, pero Mary me empujaba para que avanzara.

—Alasdair, tenemos que irnos.

—¡No, tenemos que llegar hasta Oliver!

—¡Siga moviéndose, señor!

La culata de un rifle me golpeó en la espalda y trastabillé. Mary me atrapó antes de que me cayera.

—Vamos —dijo ella.

Ella me estaba dejando atrás y no podía hacer más que seguirla, porque era la única que podía impedir una catástrofe. Cuando la multitud y la policía nos obligó a salir de la plaza, miré hacia la torre del reloj, esperando ver a Oliver una vez más, pero él ya no estaba allí.

CAPÍTULO DIECISÉIS

Había tanta gente en las calles que era casi imposible moverse. Todos empujaban, gritaban y tosían cuando el humo de las bombas empezó a filtrarse por las calles, y tropezaban con el resto al intentar alejarse de la plaza. Los autobuses se detuvieron en seco y obstruyeron las carreteras con oleadas de pasajeros que salían, también pude ver un carruaje volcado. Todo el equipaje se había esparcido por el lodo y las ruedas seguían girando despacio como si las empujara.

Mary se aferró a mi brazo y me arrastró entre la multitud lejos de la torre.

—Podemos ir a la villa —gritó por encima del hombro—. Está a las afueras de la ciudad, allí estaremos a salvo.

—Mary, no podemos marcharnos.

Me detuve y, en lugar de soltar mi brazo, ella también se detuvo y se volvió hacia mí.

—La policía se encargará de todo.

—No, Mary, tenemos que hacer algo. Hay que llegar hasta Oliver y eres la única persona que tiene permitido el paso.

—¿*Tenemos*? Alasdair, él quiere…

Un hombre empujó a Mary con tanta fuerza que se tambaleó y tuve que sujetarla para evitar que se cayera. Se quedó quieta un momento, con la frente apoyada en mi hombro y las uñas clavadas en mi brazo. Luego se dio la vuelta y me guio a través de la multitud.

—¿A dónde vamos? —grité, pero no contestó, simplemente me sacó de la calle y subió los escalones de la catedral de Saint Pierre.

La catedral estaba desierta. El sonido de nuestros pasos ascendía hasta lo alto de la cúpula y volvía como un eco de suspiros.

—¿Qué estás haciendo? —le susurré a Mary mientras me llevaba hasta una capilla que había en el pasillo.

La estatua de un santo nos miró desde una tarima que se encontraba justo en el centro de la planta. Tenía las manos entrelazadas en posición de rezo, y de sus dedos colgaba la cadena de un reloj de bolsillo. Era Saint Pierre, patrón de los relojeros.

Mary se sentó en el banco que estaba enfrente y cerró los ojos. Yo no sabía lo que estaba haciendo ni qué decir, así que me senté a su lado. Sentía que mi cuerpo era un resorte cargado, tenso y a punto de dispararse. Seguí a la espera de oír un estallido en la plaza, a pesar de que Clémence había prometido dar una hora de plazo. No tenía ni idea de la magnitud que tendría, o si la sentiríamos desde aquí. *Quizás*, pensé, *volará en pedazos toda la calle*. Tal vez moriríamos sin sentir nada.

A mi lado, con los ojos todavía cerrados, Mary dijo:

—¿Recuerdas cuando me besaste?

Aquella explosión sí que la noté. Todo el frío desapareció en un instante y sentí vergüenza y furia porque se atrevía a mencionar aquel episodio, sobre todo en ese momento, cuando había muchos otros factores conspirando en mi contra.

—No quiero hablar de eso ahora.

—Fue en el lago, a la luz de la luna —dijo, como si no me hubiera escuchado—. La noche anterior…

—No quiero hablar de eso.

—Fue el acto más valiente que he presenciado en mi vida.

No creí que fuera posible, pero mi rostro se acaloró aún más.

—No me tomes por tonto.

—Fue valiente —continuó, abriendo los ojos—, porque estabas asustado, pero lo hiciste de todas formas.

—Desearía no haberlo hecho.

—No lo dices en serio.

No respondí, porque ella tenía razón, no lo decía en serio. La habría besado de nuevo.

Se acercó como si fuera a tocarme, pero se detuvo a mitad de camino, con la mano en alto y temblorosa entre nosotros. Entonces dijo:

—No soy valiente como tú, Alasdair. No soy valiente, y no soy buena.

—Sí que lo eres —dije, pero ella negó con la cabeza.

—No me voy a entregar.

Cerré los ojos.

—Por favor, Mary.

—Podríamos marcharnos —dijo de pronto, y cuando volví a abrir los ojos, miraba hacia las puertas. Las velas arrojaron un hilo de luz que cruzó su rostro como una cicatriz, y durante un instante la vi dividida en dos—. Podríamos escaparnos, tú y yo, ahora mismo. Podríamos dejar todo esto atrás.

—No puedo.

—No le debes nada a Oliver.

—Podemos ir juntos a la torre del reloj —seguí insistiendo—. Te acompañaré, en cada paso. No te dejaré sola en ningún momento.

—Me quiere matar.

—No lo permitiré. Moriría yo antes de dejar que te haga daño.

Ella se echó a reír, pero la risa se quebró.

—Tienes que encontrar un motivo mejor para morir.

—Piensa en todos los que morirán…

—La policía no lo permitirá.

—Entonces piensa en cuántas personas mecánicas morirán. Son los Frankenstein, su ejército, esas son tus palabras, Mary. Has estropeado tantas vidas con tu libro: morirán si no vienes conmigo y hablas con Oliver. ¿Puedes vivir con eso?

Se limpió las lágrimas con la mano.

—Estaré bien.

—¿Cómo puedes decir eso? Nunca lo hubieras dicho hace dos años. Nunca le habrías hecho algo así a alguien más. A mí.

—Sí, lo habría hecho —respondió ella, y de pronto noté ira en su voz—. No me conoces, Alasdair. Pasamos algunos meses juntos y desde entonces has creado una versión idealizada de mí en tu mente, pero no soy la persona que crees que soy. No soy inteligente ni valiente ni buena. No soy ninguna de esas cosas que pretendía ser para que te interesaras en mí.

Un ruido de pisadas cortó el silencio, y ambos nos volvimos para ver a un sacerdote que entraba en la capilla, con las manos cruzadas.

—¡Hay que salir! —gritó, abriéndose camino a través de los bancos—. No podéis quedaros aquí. La policía está evacuando la zona.

Mary se levantó.

—Ya nos íbamos.

—No, Mary, por favor.

Sujeté su mano, pero ella la apartó. La luz de la luna que entraba a través de los rosetones caía entre nosotros en fragmentos de colores pastel. Ella no me miró cuando se dio la vuelta y pasó junto a Saint Pierre y junto al sacerdote. Luego se dirigió directamente hacia la puerta y salió a la calle que estaba atestada de gente.

Fui detrás de ella, pero no la alcancé. Se había ido, así sin más.

Me liberé de la multitud de evacuados que se alejaban de la plaza y corrí en la dirección opuesta, de vuelta hacia la torre. Con o sin Mary, tenía que ver a Oliver. La oscuridad y el humo de las explosiones me servían de camuflaje, pero la policía estaba por todas partes y era difícil pasar desapercibido. Logré llegar a la carretera principal sin que me vieran, pero cuatro oficiales patrullaban la entrada de la plaza, y no parecía muy probable que consiguiera pasar.

Estaba acechando a la sombra de un autobús, analizando la posibilidad de salir corriendo, cuando alguien me sujetó por el cuello del abrigo y me arrastró hacia atrás, lejos de la calle y hasta la esquina. Intenté resistirme, pero me di un golpe tan fuerte contra la puerta que quedé aturdido. El hombre que me sujetaba puso un brazo contra mi pecho para que no me moviera, luego levantó su lámpara y, cuando la luz nos alcanzó, me di cuenta de que era Ottinger. Tenía manchas de hollín en las mejillas, y un hilo de sangre corría por debajo de su gorra, pero su mirada era feroz.

—¿Qué estás haciendo? —murmuró.

—Suéltame.

Quise empujarlo, pero con un solo brazo sano fue como intentar derribar una pared de ladrillos.

—Vete de aquí —dijo, y de pronto comenzó a hablar muy rápido—. El cuartel de la policía está casi vacío. Puedes entrar, buscar a tu padre e irte.

Dejé de luchar y lo miré boquiabierto.

—¿Qué estás diciendo?

—Te estoy diciendo que debes correr. Te han autorizado para salir de la ciudad, así que vete antes de que te encuentren.

—No puedo irme.

—¿Por qué diablos no?

—¡Porque ese es mi hermano! —grité, alzando la voz sin querer. Ottinger echó un vistazo a la calle y me soltó. Me liberé y lo miré a los ojos bajo la luz débil de su lámpara—. Tengo que entrar en la torre. Puedo hablar con Oliver.

Él negó con la cabeza.

—Nadie puede pasar. Jiroux ha hecho que sus hombres dispararan a tres de los centinelas mecánicos y luego han intentado entrar por la fuerza, pero los han masacrado. Tenemos a una chica mecánica que dice que la dejarán pasar, pero que no irá sin Mary Shelley. Es la única opción que tenemos.

—Mary se ha marchado —dije, y volví a darme cuenta de que ya no estaba.

—Jiroux ya estaba trabajando con esa posibilidad. No importa. Él no la habría entregado. No hará nada que pueda interpretarse como sumisión.

Cerré los ojos, intentando idear algún tipo de plan, pero mi cerebro era un enredo de engranajes atascados, oxidados y rotos, y rotaba muy lento.

Entonces, entendí lo que Ottinger había dicho.

—¿La policía tiene a una chica mecánica? —pregunté, y él asintió—. ¿La rubia? ¿Clémence?

—Creo que sí. La tienen retenida en la plaza.

—¿Puedes llevarme con ella? Puede ayudarme a ver a Oliver.

—Ha dicho que no entrará sin Mary.

—Ella me llevará, estoy seguro. —Vi la vacilación en su mirada y antes de que él tuviera la oportunidad de decir que no, seguí insistiendo—: Sé que no eres como ellos. Si puedo hablar con Oliver, puedo ayudar.

—¿En serio crees que puedes convencerlo de que abandone el plan?

No estaba seguro de nada, pero dudar no me ayudaría, así que asentí. Ottinger me miró a los ojos durante un rato, y luego asintió lentamente.

—Está bien, te llevaré. Vamos, no te alejes de mí.

Mientras volvíamos a cruzar la calle, un sonido grave resonó en la plaza, con la potencia de un cañón. Los dos nos sobresaltamos y luego nos dirigimos hacia allí. El reloj marcaba que ya había transcurrido media hora.

Habíamos perdido la mitad del tiempo.

La policía había formado un perímetro irregular alrededor de la plaza, utilizando los puestos de mercado abandonados como protección. Toda la fuerza policial parecía estar agachada detrás de las barricadas apuntando con sus rifles hacia el pie de la torre del reloj, a la espera de lo que pudiera suceder.

Ottinger me dio su gorra. No era un disfraz, pero mantenía mi rostro oculto por las sombras.

—Camina como si supieras a dónde vas —me dijo—. Y deja que hable yo si nos preguntan.

Pero nadie nos detuvo cuando bordeamos la plaza. Casi nadie se paró a prestarnos atención. Todos parecían estar demasiado ocupados vigilando la torre del reloj.

La policía mantenía a Clémence dentro de uno de los puestos del mercado, cerca del río. Ottinger abrió la puerta y, desde el interior, la oí decir:

—Y yo que creía que ibais a dejarnos hacer un cráter en la ciudad.

Pasé junto a Ottinger y entré. Estaba sentada en el suelo con la espalda apoyada contra un estante de cascanueces rotos, con su típica sonrisa burlona, hasta que me vio y su expresión cambió.

—Alasdair.

—Mary se ha marchado —le dije—. Se ha ido de la ciudad. No va a entregarse.

Hizo una mueca, y solo durante un segundo, una pizca de sorpresa se dejó entrever a través del velo de su actitud desafiante. Luego se apartó el pelo de los ojos y dijo con mucha tranquilidad:

—Así que vamos a morir todos.

—No si me dejas hablar con Oliver. Sus hombres te dejarán pasar solo a ti, y si voy contigo, también a mí.

—Me han dicho que solo Mary podía entrar.

—Bueno, pues entonces vamos a tener que inventarnos algo, pero te necesito. Tú eres la única que me puede ayudar a detenerlo.

Ella me miró enfurecida.

—¿Quién ha dicho que quiero detenerlo?

—¿Entiendes lo que estáis haciendo? —grité, tan fuerte que Ottinger me hizo callar desde la puerta. Me puse de rodillas para estar a su altura y bajé la voz—. Esto no va a cambiar nada. Con todo esto solo les habéis dado razón a todos aquellos que creen que las partes metálicas os vuelven violentos, crueles y menos humanos. ¡Habéis probado que ellos tienen razón y que sois exactamente así! Podrían haber exigido cualquier cosa, pero han pedido la muerte de alguien. ¿Qué cambiará con la muerte de Mary?

—No queremos cambiar nada —murmuró—. ¿Qué podríamos haber pedido? ¿Igualdad? ¿Tolerancia? No se puede hablar de eso desde una torre llena de explosivos. La policía habría hecho todo tipo de promesas y luego nos habrían disparado a todos en cuanto nos hubiéramos rendido.

—Entonces, en lugar de eso, ¿prefieres que asesinen a Mary?

—Eso no es lo que he dicho —respondió ella, y de pronto parecía enfadada.

Yo también estaba enfadado: enfadado porque creía que la conocía, pero en un momento así ella revelaba con claridad quién era. Puede que, al fin y al cabo, nunca haya llegado a conocer a nadie. Puede que todos hayan sido una ficción que me había inventado.

—Pero la explosión, ¿no te preocupa que muera gente?

—¡Eso no es lo que he dicho!

—Entonces, ¿por qué estás aquí? —exigí—. ¿Qué es lo que quieres?

—¡No quiero seguir viviendo así! —Apoyó la cabeza contra el estante, y un cascanueces cayó al suelo con un tintineo delicado—. Es injusto —dijo, y cuando respiró, escuché el ruido que hacían sus pulmones—. Todo es muy injusto.

Me senté con las piernas cruzadas frente a ella.

—¿Por qué llevaste a Oliver con los rebeldes?

—Él quería ir. Y yo estaba buscando una causa por la que luchar. Hace tiempo que soy prisionera, así que luchar por la libertad me parecía una buena idea. —Pateó el cascanueces a sus pies y se astilló cuando rebotó en el suelo—. Oliver no va a arrepentirse.

—Solo déjame hablar con él.

—No puedo prometerte que vayan a dejarte pasar. Podrían…

Se quedó callada, pero le puse palabras a su silencio.

—Moriré de todas formas.

—Bueno —dijo, y volvió a sonar como ella misma—, mejor morir luchando.

Se puso de pie, extendió una mano y me ayudó a levantarme. Nuestras miradas se encontraron, y me sonrió, con aquella mueca burlona de siempre, y el nudo que tenía en el pecho se aflojó un poco.

Ottinger, Clémence y yo salimos del puesto del mercado y nos refugiamos cerca de las orillas del Ródano, debajo de un carruaje abandonado. Clémence dijo que podríamos acceder a la torre por el sendero del río, pero había policías apostados en las escaleras que necesitábamos cruzar para llegar hasta allí. Estábamos discutiendo en voz baja sobre la mejor forma de evitarlos cuando abandonaron su puesto y comenzaron a correr hacia el extremo opuesto de la plaza. Seguí sus movimientos, y a través de los rayos de la rueda conseguí distinguir una conmoción. Acababan de llegar un par de coches de policía, y un gran grupo de oficiales se habían agrupado alrededor. Vi que Jiroux estaba cerca del centro: la pluma roja que llevaba en el sombrero se destacaba como un hilo de sangre. Gritaba órdenes a sus hombres y gesticulaba, mientras supervisaba al nuevo grupo de policías que salían de los coches.

Cuando la luz de las antorchas industriales los iluminó, me di cuenta de que no eran policías, sino Romperrelojes.

—Van a enviar a los autómatas de Geisler —le susurré a Clémence.

—Será una masacre. Oliver no aceptará ninguna tregua cuando los vea.

—Tenemos que detenerlos.

—Yo puedo hacerlo —dijo Ottinger.

Me giré para mirarlo a la cara.

—¿Estás seguro?

—Puedo intentarlo, si me explicas cómo.

—Ten. —Clémence rebuscó en los bolsillos de su abrigo, me dio un codazo en el proceso y sacó los guantes de reanimación—. Tienes que frotarlos para crear una carga eléctrica —dijo mientras se los entregaba a Ottinger—. Basta con que toques a los autómatas, en cualquier parte del cuerpo, y se desactivarán. Es mejor si usas ambas manos: necesitan una descarga fuerte para apagarse. Y si uno de tus compañeros policías intenta detenerte, haz lo mismo. Los guantes de reanimación pueden derribar a un hombre de inmediato si tienen la carga completa.

Ottinger sujetó los guantes y ajustó las correas de cuero alrededor de sus muñecas.

—Me detectarán rápido con los guantes. Puedo conseguiros un poco más de tiempo, pero no mucho.

—Un poco es mejor que nada —respondió Clémence.

—¿Estás seguro de que puedes hacerlo? —pregunté.

—Sí.

—¿Estás seguro de que quieres hacerlo?

Me miró, con los codos extendidos para mantener el equilibrio.

—No se lo había dicho, señor Finch, pero mi hermana es mecánica. Nació con una pierna enferma, y su padre le dio una nueva hace unos años y mantuvo nuestro secreto. Así que mi vida también está en juego aquí. —Miró a Clémence—. He pensado que debías saberlo, no todo el mundo está en contra de las personas mecánicas.

—Gracias —respondió.

Ottinger hizo un saludo incómodo, con cuidado de no tocar su piel con las placas, salió del carruaje y fue corriendo hacia los autómatas.

—Vamos —susurró Clémence, y yo la seguí mientras avanzábamos a gachas hacia la orilla del río.

La escalera que conducía a la costa estaba sumergida hasta la mitad, pero no había cadenas como cuando salimos de Ginebra. Tuvimos que caminar por la parte superior del muro de contención, sobre ladrillos resbaladizos por el musgo y el agua. Mis botas eran tan anchas que solo cabía la mitad del pie.

Delante de mí, Clémence se movía con la gracia de una acróbata, aunque me pareció verla perder el equilibrio varias veces. Apreté los dientes, luchando por mantener la estabilidad, pero el brazo que más necesitaba me resultaba inútil con el cabestrillo. Después de estar a punto de caerme dos veces, decidí que había cosas peores que unos puntos abiertos, así que me arranqué el cabestrillo y lo arrojé al río. Estiré el hombro con cautela. Las suturas tiraban, pero aguantaron. Coloqué ambas manos contra la pared húmeda y comencé a caminar de nuevo, más seguro que antes.

Uno de los puntales de la torre que estaba amarrado a la orilla del río era hueco y tenía unas escaleras dentro. Clémence subió primero y yo la seguí, tan de cerca que tuve que agacharme en varias ocasiones para evitar que me pateara la cabeza. El agua goteaba por las paredes de metal, y todo tembló cuando los engranajes se movieron sobre nosotros. El hombro había empezado a arderme de nuevo, pero seguí avanzando, impulsándome hacia arriba con las manos entre la oscuridad húmeda hasta que un pequeño círculo de luz metálica titiló delante. Intenté dominar el dolor concentrándome en aquel punto y conté los peldaños a medida que se hacía más y más grande, y luego, de pronto, Clémence me agarró por el codo y me ayudó a subir.

Estábamos en una estrecha pasarela de metal que se extendía como un puente y cruzaba la torre de un extremo a otro. Abajo no había más que vacío y vigas de soporte y puntales. A la altura del puente, pero a unos dos metros de distancia, se encontraban las campanas del *glockenspiel* y la rueda horizontal donde Oliver se encontraba cuando había convocado a su ejército en la plaza. Había figuras mecánicas de mi altura alineadas e inmóviles sobre la rueda. Más arriba, el reloj quedaba oculto por los engranajes que rotaban y las manecillas se movían en sentido antihorario. Saltaban chispas cuando las ruedas giraban, el aire era metálico y estaba cargado como si anunciara la caída de un rayo. Recordé la noche en la que Oliver había muerto y la resurrección. Mi estómago se retorció.

Me puse de pie con la ayuda del pasamanos de hierro que corría a ambos lados de la pasarela. Junto a nosotros, un péndulo caía entre los engranajes mientras un rayo de electricidad blanca recorría su cadena. Toda la torre estaba cargada.

—¿Sabes dónde está Oliver? —le grité a Clémence entre el ruido de los engranajes.

Ella asintió y comenzó a cruzar el puente, pero se detuvo de pronto.

Tres personas venían hacia nosotros, dos hombres y una mujer, todos con armas.

—¡Le Brey! —gritó el hombre que estaba a la cabeza.

Tenía el pelo largo y desaliñado, y cojeaba con una rodilla metálica. El brazo mecánico de la mujer estaba en mal estado. Tenía un gancho en lugar de una mano, pero lo usaba para sostener el gatillo, y no tenía dudas de que podría haber disparado igual de bien. No vi partes metálicas en el segundo hombre, pero sabía que estaban allí, escondidas.

—¿Dónde está Oliver, Raif? —preguntó Clémence a través del puente.

—Nos habías dicho que no volverías si no traías a Mary Shelley. —Raif dio un paso hacia Clémence. Puso una mano a cada lado del pasamanos—. ¿Quién es este?

—Este es el hermano de Oliver —respondió ella.

Raif dejó escapar una risa áspera.

—¿El hermano que lo ha vendido a la policía?

—No lo he vendido —grité, pero no sé si me escuchó.

Clémence levantó la barbilla cuando Raif dio otro paso adelante y le apuntó con la pistola.

—Fuera del camino, Le Brey.

Ella no se movió.

—Alasdair es uno de los Aprendices de Sombras. Está de nuestra parte.

—Entonces, ¿por qué no estaba aquí luchando con nosotros? —preguntó Raif.

—Está aquí ahora —dijo ella—. Deja que vea a su hermano.

—¿Quién anda ahí? —alguien gritó detrás de Raif y sus compañeros, y todos se giraron.

Tuve que asomarme detrás de Clémence para comprobar que aquella voz era la de mi hermano.

Era Oliver. Me costó distinguirlo en la oscuridad mientras bajaba por unas escaleras que se encontraban al final del puente, se soltó y se incorporó. La mujer y los dos hombres retrocedieron, haciendo una especie de reverencia temerosa.

—Le Brey ha traído a tu hermano —dijo la mujer.

—Ah, ¿sí? —Oliver se adelantó lentamente. La vibración de sus pasos sobre el puente resonaba en las plantas de mis pies—. ¿Dónde está Mary Shelley?

—Se ha ido —dije antes de que Clémence pudiera hablar—. No va a entregarse, Oliver.

La sombra de los engranajes le daba en el rostro, y lo iluminaban y ocultaban a medida que giraban. Parecía arder como la mecha encendida de una bomba.

—Entonces, no nos queda mucho tiempo.

—¡No tienes que hacerlo! —grité. Intenté avanzar, pero Clémence mantuvo los brazos en su sitio y temí que si la empujaba sin querer, algunos de los dos se caería—. Mary no es tu víctima ni tu enemiga. Ella no te ha vendido.

—Mary se apropió de mi vida para usarla en mi contra. Ahora su vida me pertenece.

—No es así…

—¡Es una venganza! —gritó más fuerte—. De Mary Shelley y *Frankenstein*, y por todos los males que han sufrido los hombres mecánicos de Ginebra.

—No es una venganza, Oliver, ¡es un suicidio! —grité. Vi que Raif levantaba su pistola, pero seguí hablando, sin miedo. Me sorprendió no tener miedo—. Estás desperdiciando tu vida y la vida de todas estas personas que te adoran. ¡El único mensaje que vas a enviar a los habitantes de Ginebra es que las personas mecánicas son monstruos!

—¿Puedo dispararle? —le preguntó Raif a Oliver, con los dedos en el gatillo.

—Así te recordarán —le dije—, estás demostrando que tienen razón.

El puño de metal se cerró sobre el pasamanos, y Oliver volvió el rostro hacia mí. Durante un momento, las sombras de los engranajes coincidieron con el pulso de los que tenía bajo la piel.

—Si quieren monstruos, seremos sus monstruos.

Clémence se encogió de hombros, y me adelanté para quedar cara a cara con Oliver. Me acerqué tanto que formamos una sola sombra.

—Tú no eres un monstruo —dije, en voz baja pero audible.

De pronto, podía verlo todo claramente, incluso bajo la luz tenue: las suturas en la frente, los engranajes que presionaban la piel, el cuerpo que no encajaba bien. Pero más que eso, lo veía a él. Lo veía de verdad, por primera vez desde la resurrección, y lo reconocí. Era Oliver, mi hermano, el hermano con el que había crecido, que había robado fresas para mí y me había dado su abrigo cuando tenía frío. El que no podía afinar al cantar y hablaba en neerlandés con vocales escocesas; el que escribía poesía con tiza en las paredes del colegio y me había enseñado a lanzar piedras, insultar y sobrevivir. El que había sido, y todavía era, un chico de pelo oscuro con un corazón temerario que lo sentía todo con mucha intensidad.

—No eres un monstruo —dije de nuevo, y en aquella ocasión, lo dije en serio.

—¡Soy un monstruo! —gritó, tan fuerte como yo había hablado bajo—. Un loco me asesinó y su obra diabólica me resucitó. Estoy condenado a ser inhumano desde que renací.

—Geisler no te asesinó —le dije. Me temblaban las manos, pero mantuve la voz firme. Sabía lo que estaba a punto de hacer, y no me inmuté.

—Me empujó desde la torre del reloj —respondió Oliver con los dientes apretados—. Por más que lo repitas el resto de tu vida, Alasdair, nunca creeré que fue un accidente.

—Fue un accidente, pero no fue Geisler quien te mató.

Oliver levantó la vista, como si al fin me hubiera escuchado.

—Me dijiste…

—Sé lo que te dije. Te mentí. Te he estado mintiendo desde que te resucité. —Me sentí mareado, mareado por lo que iba a decir, y tuve que aferrarme al pasamanos para no desplomarme. Me ardía el hombro—. Oliver, Geisler no te mató. Ni siquiera estaba aquí, estaba intentando escapar, atravesando la ciudad. Te convencí para que me trajeras a su laboratorio. Vinimos hasta aquí porque yo quería buscar sus cuadernos. Oliver —dije, y mi corazón se estremeció—, yo te maté.

Dio un paso atrás, como si lo hubiera golpeado en el rostro. Nunca lo había visto retroceder y nunca antes me había mirado así. Se quedó observándome, como si no me conociera, y quizás había sido así hasta aquel momento.

Quizás fuera un error decírselo entonces. Recordé a Mary en Château de Sang, admitiendo que había escrito *Frankenstein* en el peor momento; me recordé sentado junto a ella en el lago de Ginebra y besarla en el peor momento; recordé a Oliver en la torre del reloj la noche que encontramos los diarios de Geisler, gritándome que estaba loco y que era malvado en el peor momento. Tal vez todos decimos las palabras correctas en el peor momento, tal vez no podamos evitarlo. Tal vez las palabras se vuelven demasiado pesadas y ya no podemos seguir cargando con ellas, y las soltamos en el peor momento porque necesitan ser libres. Y yo había cargado aquella mentira como un peso de plomo alrededor del cuello durante años, sintiendo que pesaba más cada vez que veía a mi hermano, y de pronto había decidido confesar todo allí mismo, en el abismo de la torre. Sin importar lo que sucediera a continuación, si era el peor momento, si todo estaba mal, Oliver ya lo sabía, y eso era bueno.

No podía imaginar lo que él haría. Que me alzara y me lanzara desde el puente hubiera sido lógico.

No esperaba que huyera, pero se dio la vuelta y volvió por donde había venido: subió las escaleras y desapareció. Comencé a perseguirlo, pero sentí la pistola de Raif en mi vientre. El cañón vibró cuando la bala entró en la cámara.

Yo no me moví, no retrocedí, ni intenté resistirme. Si me mataba después de haber confesado aquello, estaba bien: era una vida a cambio de otra.

Pero luego, detrás de mí, Clémence gritó:

—¡Cuidado!

Una sombra apareció detrás de Raif, y luego algo se estrelló contra su cabeza. La sangre me regó la cara cuando Raif se precipitó hacia un lado y cayó por el puente. Su cuerpo golpeó las vigas de abajo con un sonido sordo.

Una horda de Romperrelojes apareció sobre el puente, con sus piernas rígidas traqueteando a cada paso. Trastabillé cuando el líder me golpeó y me derrumbé sobre Clémence. Ella me sujetó por el cuello del abrigo antes de que me cayera y me guio hacia las escaleras por las que habíamos subido. Dos de los Romperrelojes se habían encargado rápidamente del resto. Uno le había arrancado el brazo metálico a la mujer con tanta violencia que el hombro se había salido de la articulación y rociaba sangre mientras ella gritaba. El segundo hombre estaba retorciéndose en el suelo, mientras uno de los Romperrelojes le pisaba la garganta. Y había más, que llegaban desde ambos extremos del puente y nos acorralaban en el centro.

—¿Tienes guantes de reanimación? —le grité a Clémence.

—Le di a Ottinger el único par que tenía —respondió ella—. De todas formas, no creo que sea suficiente con eso.

Me sujetó la mano y yo me aferré a la suya. Sentí los latidos que galopaban en su muñeca.

—¿Nos rendimos? —le pregunté, aunque no estaba seguro de que los Romperrelojes supieran el significado de la palabra.

—Todavía no —respondió ella.

Algo rechinó en lo alto y ambos miramos hacia arriba. La rueda se estaba moviendo y los dientes se encastraban en la pista a medida que comenzaba a girar. El reloj marcaba el cuarto de hora, me di cuenta, y un momento después, el gong repicó en señal de confirmación, con un ruido tan bajo y fuerte que sentí que vibraba por todo mi cuerpo. Un peso oscilante comenzó a caer de entre los engranajes, y creí que quizás nos golpearía. Tal vez fuera mejor morir así y no a manos de los Romperrelojes.

De pronto, Clémence me sujetó por los hombros.

—Salta a la plataforma del *glockenspiel*.

Miré hacia la rueda y el espacio vacío que se desplegaba entre el puente y ella.

—No lo conseguiré.

—No pienses, solo salta.

Antes de que pudiera reflexionar, Clémence me empujó hacia el pasamanos y me subí a él. El peso venía hacia nosotros y uno de los Romperrelojes se acercó tanto que sentí las puntas de sus dedos en mi cuello cuando Clémence gritó:

—¡Salta!

Y salté. Aterricé en la mitad de la plataforma. Mi estómago y mis costillas se estrellaron contra el borde y me quedé sin aire. Mis dedos encontraron un asidero en la pista sobre la que corrían las figuras, y me las arreglé para levantarme y rodar de lado, intentando apartarme del camino para que Clémence me siguiera, pero no lo hizo.

Estaba haciendo equilibrio sobre el pasamanos, con las rodillas flexionadas para saltar, pero cuando saltó, chocó contra el peso en movimiento y se aferró a él en un abrazo. El impulso de su cuerpo movió el peso hacia un lado, así que en lugar de pasar junto al puente se estrelló contra él. El metal chocó contra el metal y la corriente eléctrica que recorría la torre del reloj se transmitió a través del peso y pasó al puente. Fue como la descarga eléctrica de miles de guantes de reanimación.

El destello fue tan brillante y tan poderoso que me cubrí la cara con las manos. Todos los Romperrelojes cayeron con el toque del pulso eléctrico: algunos se desplomaron del puente; otros, de las escaleras, algunos solo dieron un salto y quedaron inmóviles como juguetes rotos, con los circuitos saturados por la corriente.

Luego, la oscuridad volvió a ocupar su lugar. El peso oscilante comenzó a subir, y Clémence lo soltó. Su cuerpo se desplomó, aterrizó suavemente en el puente y allí se quedó.

—¡Clémence! —Corrí de prisa al borde de la plataforma y grité su nombre, esperando, rezando, deseando que ella se pusiera de pie y me sonriera. Que se sentara. Que al menos abriera los ojos—. ¡Clémence! ¡Clémence!

No se movió. Mi visión se nubló y no pude ver con claridad, como si estuviera mirando a través de un cristal opaco. Me cubrí los ojos con las manos, pero incluso detrás de mis párpados, todo lo que podía ver era su cuerpo, tan pequeño y quieto, y aquel destello de luz. No quería dejarla allí, tirada en el puente de la torre. Estaba allí gracias a ella. Estaba vivo gracias a ella.

Pero la torre palpitaba a mi alrededor, el aire cargado temblaba mientras pasaban los segundos antes de la detonación. En algún lugar, arriba, Oliver estaba esperando, listo para morir y destruir la ciudad. Tenía que encontrarlo.

Esperé diez segundos, contándolos hacia atrás al ritmo del *tic-tac* del reloj, antes de abrir los ojos. Después, miré el reloj de la torre, que brillaba plateado en lo alto.

Había una escalera de cuerda con peldaños de madera entre el *glockenspiel* y el reloj. Tuve que saltar para alcanzar el último peldaño y luego alzarme con los brazos temblorosos por el esfuerzo. Conseguí pasar la pierna y empecé a escalar, mano sobre mano, hasta que el *glockenspiel* se fue volviendo más y más pequeño, y el mecanismo del reloj tuvo el tamaño de los juguetes de cuerda que vendíamos en la tienda. Las escaleras se tambaleaban y se balanceaban cuando la torre se sacudía por la fuerza de los engranajes, pero me aferré con los brazos envueltos en la cuerda.

Las escaleras daban a otra pasarela, similar al puente, pero más corta, y conducía a una plataforma semicircular bajo el reloj resplandeciente. Al otro lado del cristal, acechaban las manecillas negras, y los segundos corrían como arena entre los dedos. En algún lugar cercano escuché el ruido de un engranaje. Uno de los pesos descendió. Enton-ces, las manecillas negras temblaron antes de hacer el siguiente movi-miento.

Faltaban trece minutos para el final.

CAPÍTULO DIECISIETE

Antes de que lo arrestaran, Geisler tenía su taller en la plataforma que estaba bajo el reloj, y el sitio permanecía casi igual que en mis recuerdos de la noche de la resurrección. La mesa de trabajo seguía allí, así como los gabinetes y la silla de cuero verde de Geisler, con la biblioteca a uno de los lados. Pero todo estaba vacío: no había libros y sobre la mesa de trabajo no quedaban herramientas ni matraces ni campanas de cristal. Cuando crucé el puente, la luz de la luna le dio un brillo translúcido al reloj, como el de la superficie helada del lago. A esa distancia, alcancé a ver las marcas de las grietas reparadas, como venas y costuras, como cicatrices en la piel.

Oliver estaba sentado sobre la plataforma, con la espalda apoyada en la antigua grieta. Tenía las rodillas contra el pecho, el rostro enterrado entre los brazos y temblores en los hombros. Pasó un momento antes de que me diera cuenta de que mi hermano estaba llorando. Nunca lo había visto llorar.

Bajé del puente y subí a la plataforma. El metal chirrió bajo mis pies, y Oliver levantó la vista. No intentó ocultar que lloraba, tan solo se pasó la mano sana por el rostro y dijo:

—Dime lo que pasó, lo que pasó de verdad. Basta de mentiras.

—Basta de mentiras —repetí, pero me quedé en silencio.

Dejé que Oliver volviera a preguntar, para asegurarme de que quería escucharme.

—Dime.

Respiré tan profundo que creí que mi pecho estallaría.

—La noche de tu muerte —dije— fue la noche en que Geisler escapó de Ginebra. Eso es verdad. Tú y yo lo acompañamos desde el apartamento hasta el río. No sé cómo seguía el plan, pero ese era nuestro papel. Antes de marcharnos, Geisler me pidió que me acercara y me dijo que sus cuadernos todavía estaban en la torre. Me preguntó si podía ir a buscarlos y mantenerlos a salvo para él, y dije que sí. Estaba muy orgulloso de que me lo hubiera pedido a mí y no a ti. Creí que tal vez estaba empezando a prestarme atención, y que si los encontraba le causaría una buena impresión, y me pediría a mí que fuera a estudiar con él. —Cerré los ojos un momento y dejé que los recuerdos me empaparan, libres al fin—. Así que cuando volvíamos a casa, te rogué que me trajeras hasta aquí. Te dije que podríamos llevarnos algunas cosas del taller antes de que la policía lo confiscara todo, porque sabía que te negarías si te explicaba que lo que quería era venir a por los cuadernos. —Señalé un punto por encima de su hombro. Oliver no miró—. Hay un panel en el borde del reloj que se puede quitar. Estaban escondidos ahí.

Nos miramos fijamente un segundo. Seguí esperando a que me detuviera, pero no lo hizo. Así que continué.

—Encontré los cuadernos —le dije—. Pero cuando te viste con ellos, y cuando te conté que quería devolvérselos a Geisler, dijiste que eran una obra diabólica, y que si yo quería trabajar con él... —Algo se rasgó en mi garganta como si fuera papel, pero me obligué a seguir—... entonces yo también era malvado. Y me enfadé mucho. Estaba enfadado por muchas cosas. Porque eras el aprendiz de Geisler y viajarías a Ingolstadt. Porque creías que su obra era una locura. Porque sabías que Mary estaba comprometida y no me lo habías confesado. Había reprimido esos sentimientos durante mucho tiempo, pero con lo que me dijiste... Todos salieron a la luz.

—¿Qué pasó después? —preguntó Oliver en voz baja.

—Me quitaste los diarios —dije—, y comenzaste a arrancar páginas, así que me abalancé sobre ti, sobre tu brazo. Creo que te rompí la muñeca y los soltaste. Como estabas dolorido, perdiste el equilibrio un segundo. Y ni siquiera lo pensé. No recuerdo haber decidido lo que iba a hacer, lo hice.

—Me empujaste de la torre.

—Te empujé hacia el reloj, y el cristal se resquebrajó. Y después se rompió. —Lo miré—. Y te caíste.

Cayó del mismo lugar donde estaba sentado ahora, mirándome inexpresivamente. Y lo vi con más claridad que nunca.

Entonces, me quedé sin fuerzas, como si todos mis engranajes se hubieran desgastado, y me arrodillé frente a Oliver para que nuestras miradas quedaran a la misma altura. Esperé a que me golpeara o me matara o hiciera lo que quisiera hacer ahora que sabía la verdad. Pero lo único que dijo fue:

—Estoy muy cansado, Ally.

Tragué saliva.

—Yo también.

—Y estoy asustado. —Apoyó la mano mecánica contra la frente y, cuando la apartó, vi la marca de las barras y los engranajes allí como si fueran nuevas cicatrices—. No recuerdo la última vez que tuve tanto miedo.

—Creía que nunca tenías miedo —dije con una sonrisa tímida.

—Creo que cuando me caí sentí miedo. Y cuando me desperté, volví a sentirlo de nuevo. Cuando era niño, recuerdo leer libros y pensar que los monstruos no tenían miedo, pero sí. Están más asustados que nadie. —Me miró—. Estás sangrando.

Miré hacia abajo. Tenía la frente salpicada con la sangre de Raif, pero una mancha de color carmesí más espesa se extendía por mi camisa. La herida de mi hombro se había vuelto a abrir y no había tenido tiempo de registrar el dolor.

—Estoy bien.

—¿Yo te hice eso?

—Creo que me lo merecía.

—No, no lo merecías. Nadie merece las cosas que he hecho. —Cerró los ojos y apretó la mandíbula como si fuera un puño—. Deberías haberme contado cómo fue mi muerte.

—Lo sé —dije—, pero creí que ya me odiabas porque te había resucitado y encerrado. Me habrías odiado más al saber la verdad.

—No te odio.

Me aferré a esas palabras, y las guardé en lo más profundo de mi alma hasta que se quedaron grabadas ahí, como una marca que podía llevar conmigo y volver a leer cuando tuviera dudas.

—¿Crees que habría cambiado algo si te hubiera dicho la verdad desde el principio? —le pregunté.

—No lo sé —respondió—, probablemente no. Habría sido un monstruo de todas formas.

—Todos somos monstruos. Todos somos egoístas y crueles al final.

—No quiero ser así.

—Entonces, no sigas adelante. Todavía puedes rendirte.

—No sé qué hacer —dijo, y las palabras se mezclaron con el llanto—. Si me entrego, iré a la cárcel y experimentarán conmigo hasta que un día, cuando ya no les sirva, decidirán desactivarme. Tal vez sería mejor si... —Se le entrecortó la voz y agachó la cabeza—. Si te lo pido... ¿me desactivarías ahora?

Mi corazón se rompió.

—Oliver...

—Ya me mataste una vez, puedes volver a hacerlo —dijo, y sonó casi como si se estuviera riendo—. Ally, por favor, desactívame. Puedes hacerlo más rápido y con más delicadeza que ellos, sé que puedes.

Durante un rato largo y tenso, no supe qué decir. Desde la resurrección de Oliver, no había pasado un día sin que hubiera deseado deshacerme de él, y de pronto allí estaba él, pidiéndome que lo desactivara. Pero en lugar de sentirme aliviado o libre o algo parecido, mi memoria volvió a la noche en la que había puesto engranajes y ruedas dentro de su esqueleto. No lo había hecho para demostrar que tenía razón ni que era capaz o inteligente: yo no era Geisler ni Victor Frankenstein. Era porque una parte de mí se había quedado enterrada en el ataúd junto a Oliver, y yo llevaba en mi piel, como esquirlas, partes de él que no podía enterrar. No en aquel momento y tampoco en ese. Estábamos unidos, él y yo. Siempre seríamos nosotros, muertos o vivos o revividos, entrelazados como engranajes, y ninguno de los dos podía girar sin mover al otro.

—Creo que no quieres morir. Creo que quieres vivir, pero no así. —Respiró hondo. Oí el aire crujir a través de sus pulmones de papel. Seguí adelante—: Solo te quieren a ti. El resto de tus hombres pueden escapar si lo hacen de prisa y con astucia. Si desmontas los explosivos, creo que puedo sacarte de aquí. —La plataforma se movió cuando la manecilla del reloj avanzó un minuto más. Mi corazón dio un salto—. Puedes comenzar una nueva vida, en algún sitio donde nadie haya oído hablar de *Frankenstein*.

—Nunca me libraré de eso.

—Puedo hablar con Mary. Pedirle que haga algo que repare el daño. Nos ayudará, está en deuda con nosotros. Y entonces… entonces podrás marcharte. Buscar un lugar donde las cosas sean diferentes.

—¿No vendrás a asegurarte de que no me meta en problemas?

—Creo… —Vacilé. Había pasado tanto tiempo convencido de que mi futuro estaba atado al de Oliver que no había notado que él también estaba encadenado a mí—. Creo que no me necesitas. Necesitas estar solo y hacer tu propia vida.

Levantó la mirada.

—¿Lo dices en serio?

—Claro que sí. Si le damos a la policía algo más, algo con lo que distraerlos, podrás escapar de aquí esta noche. Y podrás recuperar tu vida y vivir bien esta vez, sin esconderte, sin huir, sin miedo.

—Sin miedo —repitió—. Eso estaría bien.

Se puso de pie y me ofreció la mano. La sujeté, y me ayudó a levantarme. Nos quedamos así un momento, su mano mecánica apretada contra la mía de carne y hueso, en el mismo lugar en el que habíamos estado hacía dos años, cuando lo empujé y él se cayó.

—Sé que es demasiado tarde, pero perdóname. Por todo. Todo lo que he hecho desde aquella noche hasta hoy.

—Tú también debes perdonarme. —Miró hacia abajo un momento, luego de vuelta hacia mí—. Muchas veces, desde mi resurrección, estuve a punto de rendirme y de hacerme daño. Lo que me mantuvo vivo fue saber que alguna vez había valido la pena salvarme, resucitarme. Lamento no haber podido volver a ser quien era. Pero lo estoy intentando, Ally, en serio.

El reloj se volvió a sacudir. La manecilla marcó otro minuto.

Y juntos, engranajes de una misma maquinaria, comenzamos nuestro descenso hacia el vientre tembloroso de la torre.

La plaza estaba vacía cuando el reloj comenzó a dar la hora, pero todavía había una hilera de oficiales detrás de las barricadas, esperando el gong. Cuando al fin sonó, se sobresaltaron y miraron hacia la luna al unísono, a la espera de que se detonaran las bombas.

Pero no pasó nada.

Entonces, el gong sonó por última vez, y en aquel momento lo que pudieron ver fue:

Al pie de la torre apareció una figura que emergió de la oscuridad, rodeada de niebla como si fuera un fantasma. Sobre el pelo oscuro y rizado, llevaba un tricornio viejo que ocultaba su rostro, y su andar era rígido y lento, como el de un hombre que tiene engranajes en lugar de rodillas. La luz de la luna vibraba sobre la mano plateada que asomaba de la manga de su abrigo.

Las armas de los policías apuntaron al hombre, que se detuvo, se llevó las manos a la cabeza y luego se desplomó de rodillas, como si estuviera demasiado cansado para seguir de pie.

—¡Oliver Finch! —vociferó uno de los policías, su rifle más firme que su voz—. Oliver Finch, quédate donde estás.

El hombre mecánico no se movió. Se quedó en el suelo, con los brazos sobre la cabeza y los hombros caídos.

Los oficiales lo rodearon, con los rifles apuntando al pecho, pero se mantuvieron alejados como si temieran un ataque. Luego, en un arrebato de coraje, uno le dio una patada fuerte en la espalda y el hombre cayó de bruces sobre los adoquines. No se resistió, ni intentó pararse. Se quedó allí, quieto y en silencio, mientras le ponían grilletes en las muñecas y los tobillos, le vendaban los ojos y lo amordazaban, arrojaban su sombrero a la nieve y lo dejaban allí mientras lo arrastraban, ciego, tropezando y sangrando, hacia el coche de policía que esperaba. Lo lanzaron dentro para que aterrizara de un golpe y no pudiera moverse durante el trayecto que duraba el viaje por la ciudad.

Lo arrastraron a través del cuartel, por las escaleras, lo dejaron tropezar con los pies encadenados, dejaron que la sangre de la nariz que le habían roto cayera al suelo. Si a alguno le pareció raro que aquel hombre salvaje no opusiera resistencia, no lo dijo. Tal vez la sensación de triunfo por haber capturado al monstruo de Frankenstein les había hecho olvidar todo lo demás. Lo encadenaron a una silla y montaron guardia, con los ojos y las armas clavados en él, hasta que unos pasos pesados señalaron que se acercaba su jefe.

Jiroux cruzó la puerta y se quedó inmóvil durante un rato, mirando con expresión ilegible a su prisionero. Luego irrumpió enfurecido en la habitación, tiró de la mordaza y arrancó la venda con tanta violencia que la cabeza del hombre resucitado se echó hacia atrás y reveló sus ojos oscuros.

—Alasdair Finch —dijo Jiroux.

Le devolví la mirada, sangrando y encadenado. Y, por supuesto, no era Oliver.

—Inspector Jiroux —le contesté.

CAPÍTULO DIECIOCHO

El rostro de Jiroux se contorsionó de rabia, las mejillas enrojecidas como si tuviera fiebre. Mantuve mi expresión tan imperturbable como pude, aunque no paraba de pensar, intentando descifrar si le había dado a Oliver el tiempo suficiente para que pudiera bajar las escaleras que conducían hasta el río. No había policías en los puestos de control ni patrullando las fronteras: todos estaban en la torre o intentando apaciguar a los habitantes de la ciudad. Si Oliver había actuado de prisa, era muy probable que ya no estuviera en Ginebra.

—¿Dónde está tu hermano? —exigió saber Jiroux—. ¿Dónde está Oliver?

No dije nada. Un hilo de sangre goteó de mi nariz y cayó al suelo, a pocos centímetros de la punta de su bota.

Jiroux me golpeó en la cara. Vi las estrellas y me mordí la lengua tan fuerte que sentí su sabor.

—¿Dónde está, Finch? —vociferó, y en mis mejillas su saliva se mezcló con la suciedad.

Lo miré, esforzándome por concentrarme, pero aun así no dije nada.

Me golpeó de nuevo, tan fuerte que la silla se habría volcado si no hubiera estado atornillada. Mi conciencia flaqueó, y durante un instante creí que iba a desmayarme. A través de la confusión, escuché a Jiroux golpear su puño contra la pared con un chillido de frustración.

—Levántalo —ladró, y alguien me agarró por el cuello y me levantó—. Busca a su padre, llévalos a los dos fuera y dispárales.

Me tambaleé cuando escuché sus palabras y me desplomé contra el oficial que me sostenía. Él me sujetó, y el brazo mecánico que Oliver y yo le habíamos arrancado a uno de los Romperrelojes desactivados cayó de la manga y dio contra el suelo con un estrépito. Había perdido la sensibilidad en los dos brazos: uno estaba adormecido por el peso del metal, el otro por los puntos desgarrados que seguían sangrando.

—Señor… —Oí decir al oficial que me sostenía, pero Jiroux se volvió en el umbral de la puerta y lo interrumpió.

—No me importa quién de vosotros lo haga, Krieg, pero no puede quedar ningún tipo de registro de que han estado aquí. No quiero volver a verlos a ninguno de los dos.

Y luego se giró sobre sus talones y se marchó. La mayoría de los oficiales lo siguieron. Algunos se quedaron atrás, observándome con recelo y mirándose entre sí, como si estuvieran discutiendo en silencio quién iba a apretar el gatillo.

—¿Qué…? —comenzó a preguntar uno.

Pero el oficial que me sostenía, Krieg, le ordenó:

—Baja a buscar al señor Finch.

Cuando ninguno de ellos se movió, reaccionó con la ferocidad de Jiroux:

—Hazlo ahora.

Dos de los oficiales se fueron, y solo quedaron Krieg y uno más. Todavía me temblaban las piernas y sentía que estaba a punto de volver a perder el equilibrio.

—Ayúdalo —gruñó Krieg, y el otro oficial se adelantó y tiró de mí por el brazo herido.

Derramé otra oleada caliente de sangre.

Los oficiales soltaron las cadenas de mis tobillos y me condujeron por el cuartel de policía hasta el callejón que había detrás. Se detuvieron bajo los rayos de una lámpara. Todos los oficiales me sujetaban con fuerza mientras esperaban. Cada vez que se movían para no sentir el frío, las culatas de los rifles me golpeaban las piernas.

Después de unos minutos, la puerta de la estación se abrió con una ráfaga de aire caliente y apareció mi padre escoltado por dos oficiales.

Cuando lo arrastraron y nuestras miradas se cruzaron, supe que no había necesidad de explicarle lo que iba a suceder.

Uno de los oficiales sujetó su rifle, pero Krieg sacudió la cabeza.

—Aquí no.

Comenzamos a caminar de nuevo, mientras yo hacía la cuenta regresiva, como el reloj de la torre, de los segundos de vida que me quedaban.

Krieg iba a la cabeza y prácticamente cargaba con todo mi peso. Los oficiales nos hicieron marchar por la red de callejones que se conectaban por detrás del cuartel, oscuros excepto por la luz de la luna y hediondos por el olor a orina y lodo. No tenía ni idea de a dónde nos llevaban, nunca antes había visto aquella parte de la ciudad. La única luz provenía de las velas navideñas que ardían en las ventanas. A algunas calles de distancia, que parecían mundos, podía oír vítores y las campanas de Saint Pierre sonaban como si fuera domingo. La gente cantaba. Los villancicos y los himnos se alzaban sobre el viento para celebrar que la ciudad estaba a salvo. Krieg me sujetaba fuerte por el brazo, pero miraba una y otra vez en dirección a los ruidos y luego hacia las cadenas que yo llevaba en las muñecas. Lo miré fijamente, pero él esquivó mis ojos.

Nos condujeron a través de un puesto de control y fuera de las murallas de la ciudad hasta que llegamos al borde del lago. A nuestros pies, el agua lamía la orilla con avidez. Durante un momento me pregunté por qué nos habían traído hasta allí en lugar de acabar con nosotros detrás del cuartel de policía, pero pensé que probablemente sería más fácil arrojar nuestros cuerpos al lago para deshacerse de ellos. Un viento amargo rompió las olas cuando uno de los oficiales me empujó, y mi padre y yo quedamos de cara a los rifles. Me estremecí.

Voy a morir aquí, pensé.

Me pregunté si era un lujo saber que el final se acercaba o si era mejor que la muerte llegara sin previo aviso, como le había sucedido a Oliver en la torre. Sentí que todo se derrumbaba: las olas a nuestras espaldas, los villancicos estridentes mezclados con las risas que llegaban desde la ciudad, el latido de mi corazón que me arañaba el pecho.

Pero luego pensé en Oliver, vivo y libre, y la sensación se apaciguó un poco.

Respiré y cerré los ojos.

Los oficiales se quitaron los rifles del hombro. Creí que escucharía los disparos o que sentiría el dolor o al menos el impacto. Creía que al menos sentiría algo, cualquier cosa. Pero los segundos se alargaron hasta que pasó un minuto, y no sucedió nada.

Abrí los ojos. Los oficiales seguían allí, hombro con hombro delante de nosotros, y las culatas de los rifles seguían en el suelo. Todos me miraban. Entonces, Krieg dijo:

—Has sido tú quien ha evitado que detonaran las bombas. —No sabía qué saldría de mi boca si intentaba hablar, así que solo asentí. Dio un paso adelante, con las manos extendidas, y me sobresalté—. Está bien —dijo, y me di cuenta de que estaba soltando las cadenas de mis muñecas.

Cuando quedé libre, también soltó las cadenas de mi padre y las arrojó al agua. Las salpicaduras fueron devoradas por las olas.

—Caballeros —dijo Krieg, y todos levantaron sus rifles al cielo y dispararon una vez.

Sabía que lo hacían para disimular, pero por alguna razón absurda me pareció un saludo.

Luego, los oficiales se giraron para emprender el camino de vuelta hacia el cuartel de policía. Y mi padre y yo nos quedamos solos.

No podía moverme. No podía recuperar el aliento. Me había quedado allí quieto como si fuera una estatua de piedra, temblando y jadeando y preguntándome cómo demonios seguía en pie. Es más, cómo seguía vivo. Cómo seguíamos vivos.

—Alasdair... —La voz de mi padre parecía sonar en la distancia—. Alasdair, tenemos que marcharnos.

Sentí su mano en mi brazo. Creo que su intención era la de conducirme hacia la carretera, probablemente para que escapáramos, pero me di la vuelta y me dejé caer sobre él, con la cara apoyada en su hombro. Después de un momento, me abrazó, y nos quedamos así durante un rato: mi rostro sobre su abrigo y su mano en mi nuca.

A lo lejos, oí las campanadas del reloj, enterrado en las profundidades de la ciudad.

Ornex era la primera ciudad que se encontraba al otro lado de la frontera francesa, y era donde mi madre se escondía en la pensión de Morand. Era una caminata de unas pocas horas en un día despejado, pero tardamos casi toda la noche en llegar. Tuvimos que cruzar las colinas para evitar los puntos de control, así que nos vimos obligados a trepar acantilados resbaladizos cubiertos de hielo. Las sombras rayadas de los pinos hacían casi imposible ver hacia dónde íbamos, y me hundí una y otra vez en las acumulaciones de nieve, casi sin fuerza para salir. Nunca antes había pasado tanto frío.

Estaba tropezando más que caminando cuando conseguimos cruzar a Francia y retomar la carretera. Tenía la camisa empapada de sudor, sangre y nieve, y cada vez que me tocaba la nariz, mi mano quedaba bañada de escarlata. Mi padre me sostenía por el brazo para ayudarme a mantenerme en pie, aunque él no estuviera mucho más estable que yo.

Ornex era una ciudad diminuta, y como el amanecer apenas comenzaba a teñir de rojo sangre el cielo, estaba casi tan oscura como las colinas. Recorrimos las calles un rato antes de que mi padre encontrara la pensión, con sus marcos de madera y pintada de azul brillante, y un cartel con el nombre de Morand.

—Es aquí. Vamos, no te duermas —lo oí murmurar, pero no supe si hablaba solo o me lo decía a mí.

Mi padre me arrastró a su lado hasta las escaleras de la entrada y quitó la mano de mi brazo para poder llamar a la puerta. En cuanto dejó de sostenerme, comencé a desplomarme.

—Alasdair…

Me sujetó por la cintura, pero en lugar de ponerme de pie lo arrastré hasta el suelo conmigo. Caí de rodillas contra las piedras.

Y así estábamos, enredados en el suelo como marionetas sin hilos, cuando se abrió la puerta. La luz tenue del fuego que ardía en el interior era como el sol en mis ojos, tan brillante que hizo que se me nublara la visión.

—¡Finch! Por el amor de Dios, ¿cómo habéis llegado hasta aquí?

Esa era la voz de Morand. Sentí que me alzaba con su mano metálica, pero no conseguí ponerme de pie: todo era inestable y oscuro. Mi padre y Morand intentaron sujetarme, sostenerme, pero luego una oleada del aire caliente que llegaba desde el interior me golpeó en la mejilla como una bofetada. Me quedé sin fuerzas, y me desmayé.

Tuve la sensación de que había dormido mucho más tiempo del que debía. Sabía que tenía una tarea pendiente, que había un motivo urgente para despertar, pero sentía que estaba bajo el agua con piedras atadas a los tobillos. Cuando conseguí nadar hasta la superficie con un grito ahogado, tardé un instante en entender dónde estaba. Me encontraba en la cama, en una habitación pequeña y vacía, y no tenía ni idea de cómo había llegado hasta allí. Todavía tenía frío, pero ya no temblaba, y el dolor del hombro era apenas una molestia. Y sentada a mi lado, con el pelo blanco que brillaba como la nieve dorada por el sol, estaba ella.

—Clémence.

Dije su nombre en un suspiro.

—Buenos días —me saludó, e hizo una mueca con la boca—. Estás muy atractivo.

No supe qué responder, así que solté:

—Y tú estás viva.

—Tú también. Es todo un milagro.

—Creí que estabas muerta.

—Yo también creí que estaba muerta, si te sirve de consuelo.

—Por todos los demonios, te dejé sola. Debería haber vuelto. Pensé…

—Alasdair, cálmate. Está bien.

—No, no está bien. Te dejé sola…

—Alasdair, basta. —Apoyó una mano sobre la mía y al sentir su piel, al tocarla a ella, viva de verdad, me tranquilicé—. Está bien —me dijo y habló con más dulzura y ternura que nunca. Algo dentro de mi pecho se alivió y me dejé caer sobre la cama de nuevo, con la respiración entrecortada. Clémence alejó la mano con una mueca—. ¿Ya ves? Te has despertado hace tan solo un minuto y ya has hecho todo lo posible por cansarte.

—¿Cómo conseguiste escapar?

—Oliver volvió a buscarme mientras tú montabas el espectáculo para la policía y me trajo hasta aquí. Si hubierais llegado hace unas horas, lo habrías visto.

No sabía por quién preguntar primero, si por mis padres o por Oliver, pero luego, como respuesta, la puerta se abrió y entró mi madre, y mi padre la seguía.

—¡Por el amor de Dios, Alasdair!

Ella no lloró ni montó ningún escándalo, pero sujetó mi rostro entre sus manos y lo sostuvo durante un buen rato, como si quisiera asegurarse de que realmente estaba allí.

Mi padre se colocó detrás de ella con los brazos cruzados. No parecía encontrarse del todo bien, pero estaba de pie más firme que antes y había recuperado algo de color en las mejillas.

—¿Cómo te encuentras? —me preguntó.

—Estoy bien.

Intenté incorporarme en la cama para demostrarlo, pero era demasiado agotador, así que solo me quedé apoyado contra la almohada mientras él me tomaba el pulso y ponía una mano sobre mi frente.

—Ya no tienes fiebre. ¿Tienes ganas de comer?

—¿Cuánto tiempo he estado dormido?

—Casi todo el día —respondió Clémence—. Feliz Navidad.

—Maldición.

Intenté sentarme de nuevo, pero solo conseguí apoyarme sobre los codos. Mi padre me detuvo, pero de todas formas no lo hubiera logrado.

—¿Qué pasa?

—Tengo que irme.

—Alasdair —dijo mi madre—, estamos a salvo aquí por ahora, no tenemos que marcharnos. En cuanto te sientas…

—No, tengo que irme. Tengo que encontrar a Mary.

—De ninguna manera. Tienes que recuperarte —dijo mi padre, al mismo tiempo que Clémence preguntaba:

—¿Para qué?

—Tengo que hacer algo, por... —tragué saliva—... Oliver. —Mi padre no dijo nada, y mi madre miró hacia el suelo. Mi padre tenía que habérselo contado todo, pero me pregunté si mi madre había llegado a ver a Oliver cuando había traído a Clémence hasta la pensión. Mi madre no dijo nada, pero extendió su mano y yo la mía—. Por favor, confiad en mí. Si espero demasiado, es posible que no pueda localizarla.

Mi madre asintió, pero mi padre se quedó de brazos cruzados y me miró fijamente con la boca tensa.

—¿Tendrás cuidado?

—Siempre.

—No irás a ninguna parte durante un par de días.

—Lo sé.

—Tu madre y yo pensábamos que podríamos quedarnos aquí hasta que las cosas se hayan tranquilizado y ayudar a Morand. —Hizo una pausa y luego añadió—: Tú no... tú no tienes que quedarte con nosotros. Pero nos gustaría saber que estás bien.

—Sí.

Suspiró, luego asintió, y supe que era lo más cercano a un permiso que iba a conseguir. Seguimos conversando, sin hablar francamente de lo que había sucedido en el transcurso de las últimas semanas. Ya habría tiempo para hablar de todo aquello. La conversación me dejó exhausto, y después de un rato me dejaron para que descansara. Mi madre me dio un beso en la mejilla y luego tiró de uno de mis rizos.

—Necesitas un corte de pelo, Alasdair. Estás muy desaliñado.

Mi padre se detuvo en el umbral de la puerta y me miró. Cruzamos miradas y sonreímos.

En cuanto mis padres se marcharon, Clémence se sentó de nuevo, pero yo tiré de su mano y la acerqué a la cama.

—Ven aquí.

Hizo una mueca con la boca, y después de echar un rápido vistazo a la puerta, se acostó a mi lado, sobre la manta, de espaldas a mí. Pasé mi brazo por su cintura y apoyé mi frente en su hombro. Su cabello aún olía al azufre de las bombas, y me llevó de vuelta a la torre.

—¿Sabes a dónde ha ido Oliver? —le pregunté.

—Al norte —respondió ella—. Mencionó algo de Rusia.

—¿Estaba bien?

—Sí —dijo ella, y sonaba convencida—. Estaba muy tranquilo. Es sorprendente después de todo lo que ha pasado. Sobre todo, parecía estar listo, listo para volver a empezar en algún sitio nuevo. —Se quedó en silencio y luego añadió—: Me ha pedido que lo acompañara.

—¿Y por qué no lo has hecho?

—Quería verte, asegurarme de que tú también estabas bien. —Cambió de posición y sentí los engranajes bajo su piel—. ¿Estás bien?

—Sí —respondí, y supe que era verdad.

Me dolía todo el cuerpo y nunca antes había estado tan agotado en toda mi vida, pero era la primera vez que me sentía tan bien desde la muerte de Oliver. Todavía lo echaba de menos, pero no como en los últimos años, cuando lo tenía delante de mí pero era alguien ausente. Lo echaba de menos como solía hacerlo aquellas noches en que no volvía a casa o como cuando decía que se iba a boxear y me dejaba solo en la tienda. Como cuando lo echaba de menos tras su muerte, tanto que no pude evitar resucitarlo.

No sabía lo que iba a pasar: con Oliver, conmigo, ni con ninguno de nosotros. Pero no tenía mucha importancia. Mi hermano estaba vivo y había vuelto a ser él mismo.

—¿Crees que las cosas mejorarán? —le pregunté.

—¿Para Oliver o para las personas mecánicas y los Aprendices de Sombras?

—Para todos.

—Las personas mecánicas que se quedaron en Ginebra no tendrán una vida fácil después de lo sucedido. Lo mismo le pasará a tu hermano, no importa a dónde vaya. Probablemente, las cosas serán difíciles para todos nosotros durante mucho tiempo, pero prefiero pensar que todo se resolverá.

—Algún día —dije.

—Algún día —repitió ella—. Y ese mundo será bonito.

Tenía mucho sueño, pero me concentré en la sensación de tener a Clémence a mi lado, su piel contra la mía, su corazón que latía a través de los omóplatos y contra mi pecho.

—¿Vendrás conmigo a ver a Mary? —murmuré.

Ella no contestó, y temí quedarme dormido y no llegar a escuchar su respuesta. Entonces, dijo:

—Si tú quieres.

—Sí —contesté, y me quedé dormido justo cuando su mano buscaba a tientas la mía.

Una semana después, estaba en la sala principal de la casa de los Shelley, en Turín. Hacía más calor en Italia que en Suiza, y la luz clara del invierno que entraba por las ventanas y el fuego ardiente me asfixiaban.

Era 1 de enero de 1819. El primer día de aquel nuevo año.

Me había puesto mis mejores ropas. No había nada que pudiera hacer para ocultar los golpes en el rostro, y mi brazo colgaba otra vez del cabestrillo, pero antes de marcharme de Ornex, Morand había encontrado una chaqueta que casi me quedaba bien y había abrillantado mis botas. Todavía me sentía mal. Los Shelley no vivían con tanto lujo como en Ginebra, pero de todas formas yo no estaba acostumbrado a tanta elegancia.

Mary estaba sentada en el diván al otro lado de la habitación, con los hombros tan encorvados que parecía hundida en el tapizado. Percy Shelley estaba de pie junto a la chimenea, mirando fijamente al vacío. Llevaba el cabello rubio ceniza recogido en una elegante cola y tenía puesto un frac de corte bueno color azul marino. Con su ropa sofisticada y su silueta recortada contra la chimenea, parecía la imagen de un cuadro. Cuando llegué y Mary nos presentó, me estrechó la mano con más fuerza de la necesaria y me clavó la mirada con la misma ferocidad que Jiroux. Quizás tenía constancia de que yo había inspirado a

Victor Frankenstein, o había escuchado otras historias sobre mí. O tal vez no sabía de mi existencia hasta que Clémence y yo aparecimos en la puerta de su casa, igual que yo no supe de su existencia hasta que besé a Mary en la orilla del lago Ginebra.

Había sido fácil encontrar a los Shelley. Los chismes los perseguían adondequiera que fueran, como el mal olor, y ni siquiera nos habíamos marchado de Ornex antes de que alguien nos contara que Mary había viajado a Turín en la víspera de Navidad. Nuestra llegada había sido incómoda, por decir poco. Mary no había conseguido disimular su sorpresa y Shelley ni siquiera lo había intentado, ni la ira que la acompañaba. Se había negado a mi propuesta y reído de mis torpes intentos de extorsión. Por mucho que supiera de Mary, tenía poca munición contra ellos. Su reputación ya era tan mala que era prácticamente imposible dañarla más. Shelley me había gritado durante un buen rato, y lo soporté lo mejor que pude a pesar del miedo que sentía de no poder cumplir la promesa que le había hecho a Oliver.

Mary había permanecido callada la mayor parte del tiempo mientras Shelley sufría un ataque de furia, y no hizo ningún esfuerzo por detenerlo. Pero cuando estábamos a punto de irnos, me pidió en voz baja que volviera al día siguiente. Cuando regresé, había un hombre bajo y regordete sentado en el sillón que estaba junto al fuego, con una libreta entre las manos. Shelley estaba pálido junto a la chimenea. Mary me explicó que el hombre era periodista y trabajaba para la redacción turinesa de un periódico inglés. Lo había invitado, sin preguntarle a su marido, para hablar de lo que, según ella, sería la noticia del año. Era una promesa arriesgada, considerando que el año apenas había comenzado.

—Señora Shelley —dijo el periodista, y Mary lo miró. Ella se había quedado callada a mitad de una frase y estaba mirando por la ventana.

—Lo siento —respondió ella, mientras jugaba con su collar—. ¿Podría repetir la pregunta?

—¿Qué intenciones tenía al escribir *Frankenstein*?

—No tenía más intención que contar una historia de ficción —contestó Mary—. Nunca quise posicionarme, ni que mi novela fuera fuente de opresión ni miedo.

Su mirada se desvió hacia mí, pero fue tan breve que no se podría llamar contacto visual. El periodista escribió algo en su libreta y volvió a sumergir su pluma en el tintero.

—¿Por qué eligió publicar la novela de forma anónima?

—Yo se lo sugerí —interrumpió Shelley—. Queríamos ver si el libro tenía mérito por sí solo sin que figurara mi apellido.

Mary frunció el ceño, pero no dijo nada. El periodista anotó algo y volvió a mirarla.

—¿Y en el futuro se reimprimirá con su nombre?

—Sí —respondió Mary—. Quiero que todos sepan que la autora de *Frankenstein* soy yo.

—Han circulado muchas especulaciones, señora Shelley, en particular tras el reciente levantamiento en Ginebra. Se ha dicho que su novela se basaba en incidentes relacionados con el difunto Dr. Basil Geisler y su trabajo.

Apoyé la mano sobre el brazo de la silla. No se había mencionado a Mary ni al hombre resucitado en los informes oficiales de Ginebra, y solo un indicio de que la rebelión podría haber sido provocada por *Frankenstein*. Los informes extraoficiales, en cambio, eran desde ridículos hasta sorprendentemente cercanos a la verdad. En Ornex, había escuchado historias que incluían al hombre resucitado y a *Frankenstein*, así como a Mary. Pero no se mencionaba mi nombre, ni el de Oliver.

Ella frunció los labios, pero se las ingenió para responder con tono despreocupado.

—No sé nada sobre el levantamiento.

—¿En serio? —El periodista se inclinó hacia delante con los codos en las rodillas, y movió el bigote—. Porque he escuchado que la vieron en Suiza justo antes…

—Pase a otra pregunta —gruñó Shelley desde su asiento junto a la chimenea.

El periodista volvió a acomodarse en el asiento mirando a Shelley con desconfianza. Luego pasó el dedo por la libreta como si buscara algo que había escrito allí para retomar la entrevista.

—¿Podría decirme, señora Shelley, de dónde le vino precisamente la inspiración para la novela? A menos que se haya inspirado en la realidad.

Mary miró a Shelley, pero él le dio la espalda. Durante un instante, creí que cambiaría de opinión y rompería otra promesa. Pero entonces dijo, en voz tan baja que el periodista y yo tuvimos que acercarnos para escuchar:

—Se me apareció en sueños.

—¿En sueños? —repitió decepcionado el periodista.

—Mientras mi marido y yo estábamos en Ginebra, algunos de nuestros amigos llevaron a cabo una competición para ver quién podía escribir la mejor historia de fantasmas, pero no se me ocurría nada. Entonces, una noche soñé con un estudiante, arrodillado frente a un cadáver hecho de engranajes y pernos. Y luego, gracias a un motor en su interior, el monstruo cobraba vida.

—Entonces, ¿nada del libro se basa en hechos reales? —preguntó el periodista—. ¿No hay un Dr. Frankenstein ni un hombre resucitado?

—No —dijo Mary, y esta vez me miró. Sostuvo la mirada, y se llevó los dedos al corazón—. No es más que una historia.

Hubo algunas preguntas más. Después, el periodista se puso de pie y nos estrechó la mano a todos.

—Creo que no he escuchado tu nombre —dijo cuando me tocó el turno a mí.

—Es un amigo de la familia —intervino Shelley.

—Bien, un placer conocerte, amigo de la familia. —Sujetó su libreta otra vez—. ¿Quieres hacer algún comentario?

—No —dije rotundamente—. No, gracias, no quiero.

Shelley siguió al periodista con la mirada mientras salía por una abertura en las cortinas. Luego las cerró y se volvió hacia Mary y hacia mí.

—¿Cómo te atreves a actuar a mis espaldas? —le preguntó bruscamente a Mary.

Ella se acomodó el vestido y dijo con tranquilidad:

—Tú no lo decides, Percy. Es mi libro, y es lo que quiero que sepa la gente.

—No tiene nada que ver con la autoría, todo esto ha sido por él. Y tú… —dijo volviéndose a mí—. No tienes derecho a estar en mi casa. Ya has hecho suficiente daño, ahora vete.

—No seas cruel —replicó Mary.

—Quiero que se vaya —vociferó Shelley. Su cabello se balanceó cuando se marchó de la habitación.

Mary parecía estar a punto de llorar, así que dije rápidamente:

—Está bien. Tengo que irme. Nos espera un largo viaje.

Mary me ayudó a ponerme el abrigo y me acompañó hasta el primer escalón. Clémence estaba esperando en la entrada a la casa, sentada contra uno de los portales. Cuando nos vio, se levantó, pero no se acercó.

—¿Oliver está bien? —me preguntó Mary.

Era una pregunta tan estúpida que tuve la tentación de decirle algo hiriente, pero reprimí las ganas y, en cambio, dije:

—Eso espero.

—¿Volverás a verlo?

—No lo sé. Quizás. —Una ráfaga de viento se coló bajo mi abrigo, y temblé. Miré a Clémence y ella levantó la mano. Asentí, y luego miré a Mary—. Tengo que irme.

Echó un vistazo a la casa, luego se dirigió a mí y jugueteó con su collar.

—Tengo que decirte algo. Probablemente no debería, pero esta puede ser mi última oportunidad, y necesito que sepas que cuando nos conocimos, no te equivocaste al pensar que estaba un poco enamorada de ti. Era verdad. Y creo que todavía lo estoy. Volver a verte me lo ha recordado. Y creo que podríamos ser felices juntos. Podrías quedarte aquí en la ciudad. Podríamos vernos. Ver lo que pasa. Y creo que sería bueno para ambos… para los dos. —Se quedó en silencio y respiró agitada—. Quiero que te quedes conmigo.

Durante dos años, había esperado escucharla decir aquellas palabras, pero mi corazón no se aceleró como esperaba. Ni siquiera se movió. Dos años más tarde, la distancia entre nosotros era demasiado grande, demasiados secretos y mentiras que llenaban el vacío que había entre los dos.

Así que dije:

—No, Mary. No puedo.

—Ah. No esperaba esa respuesta. —Apartó la mirada y su rostro quedó de cara al viento, que revolvió su cabello hacia atrás y lo enredó—.

¿Es por ella? —Me preguntó, y yo seguí su mirada hasta la entrada, donde Clémence todavía estaba de pie como un soldado, observándonos, pero sin oír lo que hablábamos—. Está bien si es así. Solo quiero saberlo.

—No es por Clémence —respondí, y era cierto.

Mary hundió la barbilla contra el pecho, y creí que estaba llorando, pero habló con voz firme.

—Lo siento, no debería haber dicho nada. Soy una idiota.

—No eres una idiota. Es que… —Hice una pausa, sin saber lo que diría a continuación. *No eres quien creía*, fue lo primero que se me cruzó por la mente, pero solo dije—: Es demasiado tarde.

Sujetó mi mano y la estrechó.

—Cuídate, Alasdair.

—Tú también.

Ella volvió a asentir, con la mirada baja. Luego se volvió y entró en la casa. La puerta se cerró tan despacio que apenas hizo ruido.

Caminé hacia Clémence. El viento azotaba el cabello contra su rostro, pero ella no hacía nada por apartarlo.

—¿Va todo bien? —preguntó ella.

Estuve a punto de contarle lo que Mary me había dicho, pero cambié de opinión.

—Sí —respondí, tartamudeando un poco con la mentira, pero ella no hizo preguntas.

—Podríamos quedarnos aquí otra noche —dijo mientras nos alejábamos de la entrada y retomábamos la calle—, o podríamos marcharnos ahora, si lo prefieres. ¿Vas a volver a Ornex?

—Por ahora. Creo que debería pasar un tiempo con mis padres. Hay cosas que debo explicar.

—¿Y luego?

Metí las manos en los bolsillos y respiré hondo. La libertad seguía siendo tan rara que me sentía en medio del vacío, un espacio abierto y enorme pero lleno de posibilidades.

—Todavía quiero ir a la universidad. No a Ingolstadt, ya no, pero adonde pueda aprender más sobre medicina y mecánica, e investigar y trabajar con personas que no crean que los Aprendices de Sombras están locos.

—Sin duda le llevarás ventaja al resto de los estudiantes. Apuesto a que ninguno de ellos puede poner «reanimar a los muertos» entre sus habilidades.

Resoplé, y ella bajó la cabeza. En sus labios se asomaba una sonrisa.

—¿Qué hay de ti? —le pregunté.

—¿Qué hay de mí?

—¿A dónde irás?

—No lo sé —dijo, y dejó escapar un suspiro helado—. No tengo a dónde ir.

—No digas eso. Puedes ir adonde quieras.

—¿Y hacer qué? No sé hacer nada.

—Quizás encuentres algo.

Ella metió la nariz en el cuello del abrigo y su voz sonó apagada.

—No encajo en ninguna parte. Me uní a la rebelión porque creía que al fin había encontrado a gente a la que no le importaría relacionarse conmigo, aunque supieran que era mecánica. Pero no soy como los demás, ni como Oliver. Nadie me escucharía, o confiaría en mí, no como hicieron con él.

La miré de reojo. Con el sol de lleno en su rostro, vi que tenía pecas en la nariz que nunca antes había notado.

—No entiendo qué tiene que ver eso con no tener a dónde ir.

—Todo en mí está mal —respondió ella—. No soy como otras personas mecánicas, ni del todo humana. Digo cosas que no debería. Maldigo. Llevo la contraria. No me comporto como una chica. Ni siquiera puedo querer a quien se supone que debo. No tengo nada.

—Me tienes a mí.

Hizo una mueca.

—Y ahora también te estoy perdiendo a ti.

Recordé aquella sensación durante los días posteriores a la muerte de Oliver, la soledad inconcebible que sufría y que lo vi soportar durante dos años. Era la misma tristeza que se reflejaba en el rostro de Clémence, y antes de pensarlo demasiado, me detuve y dije:

—Bueno, ven conmigo.

Ella también se detuvo.

—¿Qué?

—Vuelve conmigo a Ornex. Puedes quedarte con nosotros hasta que resuelvas tus cosas, y después… No sé a dónde iré yo, pero si quieres venir, puedes acompañarme. —Volvió a hacer una mueca, y agregué enseguida—: No tiene que ser para siempre, pero no deberías estar sola. Nadie debería estar solo.

Se quedó mirando al suelo un momento y luego alzó la vista. El sol alumbró sus ojos, que se volvieron azules a la luz, y sonrió. Era la primera sonrisa genuina que me regalaba, quizás la primera desde que la había conocido.

—Me gustaría.

—Entonces, ¿vendrás?

—Sí —dijo ella, y su sonrisa se ensanchó—. Iré.

—Bien —le respondí—. Porque te habría llevado a rastras si hubiera sido necesario.

Ella se rio, y su risa fue tan maravillosa que yo también me reí. Delante, el sol se hundía en los tejados y pintaba el cielo de rosa y borgoña. La casa de Mary había quedado atrás, y aunque la calle estaba llena de gente, parecía que no había nadie más que nosotros dos, solo Clémence y yo. Y sin hablar, retomamos la marcha al mismo tiempo.

En sincronía, y con la precisión de un reloj.

NOTA DE LA AUTORA

Frankenstein, de Mary Shelley, cuenta la historia de dos jóvenes monstruosos: el estudiante de Medicina que se niega a creer en las limitaciones mortales, y su creación, cuyo corazón salvaje demuestra tener una enorme capacidad para amar y odiar. La autora de este mito de la creación, Mary Shelley, se parecía mucho a sus dos personajes principales: una joven atrevida y ambiciosa en un mundo cambiante, al que intentaba dar sentido. Cuando se me ocurrió imaginar un nuevo *Frankenstein* y comencé mi investigación, me sorprendió descubrir que la vida de Mary no era la de una mujer del Período Regencia, sino que estaba llena de historias dramáticas e impactantes, incluso para los estándares actuales. Tuvo romances secretos y fue objeto de escándalos, se fugó a medianoche y visitó castillos encantados, conoció la angustia y la pena y los páramos llenos de niebla y, a pesar de todo, luchó por encontrar el equilibrio en una vida difícil. Cuanto más aprendía sobre Mary, más me daba cuenta de que quería escribir sobre ella tanto como sobre *Frankenstein.* La trama de mi novela finalmente cobró forma cuando me di cuenta de que podía hacer ambas cosas.

Mary Godwin Shelley era la hija de Mary Wollstonecraft, autora de uno de los textos feministas más importantes de la historia, *Vindicación de los derechos de la mujer,* y de William Godwin, un destacado pensador político inglés de finales del siglo xviii. Wollstonecraft murió poco después de dar a luz a Mary, y Godwin crio a su hija para que fuera «singularmente audaz, un tanto imperiosa y de mente activa»[1]. Alentó la curiosidad de Mary en una época en que las mujeres solían ser silenciadas, y ella recibió una educación liberal y conoció a figuras importantes, como el vicepresidente estadounidense Aaron Burr y Samuel Taylor Coleridge, cuyo poema *Balada del viejo marinero* se menciona en todos sus libros.

Cuando tenía diecisiete años, Mary inició un romance prohibido con Percy Bysshe Shelley, un poeta famoso y radical que ya tenía esposa y varios hijos cuando él y Mary comenzaron a verse en secreto en la tumba de su madre. Cuando William Godwin se enteró de su relación, se opuso. La pareja huyó de Inglaterra al continente europeo. Viajaron durante un tiempo para escapar del disgusto de sus familias y de los numerosos acreedores de Percy. Cuando llegaron a Suiza en el verano de 1816, Mary había sido rechazada por su familia y sufría de depresión tras la muerte de la hija que había tenido con Percy.

La pareja se instaló con Lord Byron, el famoso poeta «loco, malo y peligroso»[2] en su villa junto al lago en Ginebra, donde recibía a una multitud de personas que practicaban el amor libre, se deleitaba con el abuso de drogas y leía libros escandalosos, desde historias de fantasmas alemanes hasta textos científicos sobre la posibilidad de reanimar tejidos muertos. Pasaron la mayor parte del verano dentro de la casa, debido a una erupción volcánica que alteró los patrones climáticos. Se llamó a 1816 «el año sin verano», y en su introducción en 1831 a *Frankenstein*, Mary lo llamó «un verano húmedo, poco agradable… la lluvia incesante a menudo nos confinaba durante días en la casa». Fue ese confinamiento, combinado con su dieta de opio y literatura de terror, lo que llevó a Lord Byron a desafiar a sus invitados: ¿cuál de ellos podría escribir la mejor historia de terror?

Mary participó en aquella competición con la escena de la resurrección de *Frankenstein*. Tras recibir el apoyo de Percy, la convirtió en

---

1. Citado en Sunstein, Emily W., *Mary Shelley: Romance and Reality*. (Baltimore: Johns Hopkins University Press, 1989), p. 58.
2. Lady Caroline Lamb, citada en Hoobler, Thomas y Dorothy, *The Monsters: Mary Shelley and the Curse of Frankenstein*. (Nueva York: Little, Brown and Company, 2006).

una novela, que se publicó de forma anónima en 1818, cuando Mary solo tenía veintiún años. Ella afirmó que la inspiración le vino en un sueño: «Vi al estudiante pálido [...] arrodillado junto aquello que había creado. Vi al horrible fantasma de un hombre echado que, luego, por la obra de algún motor poderoso, mostraba signos de vida y se movía», escribió en su introducción.

Pero ese sueño probablemente fuera resultado del mundo en el que vivía. *Frankenstein* se puede leer como un mito científico de creación, un producto de la Ilustración, definida por el alejamiento de Dios y el acercamiento a la ciencia. ¿Qué sucede cuando borramos la divinidad de la creación y, en cambio, el hombre se convierte en el medio por el cual se forma la vida? Para mí, el análisis de *Frankenstein* como un mito de la creación de la Ilustración fue fundamental, y el aspecto que me pareció más fascinante. Meses después de que se despertara mi curiosidad, la oí mal identificada como la primera novela steampunk. Sabía que aquello no era correcto. *Frankenstein* no podía ser steampunk porque era un libro contemporáneo a su época, y el steampunk se caracteriza por la creación de un pasado alternativo, pero comencé a preguntarme cómo sería el mito de la creación steampunk. ¿Cuál sería el equivalente mecanizado de Adán y Eva, y dónde se trazaba la división entre Dios, los hombres y los monstruos cuando esos hombres estaban hechos de piezas de metal? Con la Revolución Industrial en pleno desarrollo en 1818, decidí cambiar el enfoque de *Frankenstein* y pasar de las inquietudes de la Ilustración a las inquietudes industriales.

Como escritora de fantasía histórica, tengo la maravillosa tarea de ajustar las piezas de la historia para que funcionen mejor en mi narrativa, y me he tomado algunas libertades relacionadas con la tecnología, la sociedad europea y la vida de Mary Shelley. Pero las inquietudes ficticias que plagan el mundo de Alasdair son reflejos de las inquietudes reales de la época. Aunque la tecnología que aparece en mi novela no existía todavía en Ginebra en 1818 (y algunas nunca existieron) y a nadie le preocupaban las personas mecánicas, sí mostraban preocupación y sentían temor ante la rápida industrialización del mundo y los cambios sociales que traía. La discriminación y los prejuicios que enfrentan Oliver, Clémence y las personas mecánicas son un reflejo de los prejuicios muy reales e igualmente absurdos que definieron a la sociedad europea de esa época. La rebelión fallida de Oliver es ficticia, pero está inspirada en la insurrección de junio, que sucedió en París en 1832, y en la era de revoluciones que Europa atravesaba.

Hay hechos que he ignorado por completo, porque estoy dispuesta a tomarme libertades para contar mejor la historia. Mary Shelley tuvo dos hijos cuando llegó a Ginebra en 1816, los cuales decidí omitir. Ella y Percy se marcharon de Ginebra en septiembre de 1816, pero extendí su estancia para que coincidiera con la línea de tiempo de *Frankenstein*. La Universidad de Ingolstadt se cerró en 1800, pero quería que Alasdair compartiera las mismas aspiraciones que su alter ego literario, Victor Frankenstein. Modifiqué las citas de *Frankenstein* para reflejar el mito de mi creación steampunk y no el científico de Mary, y sirven para imaginar cómo podría haber sido la novela si hubiera sido escrita en mi historia alternativa hiperindustrializada.

Todas las historias ambientadas en el pasado son como sombras vagas, impresiones de cómo eran las cosas, a medias imaginadas. Es lo que más me emociona de leer y escribir fantasía histórica: el choque entre la verdad y la invención. Este libro es mi invento y, sobre todo, una obra de ficción. Asumo la responsabilidad de todas las verdades que haya podido estirar, recortar y fundir con partes mecánicas.

AGRADECIMIENTOS

Son muchas las personas que hicieron posible la creación de este libro, mi horrible progenie, y estos escasos agradecimientos no alcanzan a expresar mi gratitud.

Pero aquí van:

Esta novela no existiría sin el ojo crítico y la mano firme de Sharon McBride, que leyó el primer y monstruoso borrador y logró darle vida. Tienes mi eterna gratitud por tu dedicación, desde el comienzo hasta el fin, hacia los hermanos Finch.

Gracias a Cathie Mercier y el Centro de Estudios de Literatura Infantil adscrito al Simmons College, que durante dos años me ofrecieron un entorno creativo para que este proyecto creciera.

A Susan Bloom, a su estupendo comité y a los maravillosos integrantes de PEN/New England, que depositaron su confianza en mi libro raro sobre monstruos y máquinas. También quiero agradecerle a la Fundación del Libro St. Botolph, por proveer fondos para la escritura a través de la beca para artistas emergentes.

A las primeras lectoras: Anna-Marie McLemore, Clarissa Hadge, Jessica Arnold, Katja Nelson, Kylie Brien, McKelle George, Rebecca Wells y R. W. Keys.

A mis increíbles amigas: Mariah Manley (por las escapadas, la profanación de tumbas y los retratos), Darcy Evans (por su entusiasmo implacable), Camille DeAngelis (por acompañarme durante las revisiones), Magna Hahnel (por mostrarme los mercados de Navidad), Briana Shipley (por tener razón en todo) y Hannah Thompson (por disuadirme de leer *Frankenstein* en la secundaria).

Al grupo de Salt Lake, que me apoya incondicionalmente: Ebbie Ghaeni y Blooming Studios, Eli Ghaeini, Brian Westover, a los Powell

(Doug, Steph, Em y Katie Ann), Jacob Virgin, Josh Goates, Kate Mikell (*Merci pour l'aide avec la traduction française!*) y Megan Graul.

A mi extraordinaria agente, Rebecca Podos, que es muy buena e inteligente. A mi excepcional editor, Laurel Symonds (¡felicidades por el debut compartido!) y a los integrantes del equipo de Katherine Tegen Books, entre ellos, Bethany Reis, Janet Fletcher, Joel Tippie, Amy Ryan, Charles Annis, Ray Colón, Lauren Flower, Alana Whitman y Ro Romanello, así como Susan Katz, Kate Jackson, Katherine Tegen y el equipo de Epic Reads.

Y, ante todo, a mi incomparable familia, que no solo tolera mis excentricidades sino que las celebra: Maren (¡porque la madre es buena en esta historia!), Billy (tú eres mi relato favorito, al fin y al cabo) y MT (por las hierbas y flores silvestres).

Je vous aime.

¿TE GUSTÓ
ESTE LIBRO?

Escríbenos a

puck@edicionesurano.com

y cuéntanos tu opinión.

ESPAÑA 〉 /MundoPuck /Puck_Ed /Puck.Ed

LATINOAMÉRICA 〉   /PuckLatam

/PuckEditorial

¡Gracias por vivir otra
#EXPERIENCIAPUCK!

ECOSISTEMA
DIGITAL

NUESTRO PUNTO
DE ENCUENTRO

www.edicionesurano.com

2 AMABOOK
Disfruta de tu rincón de lectura
y accede a todas nuestras **novedades**
en modo compra.
www.amabook.com

3 SUSCRIBOOKS
El límite lo pones tú,
lectura sin freno,
en modo suscripción.
www.suscribooks.com

DISFRUTA DE 1 MES
DE LECTURA GRATIS

1 REDES SOCIALES:
Amplio abanico
de redes para que
participes activamente.

4 APPS Y DESCARGAS
Apps que te
permitirán leer e
interactuar con
otros lectores.